花落雲暮間

1

文創風 220

木嬴 著

目錄

自序

木嬴

我怎麼會寫小說？

有讀者這麼問我，我想最開始應該是源於一分遺憾吧。

我喜歡古裝，喜歡那種唯美的衣著，幾乎所有的古裝劇我都看過，甚至會反反覆覆不厭其煩地去看，但並非所有的主角我都喜歡，記得眉間朱砂、坐在輪椅上的賽華佗，幾乎是我心目中美男子的形象，可惜，他沒能抱得女主角歸，那種遺憾讓人揪心的疼。

我不愛看悲劇，我會忍不住在心底給它一個完美的結局，然而在開始看一部電視劇或是小說時，結局對我來說，完全是未知的，被劇情吸引，卻對結局抓狂。

抓狂得久了，就瘋魔了，打開電腦，慢慢地敲下第一個字，我還記得那時，才剛剛買了手提電腦，打字速度慢得能跟蝸牛一比，花了一個暑假，敲了九萬字。

然後，放棄了。

打字太累，太慢，故事在腦袋裡已經結局了，在電腦裡才剛剛開始，我覺得我在自虐。

做讀者遠比做作者幸福。

放棄寫小說後，我幸福地當起讀者，我看書很快，那一段時間陷入書荒，找不到愛看的小說了，心裡再次萌生了想寫的衝動。

這一次，我體會到了當作者的幸福，有讀者會追問劇情，想迫切地知道故事如何發展，會與我一同沈醉在故事中，讓我甘願放棄逛街、放棄遊玩，連最愛的睡覺時間都擠出部分來，只為儘早圓滿這個故事。

作者是幸福的，對於筆下的人物，如何著墨，如何描寫，去哪裡玩，完全看我的心情，有時候會很高興地想，今天給他和她穿什麼樣的衣服，有種遊戲裡換裝備的隨心所欲，這種感覺，是我當讀者時體會不到的，我很喜歡這樣的感覺。

有時候在與人交談時，突發靈感，比如天上掉餡餅，便笑談天上掉餡餅的事，最後我會把它寫進小說裡，讓誰去扔餡餅？誰都可以。

有時候想想那喜感的畫面，會笑得停不下來，扔完餡餅，我扔番茄，扔完番茄，我再扔茄子……

想扔什麼扔什麼，手裡有什麼扔什麼，雖然亂扔垃圾不道德，但若是促成一樁樁美滿姻緣的話，就是扔刀，也是可以的。

當然了，這純粹是自娛自樂，不過讓故事愉悅大家，一直是我所希望的。

我所想的愉悅，是躺在床上看小說，會笑得手腳無力，書本掉下來砸臉；看小說時喝水，會忍不住把茶噴滿整個螢幕；走路時，會笑得撞路燈；甚至坐在那裡，會莫名其妙地發笑，結果被追問是不是談戀愛了，甚至是臨睡前笑著笑著就失眠了……

我不會告訴你們，這些我都幹過，阿米豆腐，這樣是不對的，尤其笑得突然，會嚇壞別人的。

但我卻希望能寫出這樣的小說，讓大家看的時候，能笑到抽筋，雖然目前我可能還做不到，但我會堅持不懈地努力的。

第一章　風雲詭譎

青院。

閒坐在臨窗的小榻上，錦雲用手撐著下顎，望著窗外的樹蔭愣愣出神，手裡持一方香羅帕輕搧，帕面上精緻的幽蘭若隱若現。

窗外合歡樹下，烈日透過層層疊疊的樹葉灑下斑駁的光華，早上還朝氣蓬勃的君子蘭，此刻早已有氣無力地耷拉了腦袋，就連往常嘰嘰喳喳不停的鳥兒都不啁啾了，讓人不習慣，心裡升起一抹不安來。

已經大半個月不曾下點滴之雨了。而半個月之前下的那場雨，從下雨到停歇，也不過片刻，丫鬟只搬了兩盆牡丹回來，照這樣下去，只怕會嚴重乾旱。

錦雲抬眸看著一碧萬頃的藍天，明知道下雨無望，還是忍不住暗自祈禱起來，她不想被熱死。

外面一陣急切的腳步聲傳來。

丫鬟谷竹端著銅盆進來，臉紅撲撲的，進門就道：「二小姐，出事了，皇上要娶妳做皇后！」

咳咳！錦雲差點被一口茶嗆死過去，連著咳嗽起來，青竹幫著她拍後背，拿眼睛瞪谷竹。「胡說什麼，看把小姐嚇的，皇上要娶的是大小姐，怎麼可能是咱們小姐，妳聽誰說的？」

「是三小姐院子裡的錢婆子說的，咱小姐是相府嫡女，雖說夫人去世好些年了，可嫡女就是嫡女，身分可比大小姐和四小姐高貴得多。這要不是真的，就是借錢婆子幾個膽子，她也不敢胡說八道啊！」

青竹想也是，不由得望著錦雲。

錦雲又咳了兩聲就沒事了，擺擺手道：「肯定不是真的，別以訛傳訛。天熱，都回屋歇著吧。」

此時，珠簾輕晃，一身著青布色裙裳的婦人走近，青竹忙福身道：「張嬤嬤今兒怎麼這麼早就回來了，張泉大哥身子好了？」

張嬤嬤神色有些焦灼，面對青竹問起兒子的情況僅敷衍地說兩句好了，就對錦雲道：「奴婢方才在街上聽到個大消息，老爺要皇上娶小姐做皇后！」

谷竹忙湊過來問：「這事確定嗎？」

錦雲咬著唇瓣，緊緊地盯著張嬤嬤，眼底有慌張之色。

張嬤嬤搖頭。「也不是很清楚。外面張貼了告示，天氣炎熱，不少地方都乾旱了，皇上下了罪己詔，奴婢好奇就去看了兩眼，就聽圍觀的人說罪己詔是小事，皇上年近十八，卻後宮無主，要娶親沖喜……」

娶親沖喜？錦雲聽得嘴巴張開，眼睛瞪圓，滿目不可置信。

罪己詔是天降大禍，皇上向天認錯，可娶親沖喜也太離譜了些，古來不是家中長輩病重，辦喜事沖晦氣，現在是旱災，朝廷要讓皇上娶皇后沖天下晦氣？

錦雲有些不能接受。

「奴婢看來，這事十有八九是真的。」

說什麼錦雲也不信，旱情嚴重，朝廷應該忙著祭天、賑災，哪有那閒情逸致去娶媳婦，這不是火上澆油嗎？更何況，她現在的爹蘇勻堯，位居右相之位，把持朝政，皇上登基都四年了，一直不讓皇帝親政，只怕皇帝恨他恨得牙癢癢了，哪會想娶他的女兒？

就算這事是真的，錦雲也寧願相信是假的，皇宮那地方，她不想去；就算她想，有的是人不樂意。

錦雲一笑置之，端起茶水輕啜，一副不願意相信的模樣，張嬤嬤笑道：「奴婢不過就是聽了那麼一耳朵，京都每月不都有幾起空穴來風的事，小姐莫放在心上……」

突然珠簾嘩啦一聲被人掀開，有冷哼聲傳來。「二姊姊足不出戶，消息倒是挺靈通的，怕是比妹妹還早知道自己要做皇后了吧！」

錦雲撇頭看過去，就見一身鵝黃色裙裳的少女走進來，這名少女正是右相府庶出的三小姐蘇錦惜，此時精緻的面容因為怒氣而有些扭曲。

錦雲穩坐不動，怡然自得地呷茶。「天氣炎熱，三妹妹怎麼來我這兒串門子來了？若是說我做皇后的事，三妹妹不必開口了，爹爹最中意誰，三妹妹也知道。」

蘇錦惜扭著帕子，冷笑道：「二姊姊倒是有自知之明，知道自己比不過大姊姊和四妹妹；可妳有個好舅舅，爹原本是要讓大姊做皇后的，是妳那好舅舅攛掇朝臣把大姊不是正經嫡女身分、不夠妳尊貴的事給捅了出來，大姊姊做不了皇后，爹對后位又志在必得，倒是讓妳撿了個大便宜！」

錦雲淡淡垂眸，她知道古代娶妻，娶的是門當戶對，娶的是權勢，沒想到皇后之位竟然這麼嚴苛。大姊蘇錦妤和四妹蘇錦容是由後來扶為正室的孫氏所出，母女三人原本就對她的嫡出身分咬牙切齒了，這會兒只怕恨不得將她凌遲了吧？

日子本來就難過了，這是嫌她太安穩了，沒事找事嗎？

「娶誰做皇后是皇上和朝廷的事，即便是我的親事，幾時又有我說話的分兒了？三妹妹心裡不忿，也用不著瞪著我，我從沒有妄想過會做皇后。」

錦雲才說完，青竹就伸手扯她衣袖，錦雲這才發現蘇大夫人孫氏就站在珠簾外，臉色陰沈，錦雲起身相迎。

珠簾外，蘇大夫人卻是轉了身。

見蘇大夫人走了，蘇錦惜也跺著腳走了。

青竹鬆了口氣。「幸好小姐說沒有妄想過做皇后。」

錦雲心中鬱悶，天降大災，她卻是躺在家裡也中槍。若是記得不錯，她的舅舅僅是一名皇商，如今爹把持朝政，權傾天下，舅舅怎麼敢得罪爹呢？

錦雲坐那兒發呆，看著萬里無雲的晴空，忍不住又是一陣喟嘆，活著是件好事，可她不想活得太累；不過她也明白，在這父母之命、媒妁之言，連出逃都是妄想的古代，日子，總不會太輕鬆了。

錦雲沈思著以後的路該怎麼走好，丫鬟即匆忙來報。「二小姐，老爺讓妳去正廳接旨。」

右相府正廳。

所有人都在，包括頭髮半白的蘇老夫人——錦雲的祖母。

見錦雲進來，右相肅然的臉色更沈了。

錦雲瞧得心驚，至於嗎？即便不喜歡她，好歹也是他女兒，朝堂上的鬥爭，關她一個大門不出、二門不邁的女子什麼事，別以為她弱，就都來欺負她！

錦雲下意識地把脖子昂了下，右相眸底更冷。

「小女已經來了，公公宣旨吧。」

公公看著錦雲身上穿的衣服，眉頭輕蹙，展開聖旨，宣道：「奉天承運，皇帝詔曰：『茲聞右相之女蘇錦雲品貌端莊，溫良敦厚，與祁國公嫡孫葉連暮兩情相悅，情投意合……』」

公公自顧自地宣旨，在場除了右相，個個眼睛瞪圓實了，多少雙眼睛齊齊地定在錦雲身上。

錦雲懵了，後面公公宣的什麼她已經聽不清楚了，只記得八個字：兩情相悅？情投意合？

請問，祁國公嫡孫是誰?!

公公宣完旨，見錦雲傻愣在那裡，不由得重重地咳了兩聲，錦雲才回過神來，沒有伸手，而是看著公公，正欲問是不是宣錯了，且不說那兩情相悅了，就是溫良敦厚也不會是指她吧，她幾時賢名遠播了？

公公卻是不耐煩了。「還請蘇二小姐接旨吧，奴才還要去祁國公府宣旨呢！」

錦雲這才伸手接了旨，公公也沒指望右相打賞，道了聲恭喜，就離去了。

錦雲跪在那裡，手腳無力起不來了，青竹過來扶她，才起身，一聲沈厚暴戾的聲音傳來。「來人，請家法，看我今天還不活活打死這不知廉恥的不孝女！」

錦雲又懵怔了，前面說讓她做皇后，剛剛讓她嫁給祁國公嫡孫，現在又要對她施行家法，理由還是不知廉恥？

錦雲前世活了二十四年，還是第一次覺得腦子不夠用，有些茫然地看著父親。「是不是沒我什麼事了，我可以回自己的院子了嗎？」

「跪下！」右相氣道。

錦雲知道事情跟她有關，可是她不跪，脖子昂著，忍著眼淚道：「爹是朝廷命官，給犯人定罪尚且要審問清楚，您不問過女兒，就斷定女兒不知廉恥，女兒不明白！」

右相氣得直拍桌子。「聖旨上寫得還不夠清楚?!祁國公嫡孫不學無術，妳卻與他私相授受，今日他更是求親到皇上跟前，讓皇上忍痛割愛，為父一輩子的臉面今日算是被妳給丟盡了！」

私相授受?讓皇上忍痛割愛?

錦雲險些氣暈。「爹是相信他還是相信女兒?爹若是聽信他一面之詞就斷定女兒有罪，女兒無能為力，可就算要處死女兒，女兒有句話也不得不說，女兒不認識他！」

錦雲把聖旨往地上一扔，好巧不巧就扔在沒來得及收拾的茶杯上。

一旁站著的蘇總管被錦雲扔聖旨的動作嚇到了，忙去撿了起來，勸右相道：「老爺，祁國公嫡孫在京都是出了名的紈袴，跟皇上又是打小玩到大的，在他跟前胡鬧慣了。二小姐平素甚少出門，應該沒機會碰上他……再者祁國公不是給葉大少爺訂過親了，且還是永國公府大小姐嗎?」

永國公府嫡女上官琬是京都有名的才女，琴棋書畫、詩詞歌賦樣樣精通，又貌美驚人，怎麼會?

右相瞪著錦雲，其實他哪裡不知道，這根本就是皇上和葉連暮串通好的，都商議到讓錦雲做皇后，就差擬旨了，突然這葉連暮就衝進御書房說皇上搶他的女人，不夠氣度，天下美女多得是，娶誰不是娶，幹麼娶他看中的？

這麼一鬧，錦雲哪裡還能做皇后？更何況葉連暮還說在大昭寺見過錦雲，拿了她一方手帕，一直貼身收著。且不管那手帕是真是假，葉連暮這麼當著皇上和百官的面一說，他還能硬要求皇上娶錦雲嗎？

蘇大夫人也明白事情的原委了，想來打錦雲肯定是不行的，皇上才剛下聖旨賜婚，又說是天作之合，這板子要是打下去，不是說皇上做得不對嗎？

蘇大夫人勸道：「賜婚總是喜事一樁，板子就免了，罰她抄一百遍《女誡》吧，只是錦雲賜婚給了祁國公府，那……」

右相臉色更沈，一甩衣袖走了，蘇大夫人臉上掛不住，就把氣全撒錦雲頭上。「不管是不是真的，今兒看在聖旨的分上饒過妳不知廉恥的罪，三日之內，必須抄好百篇《女誡》，不然，再加百篇！」

正廳的人都走了，青竹紅著一雙眼睛過來扶錦雲，聲音帶著哭腔。「小姐，我們回院子吧？」

錦雲像個木頭似地由青竹扶著回了院子，還沒進院門，張嬤嬤就哭紅了眼。「我可憐的小姐，怎麼就這麼命苦……」

錦雲深吁一口氣，她不傻，明白這是皇上反抗她爹的計謀。

錦雲咬緊牙關。「我若不死，我定要整死他！」

張嬤嬤和青竹愕然看著錦雲。「小姐？」

錦雲笑了，笑得那麼淡。「這樁親事未必沒有可取之處，大夫人氣我，不會給我找門更好的親事。他與我兩情相悅，情投意合，將來我嫁進祁國公府的日子不會太難過。」

張嬤嬤第一次從錦雲身上覺察到寒氣，將來她嫁入祁國公府的日子過得如何雖是未知，卻只能抱著這樣的期望了；小姐原本性子就木訥，好不容易死而復生逃過一劫，性子也活泛了些……張嬤嬤一肚子憋屈火氣，誰愛當皇后誰當，何必拖她家小姐下水，那些殺千刀的！

外面天熱，張嬤嬤忙讓錦雲回屋避暑，青竹嘟著嘴道：「小姐一肚子委屈不算，還被罰抄《女誡》，書房裡紙張不夠，奴婢去領。」

「多拿些紙張回來，我許久沒寫字了，生疏了。」錦雲叮囑道。

不只是生疏，是壓根兒就不大會。雖說她穿越過來後，繼承原主的些許根基，多練習幾次應可熟稔，可一想到百篇《女誡》，錦雲想殺人的心都有了，心裡將罪魁禍首咒罵了千遍萬遍——

你小子，給我等著！

又寫廢了一張紙，錦雲把紙團一揉，直接砸地上去，一下午，她一篇《女誡》都沒寫完。錦雲抓狂了，她寫不了毛筆字，最後一咬牙，讓丫鬟準備東西，把軟軟的毛筆變硬，這才勉強能寫字。

第二天吃過午飯後，錦雲坐在那兒揉著脖子，谷竹心疼道：「小姐昨兒沒有午睡，夜裡還熬夜了，現在已經有二十二篇了，小姐歇會兒吧？」

錦雲哪裡敢睡啊，一天一夜也才寫了二十二篇，這速度遠遠不夠的；她不是沒想抗議，可心知皇后一事還沒有著落，要是能選，右相自然是選大姊蘇錦妤，卻因為舅舅攪亂，他勉為其難退一步同意她做皇后，現在這局被人給攪和了，右相能不氣？她越是抗議，懲罰就越重。

錦雲想起來就想笑，他已經權傾朝野了，皇上對他都禮讓三分，不想娶他女兒還得用計，這樣的權勢還不夠嗎？就算蘇錦妤真如願當了皇后，他是不是還打算派個人守著皇宮，要是皇上隔三差五不去皇后寢宮一趟，就讓人押他進去？

老實說，錦雲很好奇。

她更好奇的是那些恨不得往皇宮裡鑽的人，皇上和右相之爭朝野盡知，皇上總有羽翼豐滿的一天，持續相鬥用不了幾年，擺在大朔王朝前的就兩個結果：要麼改朝換代，要麼右相伏誅。

前一個倒是不錯，她們能成為公主，身分榮耀無人比擬，可嫁給皇上的那個如何自處？要是結果為後者，右相伏誅，即便不殺皇后，那也是一輩子住冷宮的下場。

就這樣，還巴巴地往皇宮裡湊，這樣飛蛾撲火的追求，她理解不了。

錦雲嘆息，外面一陣輕盈的腳步聲傳來，還有笑聲。

「水中月，鏡中花，沒撈著也沒必要這樣傷感，祁國公府未必比不上那些有名無實的王族，就是祁國公府大少爺品性略差了些……」

錦雲抬眸望過去，一個年紀跟她相差不大的姑娘走進來，一身珠翠，面若桃花，眉宇間都透著喜色，反而是她身後的蘇錦妤、蘇錦容等人一臉咬牙切齒的表情。

蘇錦惜哼著鼻子附和道：「大堂姊說得還真是不錯，葉大公子放著京都第一美人不娶，巴巴地來娶咱們二姊姊，可見咱們二姊姊有過人之處，倒是咱們幾個有眼無珠了多年，硬是沒瞧出來。」

這擺明了是諷刺。相府上下，誰不知堂堂嫡女連個庶出的都比不上，丟在院子裡，乏人問津，此不僅諷刺了錦雲，連帶著把葉連暮給挖出來踩上兩腳，一屋子的丫鬟憋笑。

蘇錦容冷笑。「是人家葉大公子有自知之明，知道配不上人家上官小姐，方才我還聽說祁國公在朝堂上親自給永國公賠禮道歉呢。」

蘇嵐清傲慢地瞥了丫鬟知晚一眼，就坐下了。

錦雲對她卻是印象深刻，兩個月前，她之所以會穿越來，也多少拜這位堂姊蘇嵐清所賜！

蘇嵐清的父親乃右相二弟，蘇勻昉官拜戶部尚書，身分顯貴，母親也是望族出身，因此，她是名副其實的嫡女，不像蘇錦妤姊妹是母親扶正，也不像錦雲的母親出身皇商之家，所以蘇嵐清走到哪裡，都脖子高昂，一骨子優越感。

當眾人前往尚書府為她過及笄宴，錦雲親手繡上蘇嵐清最喜歡的百合，作為及笄禮送給她時，她卻是瞥了一眼就不高興了，說她是喜歡百合不錯，現在大家都送她百合了，看多了膩眼，隨手就給扔了。

當時這身軀的原主就是去抓繡品才掉進了湖裡，偏這些人都巴不得她早點死，磨磨蹭蹭地喊救命，等人救上來，都差不多斷氣了。

蘇錦妤和蘇錦容希望錦雲死，那樣她們就是正經的嫡女；蘇嵐清希望錦雲死，是因為沒有了她，自己將是蘇府唯一正正經經的嫡女。

個個心懷鬼胎，然後就有了現在的錦雲，所以對這些人，錦雲沒一個有好感，若是可以，她恨不得下令轟人！

蘇嵐清才喝了一口茶，眉頭便蹙著。「這什麼茶，味道這麼奇怪，還有屋子裡怎麼這麼熱，降暑氣的冰塊呢？」

這是抱怨，也是梯子，讓錦雲可以順著爬上去數落蘇大夫人苛待她，只不過她不是以前的錦雲了，不會再配合她乘機抱怨，沒用不說，且還自找麻煩。

蘇嵐清見錦雲不接話，便笑道：「二伯母素來最講規矩，二妹妹可不能因為節儉就隨意了，我們自家人，當然不用這般講究了，回頭來個客，這樣的物什招呼人可是失了相府的禮儀。」

見錦雲依然不語，蘇嵐清慵慵無趣。真是跟以前一樣半點脾性沒有，還說她變好了許多呢，昨兒還敢頂撞大伯父，估計是被聖旨沖昏了頭腦，也不知道事情商議得如何了？

蘇嵐清有些坐不住了，正要起身，就聽丫鬟來報。「臨江侯夫人和表小姐來了。」

蘇錦惜一聽姑母和表姊來了，譏笑道：「想幫爹爹分憂的人還真多。」

「再怎麼輪也輪不到她們！」蘇錦容冷笑。

待她們走後，谷竹便笑道：「這回府裡有熱鬧瞧了，不僅是堂小姐想做皇后，就是表小姐也想做皇后呢，再加上咱們府裡的幾個，不知道會不會爭得頭破血流？」

錦雲挑眉輕笑。二姨娘所出的蘇錦惜不必說肯定與后位無望，而蘇錦妤和蘇錦容則因母親孫氏是由妾扶正，所以身分有瑕疵；可二叔父的女兒蘇嵐清和姑母的女兒鄭冉婧完全是正正經經的嫡女，各家勢力又不錯，只要右相願意，皇后隨便哪個都成。可問題是，右相願意嗎？大夫人願意嗎？

這就是一齣好戲。

蘸墨繼續抄《女誡》，錦雲隨口道：「昨兒懵怔了，不記得聖旨上都寫了些什麼，除了把我誇得天花亂墜之外，有說什麼時候大婚嗎？」

青竹搖頭。「奴婢聽得很清楚，聖旨上沒有寫什麼時候大婚。」

錦雲鬆了口氣，沒有寫就好，只要人沒出嫁，就還有緩議的餘地。

青竹站在那裡，糾結再三，還是開口道：「葉大公子被祁國公罰跪祠堂三天三夜……」

錦雲驀然抬眸。「妳同情他？」

青竹身子一凜。「不是，奴婢覺得罰得輕了，最少也要罰他十天半月才成！只是……只是他是因為傾慕小姐才挨罰……」

錦雲氣衝腦門，直翻白眼。「大姊，我尊妳一聲大姊行不行啊，麻煩下回妳用同情心前先用用腦子好不？妳跟在我身邊多少年了，我什麼時候見過他了？他會傾慕我，我有什麼值得他傾慕的，妳告訴我，我改，行不行？以後別在我面前提他，我跟他不共戴天！出去，把門給我關上。」

「……」青竹無言。

她俏目圓瞪，張口結舌，直呆呆地望著錦雲的書桌，一張白紙上寫著幾個字，那幾個字她見過幾十遍了，每回張嬤嬤來都小心翼翼地拿出去焚燒，她也順帶認了幾個字——

葉連暮，你去死吧！

窗外，百年老槐樹上，一名男子忍不住彎起嘴角，手裡一把飛刀明晃晃的，跟他半張銀色面具相得益彰，在手裡轉悠了兩下，卻是揣回懷裡了，眸底閃過一抹笑意。

連暮兄，反正你嫌日子無聊，娶個不共戴天的媳婦回家，正好雞飛狗跳，倒是不失為人生一大樂趣了。

男子隨手扯下樹上一葉，撇頭朝著敞開的窗櫺看了一眼，重重一嘆。相府守衛甚嚴，無動手之機，他只能拿醉香樓的燒雞認賠了，損失慘重啊，哈哈！

樹葉離手，黑影一閃，彷彿不曾有人來過一般。

然，這守衛森嚴確實不虛，待他走後，一名中年男子從另一棵大樹後走出來，縱身去了右相書房，躬身稟告道：「老爺有先見之明，果真有人闖進相府，只是……」

「來人真下殺手了？」右相眉頭未抬，繼續翻閱奏摺。

「沒有，他手裡亮出了刀，卻沒有動手，屬下還要不要繼續守著青院？」蘇總管問。

「無須再守。派人通知祁國公，錦雲是生是死，都是他祁國公府大少爺的嫡妻，讓他們儘早完婚！」

蘇總管明白右相的意思，這是讓他去警告祁國公，管好自己的孫兒，相爺從未想過與祁國公府作對，卻有人偏要往刀口上撞，白白連累了二小姐；不過二小姐那不共戴天的話……

右相合起奏摺，道：「通知內務府，今年皇商剔除安府。」

蘇總管再次怔住，想起已逝世的第一任夫人安氏。「老爺，夫人生前，你曾答應過會護著安府的……安府做的又是糧食生意……」

朝廷正是需要糧食的時候，老爺怎麼在這節骨眼上對安府動手？

右相眸底閃過一抹寒意，商就是商，他允許官商勾結，但不許一家獨大，即使他與安府有姻親關係，也不許他們沾惹不該沾惹的位置！

外面，叩門聲響起。「老爺，夫人來了。」

「進來。」

門嘎吱一聲打開，蘇大夫人拎著食盒進來。「老爺在書房一待就是一個時辰，小心累壞了身子，蒙兒和猛兒也都不小了，也能幫老爺打個下手……」

蘇大夫人一臉溫婉，親自把青花瓷牡丹花紋點翠碗送到右相手裡，老實說，夫妻十幾年了，她從未看透過自己的枕邊人，兩個兒子全部送進書院，都十七歲了還沒想過給他們娶妻。

他是百官之首，想給兒子謀個一官半職還不是手到擒來的事，卻偏偏往死裡逼迫兩個兒子，長子蒙兒學文，次子猛兒學武，老爺已下了命令，今年秋闈，兩人若是不能拿下文、武狀元，就送他們兩個去邊塞苦寒之地三年。

這些天，蘇大夫人的心都是提著的。以右相府的權勢，文、武狀元，只要他要，百官誰敢不給，何況蒙兒可是他的親生嫡子啊！

右相見自家夫人拿起帕子抹眼睛，頗不耐煩地說：「想幫著蒙兒求情，這話不必提，出去吧！」

蘇大夫人還是很懼怕右相的，只要右相臉一沈，她就膽怯了，忙止了眼淚，轉了話題道：「二弟和鳳嬌都想要皇后之位，老爺的意思是？」

右相之妹乃臨江侯夫人，閨名鳳嬌，有女鄭冉婧；二弟蘇匀昉則位居戶部尚書，有女蘇嵐清。如今這兩人各打著如意算盤想將女兒推上后位。

說及皇后之位，右相的臉色就陰沈了下來，手裡的碗也擱下了。「這事我自有打算。另外，派人轉告孫府一聲，再敢在背後弄小動作，壞我大事，別怪我心狠手辣！」

「我哥他做什麼了？」

右相把奏摺扔給了蘇大夫人。「妳自己看！」

蘇大夫人忙翻看了奏摺，竟是彈劾孫太僕寺卿孫倬，言其教子無方，縱容其子強占民田建造豪宅的事，還縱容家丁打死了幾個百姓，差點引起民憤。

她看完，只在心裡罵一句：糊塗，不過就是宅子而已，你要就是了，怎麼就打死人了？打死也就算了，怎麼還鬧得人盡皆知了，為了點小事就惹怒老爺，不值當啊！

「明兒我就回孫府一趟，讓我哥把田地還給人家。」

右相冷哼了一聲，表示他壓根兒就不信。有盯上骨頭的狗會聽話扔掉嗎？但他也沒再說什麼，這些天實在有些煩躁，皇上要政權了。

青竹有些焦急，有些不安，不知道自己把錦雲氣成什麼樣子了，沒有吩咐又不敢進去，正瀕臨要撞門的境地，突然門內傳來一聲：「進來。」

青竹推門進屋，走到錦雲書桌前，撲通一聲就跪下了。「奴婢知錯了，奴婢再也不敢了。」

錦雲早把這事給忘記了，想起來還是忍不住瞪了青竹一眼。「有同情心不是壞事，但也別誰都同情。起來吧，以後別有事沒事就下跪，我問妳，我手頭上有多少銀子？」

「奴婢前幾天才數過，小姐有五十多兩銀子。」

錦雲聽得大喜，五十兩銀子不少了，想不到她還挺有錢的，正高興時，青竹下一句話就把她打擊得體無完膚。「這是小姐積攢了多年的銀子……」

「……我月錢是多少？」

「小姐是嫡女，按照規制該有十五兩銀子的月錢，可是從來沒有領到手過一回，每月能有五兩銀子已經不錯了。」

錦雲火冒三丈，竟然只有三分之一，這月例，連庶出都比不上，欺人太甚！

「去把銀子都拿來，我有用處。」

青竹忙去梳妝盒底下把銀子拿出來，用大紅牡丹的荷包裝得鼓鼓的一包，可惜只有五十三兩。

連支像樣的玉簪都買不起，缺錢啊！

錦雲皺眉苦惱，忽然想起了什麼，忙去翻抽屜，好半天才翻出一個精緻的首飾盒，裡面一套羊脂玉的頭飾，樣式精美，但她從來沒有戴過；倒不是怕被人惦記了去，而是這頭飾是錦雲的娘親安氏臨死前戴的那一套，古人忌諱很多，嚥氣那刻身上的衣服是要全部燒掉的，像這些貴重的，是留下來給至親的人睹物思人。

錦雲的目的不是這一套羊脂玉的頭飾，而是記起盒子底下有東西是留給她做嫁妝的。

由於繼承原主些許記憶，所以她也有印象早幾年看過那五張銀票，其中有三張是千兩的面額，只是原主很聽話，沒動用。

至於她，一直堅信錢是用來生錢的，放在那裡只會遭蟲蛀生黴……

而這五張銀票裡，最小的面額是百兩，錦雲拿了一張出來，其餘的原樣放好。

青竹忍不住道：「奴婢聽張嬤嬤說過，這首飾盒是夫人出嫁前，安老夫人送給她的，因為裝著忌諱的頭飾，所以沒當作嫁妝給收起來，還是夫人英明，把銀票藏在這裡面，就不怕被人給拿走了。」

「拿走」這兩個字還真的給錦雲提了個醒，她娘是皇商之女，陪嫁肯定不會少，再者膝下有女，那些豐厚的嫁妝不會送回安府。

「我娘的嫁妝這麼多年都是誰在打理？」

「小姐放心，夫人生前的陪嫁沒有被人給拿去，最多就是搬動的時候被人順手拿了些，大件的都在松院老夫人那兒呢！舅老爺哪會白白便宜了別人？那些田產鋪子都是夫人留給小姐的嫁妝。」

錦雲無語一笑，這也算是腰纏萬貫了，卻吃得差、穿得也差，好歹先拿點給她吧，估計娘親正是知道這些，所以給她留了幾千兩銀子備用？

錦雲拿著銀票，問青竹。「我若是想出去，該怎麼辦？」

「去找……」青竹想也不想便開口。

錦雲立馬伸手打斷她，順帶附上白眼一記，這丫鬟說話前能不能稍微動點腦子，張口就來。「別跟我說去找大夫人，那是妄想，幫我想個不驚動大夫人的好辦法。」

青竹滿臉窘紅，她還沒說完呢，小姐就知道她想說什麼了；可要想出去，不可能不被人看見，偷溜萬一被人逮到，那可是要命的大事啊，隨便安個罪名，都難逃一頓家法的！

青竹可憐兮兮地看著錦雲。「奴婢實在沒有……」

錦雲再次打斷她，軟語輕聲道：「我知道是有些為難妳了，可辦法總是人想出來的，給妳三天時間，幫我想個好主意出來，只要我能出去，我不管妳用什麼方法。」

青竹差點要跪下了，錦雲就那麼盯著她。「要不妳幫我抄《女誡》，我把時間擠出來想辦法？」

「……奴婢一定會想到辦法出府的！」

錦雲莞爾，沒有比較就沒有落差，真是不逼不行啊！

穿越過來兩個多月，也渾渾噩噩地過了兩個多月，平素吃點虧，吃穿用度差一點，她也沒想過去爭辯；可這一回，親事擺在了面前，她就算想當鴕鳥，當個生活品質不怎樣的米蟲願望早已成空，如今要回現代肯定是奢望了，只能既來之則安之了。

唯一讓她放心不下的就是在現代時空的親人，祖父和祖母還每日爭吵嗎？是否仍在為中藥治本、西藥高效爭論不休嗎？

由於爸爸、媽媽就她一個女兒，她不得不同時繼承祖父和祖母的醫術；說來也是她自找的，周歲抓鬮時，兩個紙團決定她將來做誰的傳人，是自己貪心全抓手裡了，祖父、祖母誰都不肯退讓，甚至後來為此，兩個老人還鬧出分居的事來。

所幸外祖父、外祖母都是老師，不用她來繼承，不然她的日子幾乎可以用昏天黑地來形容了，人家寶寶打小認識的是瓜果，她識字前先認藥草；人家玩沙，她玩的是花草，十五歲就能替人把脈，十六歲就玩手術刀……轉眼二十四歲了，連談場戀愛的時間都擠不出來，套句祖父、祖母的話，可恨沒將她生成雙胞胎，那只能辛苦她一個了。

沒錯，是辛苦她一人。父親雖少時學醫卻因資質中下，最後只好轉而去管理家族企業了。她曾設想過，萬一出現個意外，那這醫術傳到她這兒不就中斷了？當時祖父、祖母還一人賞了一大白眼，說要是真有意外，就逼她父母生對雙胞胎出來！

現在，意外真的出現了，依照祖父、祖母的脾氣，她爸慘了。

錦雲現在最想知道的是他們都還好嗎？要是能讓他們知道她沒死，只是換了一種存在的方式該多好。

錦雲怔在那裡良久，一直以來自己苦惱於在祖父中藥世家、祖母西醫世家中選一個，現在則全由時空幫她做了抉擇。

第二天一早，錦雲就帶著谷竹去了蘇大夫人的院子，去的時候，正碰上丫鬟端著飯菜出來，裡面傳來的是蘇錦容嬉笑的說話聲。「娘，妳看我今兒這套頭飾怎麼樣？」

蘇錦容轉圈，順手擺出來兩個姿勢，婀娜多姿。「娘，妳快說怎麼樣嘛，是我的好還是大姊的好？」

蘇大夫人坐在那裡呷著茶，笑著點頭。「都不錯，新送來的？」

「是前些日子姑母來的時候，冉婧表妹送我們的，娘，我們是不是該回禮？」蘇錦好道。

蘇大夫人冷笑一聲，兩套首飾就想換皇后之位，她就那麼沒見過東西？

「明兒讓李總管跟金玉閣掌櫃的說一聲，讓他訂製兩套頭飾，過兩日，妳們送臨江侯府去。」

蘇錦容嘴巴噘了起來。「早知道要還，我還收做什麼？我自己挑的肯定比頭上這套好。娘，這兩日大堂姊天天往祖母那兒跑，又是端茶又是做糕點的，昨晚還陪祖母喝了小杯米酒，就在祖母那兒歇下了，我們兩個想要陪著，祖母還讓我們回自己的院子。」

蘇大夫人眼神陰冷，二弟的心未免也太大了些，已經坐上戶部尚書的位置了，每年不知道從戶部貪墨多少銀子，還巴望著更上一層樓；二弟妹就更不知足，想將她踩在腳底下，簡直是妄想！

「也別整日就想著玩，老夫人年紀大了，腿腳不便，沒事多幫著捶捶也能得她老人家的歡心，在這府裡，妳爹最聽的還是妳祖母的話，多順著點妳祖母總是沒錯的。」

提起捶腿，蘇錦容就悶氣。「娘，這話妳也說過不少遍了，我都記著呢！前幾日，我幫著祖母捶腿的時候，力道已經很輕了，還是疼得祖母皺起了眉頭，打那以後，祖母壓根兒就不讓我碰，我能有什麼辦法？」

等屋子裡笑鬧夠了，錦雲才進去。

進去時，蘇錦容摟著蘇大夫人的胳膊撒嬌。「娘，二姊姊的賜婚聖旨下來了，昨兒蘇總管還去問了祁國公府什麼時候上門提親，祁國公府是怎麼說的？」

錦雲聽得心撲通亂跳，蘇大夫人卻是瞋瞪了蘇錦容道：「這些事哪是妳一個女兒家該過問的？聖旨賜婚，婚期自然由禮部和欽天監測算定奪了，娘又怎麼知道？只要妳爹想錦雲儘早出嫁，欽天監哪敢慢了？」

何時出嫁完全看右相的意思，右相說明天，欽天監就能說出來明天有十個、八個合適成親的理由來。

蘇錦容怕娘親數落她白操心，便轉了話題道：「娘，二姊姊抄寫的《女誡》還沒看呢，可得瞧仔細了。」

錦雲恭敬地把寫好的《女誡》送上，蘇大夫人隨手翻了翻，教導了錦雲兩句，此事算是過去了。

錦雲鬆了口氣，沒故意找碴就好。蘇大夫人心裡記恨她娘，連帶著看她從來沒有過好臉色，今兒這麼輕鬆過關，總覺得怪怪的，現在沒事了，是不是就可以走了？

說起錦雲的娘親安氏和蘇大夫人孫氏的恩怨，那可是有話說的，大朔建朝才二、三十年，當年太祖皇帝帶著先皇一同征戰打江山的時候，錦雲的祖父蘇老太爺，是先皇的左膀右臂。打江山嘛，要的是財力、物力，招兵買馬、物資匱乏之際求到安老太爺那裡，而那時蘇匀堯就跟在一旁，當時安老太爺一眼就看中了他，連著誇他將來前途不可限量，後來就定下了蘇匀堯和安氏的婚事。

而這孫氏原是蘇老夫人的表姪女，安氏嫁進門一年還沒身孕，蘇老夫人就幫著納妾，名門大族不可能只有一房正妻的，嫡妻總有身子不適、照顧不周的時候，再加上安氏還得打理內院，就更怕怠慢了丈夫。那會兒孫氏頻頻登門，送荷包、塞帕子、做點心的，蘇老夫人見她對兒子很用心，對自己也孝順恭謹，便抬了她；名分上雖比不上元配，不過因為蘇老夫人的緣故，她在府裡的地位遠不是那些尋常妾室可比的。也因此孫氏一直認為，要不是安氏橫插一腳，橫刀奪愛，右相夫人的位置只會是她的，所以把錦雲母女恨得牙癢癢，一直到安氏逝世後，她才扶為正妻，坐上大夫人的位置。

錦雲要走，蘇錦容卻笑道：「娘，明欣郡主邀請我們去遊湖，讓二姊姊跟我們一塊兒去吧！她很少出門，這都快要出嫁了也不認識幾個人，回頭嫁進祁國公府，肯定讓人笑話。」

蘇大夫人笑著點頭。「行，帶誰去娘都隨妳意。沒事都出去吧，娘還要看帳簿。」

錦雲有些摸不準，好好的遊湖，蘇錦容怎麼想到她了，她真有這好心？當錦雲疑惑地抬眸，沒有錯過蘇錦容眸底那一閃而逝的寒意。

松院的環境很美，很安靜，此時時辰尚早，天氣還不是那麼熱，樹上的鳥兒出去覓食回來餵雛鳥，徐徐清風挾帶著芬芳，甚是好聞。

錦雲刻意走得慢些，進屋的時候，蘇錦妤和蘇錦容已先入座了，而蘇老夫人坐在梨花木的軟榻上，蘇嵐清正跪坐在那裡幫著她捏腿，蘇錦惜幫著捏肩。

蘇老夫人一臉慈愛，看見錦雲進來，笑道：「捏了半天，也都累了，坐下去歇會兒吧。」

蘇錦妤忙問道：「祖母的膝蓋還在疼嗎？昨兒鄭太醫來開的藥沒有效果嗎？」

蘇老夫人端起茶啜著，一旁的李嬤嬤笑道：「老夫人有福氣，幾位小姐都極有孝心呢！只是那些藥，老夫人吃了夜裡睡得安穩了些，腿倒是沒見什麼起色，回頭奴婢跟老爺說說，還得再找幾個大夫來瞧瞧才是。」

蘇老夫人擺手道：「他事兒忙，一點兒小事就別鬧得人盡皆知了，十幾年的老毛病了，我都不抱希望了，尋常大夫請來也還是那些藥。」

蘇嵐清沒有起身，繼續揉捏著。「祖母心疼大伯父，沒把腿疼放在心上，可在嵐清心裡，事情再大也沒祖母的身子重要，爹這些天也差人去找了好幾個大夫了，嵐清多幫祖母捏捏腿，活絡活絡筋骨。」

錦雲眉頭微挑。坐在對面的蘇錦妤和蘇錦容嘴角皆是一抹冷笑，也正心忖：她這話什麼意思？祖母在府裡住著，太醫院的太醫哪個敢怠慢？京都有名號的大夫哪個沒被請來過，二叔父請的不還是那些，說得好似她娘對祖母不盡心似的！

李嬤嬤端上一杯茶，蘇老夫人接過呷了兩口，擱下道：「安老太爺壽辰是什麼時候？」

「再過十五日就是了。」

錦雲微怔，不說她還忘記了，安老太爺可是她外祖父啊！

錦雲抬眸看著自家祖母，蘇老夫人卻是擺手讓蘇嵐清幾個下去了，獨獨留下她一個。錦雲坐立難安，不知道祖母要說什麼，別是責怪安府壞了相府大事，讓她回去交流一番？

蘇老夫人身邊就留下李嬤嬤，她招手讓錦雲上前一步，嘆息道：「我原給妳看中了一門親事，只是沒想到……算了，不提也罷，妳爹是不得已，妳卻無辜受累，難為妳了。」

錦雲一頭霧水，無辜受累她懂，她爹不得已？連皇上都敢逼迫了，他有什麼不得已的？

李嬤嬤勸道：「兒孫自有兒孫福，二小姐瞧著就是個福緣深厚的，又有您疼著，斷然不會被人給欺負了去。」

錦雲連著點頭，心裡卻是嚎叫著，人家早欺負過了好不好，疼她就幫著報仇吧，欺負回來才對！

蘇老夫人拍拍錦雲的手。「安老太爺的壽辰之禮好好準備，缺什麼就來找祖母要，祖母許久不管府裡的事了，有些事也是心有餘而力不足，沒事多來陪我老人家解解悶。」

蘇老夫人說著，突然眉心攏緊，握著錦雲的手兀地顫抖了下，錦雲離得近，自然瞧見了她眸底的疼痛之色。祖母的膝蓋又疼了。

蘇老夫人疼得眉頭皺攏，手裡的佛珠握得緊緊的，額頭還有汗珠，李嬤嬤要去拿熱毛巾來，錦雲忙道：「廚房有粗鹽嗎？炒熱了用紗布包裹，比熱毛巾管用些。」

李嬤嬤怔看著錦雲，錦雲也知道自己這麼說有些突兀，便尋了個理由道：「每逢下雨時，張嬤嬤膝蓋就疼，用粗鹽敷能好不少，我不知道祖母適不適用，但是鹽都能吃，應該能用吧？」

李嬤嬤連連點頭，不再懷疑，轉身就去了廚房，錦雲就幫著蘇老夫人揉膝蓋，正好趁這個機會好好檢查了下蘇老夫人的關節，要想根治還真不是一件簡單的事。

要是她手頭有銀針，立馬能讓祖母減疼不少，不過就算有銀針，錦雲也不敢用在蘇老夫人身上，藥有效可以是人家用過的，可銀針要怎麼解釋呢？

被錦雲這麼一捏，蘇老夫人真是受盡折磨啊，什麼地方疼就捏什麼地方，那一下真是疼進骨髓裡，疼得她想阻止都說不出口，然後一鬆，膝蓋又輕鬆了不少。

李嬤嬤拿了紗布包來，錦雲幫著蘇老夫人熱敷在患病的關節處。「祖母感覺如何？」

蘇老夫人一臉欣然。「今兒倒是借了張嬤嬤的福了，膝蓋沒之前那麼疼了。」

錦雲羞愧地低下了頭。「回頭我找張嬤嬤問問，看她那兒有沒有好用的藥方子，要是大夫說能給祖母用，祖母不妨試一試。」

蘇老夫人詫異地看著錦雲，一個奴婢膝蓋疼，做小姐的竟然知道她都用什麼治療的？蘇老夫人想著青院的丫鬟，眉頭輕蹙了下，吩咐李嬤嬤道：「一會兒從院子裡挑兩個丫鬟，過兩日給青院送去。」

錦雲忙站起來行禮道謝，往後青竹她們就能輕鬆些了。而蘇老夫人也是通達世故之人，今兒招她單獨說話，若錦雲一出去就領兩個丫鬟回去，蘇大夫人肯定會懷疑是她在背後告狀，所以蘇老夫人才吩咐過兩日將丫鬟送至青院。

錦雲又陪著蘇老夫人小坐了一會兒，果然出去就碰上了三位姊妹，其中蘇錦妤姊妹兩人離去前個個目光古怪地看著她，彷彿怕她跟老夫人告狀似的。

尚未離去的蘇錦惜則再三逼問。「二姊姊就別藏著、掖著了，沒有大事，祖母會把我們全部支開？」

錦雲眸光淡淡地看著蘇錦惜。「三妹妹認為祖母會跟我說些什麼？妳要想知道我就告訴妳好了，祖母說她原是給我看中了門親事，結果沒想到她還沒提出來，我就被賜婚了，祖母說到一半就不說了，讓我安心待嫁，不會讓我被祁國公府欺負。」

蘇錦惜這回不再說話了，反而笑道：「還沒好生恭喜二姊姊呢，有爹爹和祖母撐腰，祁國公府就是借他三個膽子也不敢欺負妳。」

錦雲笑看著蘇錦惜。「三妹妹果真這麼想？」

蘇錦惜親暱地握著錦雲的手。「我怎麼想的無關緊要，日子過成什麼樣還得看二姊姊自己。爹爹權大勢大，我們無論是誰走出去都是人家豔羨的，可在這府裡，二姊姊明白自己的位置，我也明白，大夫人我們是靠不上的；祖母身子弱，甚少過問府裡的事，但她在爹爹心裡分量最重，也是妳我能找到的唯一靠山。」

錦雲挑了下眉頭，不懂蘇錦惜在這個時候說這些幹麼？「三妹妹有話不妨直說。」

蘇錦惜怔看著錦雲半天，然後笑道：「我還當妳開竅了呢，病了一場不過就是沒以前那麼木訥了，妳知道那日妳扔聖旨的時候，爹爹的眼神嗎？」

錦雲搖頭，蘇錦惜緩慢地鬆了手。「后位一事，不會就這麼過去的，妳好自為之。」

錦雲淡然一笑，她扔聖旨時，右相的眼神她自然瞧清楚了，那是震驚，裡面還夾雜了三分說不出的意味，像是讚賞。

錦雲才回青院，青竹就迫不及待地告訴她，想到出去的辦法了。

這辦法的確能避過所有人的耳目，只是……

錦雲瞅著那雜草堆，眼角一抽一跳。「妳讓我鑽狗洞？」

谷竹伸手戳青竹的腦門，罵道：「妳怎麼能讓小姐鑽狗洞呢，傳揚出去，妳讓小姐如何做人！」

「妳不說，我不說，誰知道？」

錦雲瞅著那狗洞，洞口不小，這副身子又嬌小，出去是沒有問題的，而且這地方也僻靜，應該不會被人發現，只是鑽狗洞……心裡總有點怪怪的，不過一想到韓信的胯下之辱，一個狗洞算什麼？實屬無奈啊！

錦雲回去後，找了套右相年輕時穿的衣服並讓青竹照著她的身量改了，又琢磨著怎麼避過張嬤嬤，最後一思量，拿了幾兩銀子給張嬤嬤，讓她回去看兒子，順帶找個先生教他讀書識字，張嬤嬤聽得高興地直抹眼淚。

次日一早，吃過早飯後，錦雲便去給蘇大夫人請安，知道她要出府做客，蘇錦好姊妹倆也去，就不擔心有人閒得慌來青院這裡串門子了。

不過今晚有家宴，錦雲還是得趕回來參加。

換過男裝後，錦雲一副豐神異彩、風流瀟灑的模樣，只可惜翻箱倒櫃半天，也沒找到一把可以添點風流雅韻的扇子。

錦雲本沒打算帶丫鬟出門，等她見到兩個帶著耳墜的小廝時，一口茶噴老遠。

出了相府，三人都鬆了口氣。

因不敢從右相府門前走過，所以她們朝反方向走，一路尋樸實的老百姓問路，正走得腿痠腳乏、險些虛脫之際，總算看見了熱鬧的街道。

即便天氣熱得厲害，街上叫賣聲還是此起彼伏，賣小糖人、紙鳶、胭脂水粉……讓人目不暇給。

拿帕子擦拭額頭上的汗珠，錦雲走到賣冰蓮子粥的小攤鋪，找老闆要了三碗冰蓮子，又問老闆附近最好的打鐵鋪子在哪兒。

老闆把冰蓮子粥送上，擦了兩下桌子，笑道：「客官可是來對了地兒，京都最好的打鐵鋪就在這條街上，一會兒您沿著這條道往前走，盡頭轉角往左走二十多步就到了，老李家三代鐵匠，做出來的刀削鐵如泥。」

於是她們尋到李家鐵鋪，見生意五花八門，無論短劍大刀，還是鐵鍋、鏟子、鋤頭……一應俱全，只要給圖紙就沒有他們打不出來的鐵器，連銀針都可以。

錦雲留下訂金，約定後日來取貨。

出了鐵匠鋪，錦雲的心就鬆了，在街上閒逛起來。什麼小攤鋪，這個看看，那個摸摸，不亦樂乎。

賣胭脂水粉的小販看錦雲對胭脂水粉又是聞又是嗅的，驚訝得眼睛都睜大了。「公子，那是姑娘家用的……」

「……」青竹和谷竹皆無言。

逛了半天，有些累了，錦雲看看天色，該是用午飯了，第一次出來，自然要好好犒勞下自己的五臟廟，見前面有家酒樓，錦雲抬步就往那裡走。

只是在距離酒樓百米處，一老一少兩個乞丐圍了過來，求錦雲施捨點兒。

錦雲見兩人面上都是灰，瘦骨嶙峋的，手裡的碗都磕掉了好幾個缺口，拿著碗的手還打著哆嗦。一旁的小姑娘才六、七歲的年紀，見錦雲看著她，有些怯怯地往自己的祖母身邊躲，一雙烏溜溜的大眼卻是緊緊盯著錦雲。錦雲心生同情，從荷包裡拿了個小銀錠子給她們，祖孫兩個高興得跪下來磕頭道謝。

錦雲繼續往前走，卻沒見到一旁嘴裡叼著草、一臉尖嘴猴腮的猥瑣男子。男子呸的一口把嘴裡的草吐掉，眼睛盯著錦雲腰間的荷包，心想那鼓鼓的一個荷包，該有四、五十兩吧？

他迅速往錦雲身邊走，速度突然加快，恰好有馬車駛過，他避讓時刻意往錦雲身上一撞，緊接著就是道歉。

錦雲剛要說沒關係，男子已經轉身了，走得極快。

她怔了下，突然想到什麼，一摸腰間，荷包沒了！

該死的賊！

第二章　誤打誤撞

錦雲一咬牙，抬腳就追上去，時值中午，天氣炎熱又是吃飯的時候，街上行人沒有那麼多，錦雲卯足了力氣衝刺，只是沒跑一會兒，就氣喘吁吁的，這副身子招架不住。

不過，那賊也好不到哪裡去。

錦雲追得有氣無力，雙手撐在那兒歇著，一旁正好是賣雞蛋的人，她二話不說，拿起兩顆就抬手砸過去。

大街上人少，錦雲不擔心會誤砸到人，可她沒注意到前面是充滿變數的路口。

一匹馬奔了過來，那雞蛋……好巧不巧就正好砸人家腦門上了。

錦雲還保持著扔雞蛋的姿勢，手上還有一顆沒拋出去，雖然距離稍稍遠了些，可高頭大馬上那俊美男子的臉色……她看得清清楚楚。

男子眉如墨畫，唇若含丹，仙姿玉質，恍如輕雲出岫，有種傾倒眾生的美，顧盼生輝的眸彷彿能懾人心魄一般，整張臉盡顯妖孽絕色。他狹長的鳳眸微微瞇起，一如兩彎幽深的潭水睨向她，幽邃的眼瞳陰沈下去，滿臉罩著寒意，陰霾暴戾。

那飽滿的額頭上，蛋黃，滴落，像是砸在錦雲的心尖上一般，驚濤頓起。

瞧男子的衣裝，群青色錦裳上壓刻金絲暗紋、繡著木槿花，即便是盛怒之下，青黑的眉宇之間富貴之態依然不掩，一身的貴氣與傲氣彷彿與生俱來，定是某個權貴家的少爺。

性情好的，擺擺手也就沒事了；性情差的，今兒怕是吃不完兜著走了。

不過一瞧他那青黑的臉色就知道不是個好說話的。

錦雲想溜，可腳就像被人釘在地上一般，忽然「咚」地一聲，那邊傳來重物落地聲，她的餘光看見有人被扔在地上。

是那個小偷！

小偷在地上抱著頭打滾求饒，恭謹彎著腰把荷包遞到逮住自己的男子手裡。

待男子繞過馬背，錦雲這才瞧見他的面容，很俊朗……俊朗得她怎麼看，怎麼覺得眼熟？

青竹和谷竹已經在扯她衣袖子了。「是、是二少爺！」

錦雲心咯噔一下跳著，腳步往後面挪。錦雲的二哥——相府的二少爺蘇猛已經把荷包遞過來了，他倒沒認出錦雲，雖覺得有些眼熟，不過他沒往那上面想，木訥寡言、足不出戶的二妹會女扮男裝在大街上追賊，還誤傷了人？這不可能。

「是你的吧？」蘇猛把荷包遞到錦雲跟前，聲音如大提琴般醇厚。

「多謝。」

錦雲接過荷包轉身便要跑，身後頭一聲暴戾聲砸過來。「站住！」

她望著天空一陣欲哭無淚，這聲音聽得令人心顫，她硬著頭皮挪著腳步轉了身。

錦雲轉身就瞧見對面又來了個騎馬的錦袍男子，嘴角帶著一絲幸災樂禍的笑，肩膀抖動，輕咳一聲遞上一方帕子。「趕緊擦擦吧，不然一會兒雞蛋要被烤熟了。」

青衣男子墨眉倒豎，鳳眸裡是滔天的怒火，他把腦門上的雞蛋殼拿下來扔掉，然後才接帕子去擦額頭上的蛋液。

看著那額頭被砸得紅腫之處，錦雲扯了下嘴角，小心翼翼地上前賠禮道：「我……我不是故意的。」

方才遞帕子的錦袍男子憋笑道：「知道，是他自找的，誰讓他不等我自己跑的，遭報應了，一點小事，小弟弟別放在心上……」

小弟弟？

錦雲嘴角猛抽，青衣男子眸光冷冽地撇過頭，錦袍男子立馬改口。「雖然是天意，但大街上也不應該隨便扔東西，還是殺傷力如此強大的雞蛋，要賠罪，一定要賠罪！前面醉香樓，小兄弟就擺酒一桌，自罰三杯如何？」

蘇猛也幫著求情。「他也不是故意的，葉兒不妨饒過他這一回？」

滿腔怒火、恨不得掐死錦雲的男子——正是祁國公府大少爺葉連暮，他這幾天已過得十分憋屈了，罰跪三天，昨兒在床上躺了一天才緩過勁兒來；今兒又心不甘情不願地送納采禮，他在府裡待不住只好溜了出來，原想找人陪著喝兩杯緩緩心裡的窩囊氣，哪知道出門就被人砸了雞蛋。

再看錦雲滿臉委屈往蘇猛身後躲的神色，葉連暮更是氣不打一處來。躲什麼躲，他還沒把他怎麼樣呢！

葉連暮一夾馬肚奔過來，一個彎腰就把錦雲提了起來，將錦雲橫在馬背上，直接就到了醉香樓。

醉香樓離得不遠，可青竹和谷竹兩個嚇得臉色慘白，追到了醉香樓下，葉連暮自己下了馬，倒是錦雲趴在馬背上，還是青竹和谷竹扶著下來的，雖然才幾步路，驚嚇之餘又受了顛簸，錦雲胃裡翻江倒海，扶著牆壁吐了起來。

「這身子骨兒未免也太差了，你不會沒騎過馬吧？」蘇猛忍不住搖頭。

錦雲沒好氣地回頭，拿帕子擦拭嘴角。「知道還問！」

青竹忙道：「我家少爺今兒是第一次騎馬。」

蘇猛掩嘴輕咳一聲。「在下蘇猛，這位是安遠侯世子趙琤，那位……咳，挨了你一雞蛋的是──」

蘇猛話還沒說完，怒氣聲就傳來了。「進來！」

趙琤笑道：「喚我一聲趙兄即可，那位就喚葉兄吧，他這兩日受了些氣，不是故意針對你的，別放在心上。倒是你……」他看向蘇猛，雖說右相府與祁國公府即將成為親家，將來少不了見面的時候，可此時葉連暮在氣頭上，難保不會在醉香樓鬧上，能避則避吧。

蘇猛知道趙琤的意思，他也不想與未來妹夫鬧僵。「我是來赴他人之約的。至於他，還請趙兄多照應一些。」

趙琤輕碰了下鼻子，點頭道：「方才的意外，他道過歉了，葉兄應該不會真拿他怎麼樣，蘇兄放心吧，我就先上樓了，失陪。」說著，他率先一步上了醉香樓。

跟在後面的錦雲一臉鬱悶，回頭看了看蘇猛，老實說，她想跟著自家二哥赴約，儘管兄妹感情不大深，好歹是一家的啊！

不過錦雲也知道，扔了人家一個雞蛋，不賠罪肯定是不行的，這間酒樓不會死貴吧？衣冠楚楚，風流倜儻，要是沒錢付帳，臉可就丟大發了。

隨著趙琤上了樓，還沒進門，就聽見屋子裡有說話聲。「你這額頭怎麼腫了，被國公爺打了？」

錦雲硬著頭皮進去，就感覺到一道凌厲的寒冰眼，她扯了扯嘴角，那陌生男子瞧見錦雲，劍眉微挑。「他是？」

「我叫蘇錦。」錦雲回道。

「你也姓蘇？」葉連暮的聲音沈冷。

錦雲一時無語。怎麼，姓蘇不行啊！

「我就姓蘇！」

「你跟右相是什麼關係？」葉連暮冷冷地看著錦雲，質問道。

錦雲一肚子火氣，她從來沒像今天這樣倒楣過，咬牙走過去，拿起酒杯。「方才是我不對，我向你賠罪。至於我跟右相什麼關係，難不成每個姓蘇的都和右相是親戚不成?!」

毫不客氣的言語，讓葉連暮無從辯駁，耳邊頓時傳來輕笑聲。他瞪著錦雲，妖冶的鳳眸裡怒火正盛。這是賠禮道歉的態度嗎？

錦雲一口把酒飲盡，喝得有些急，嗆得她連著咳嗽，好辣的酒，嗓子都快冒火了，趙琤忙把茶遞上。

葉連暮鄙夷道：「堂堂男子騎馬嚇得叫救命也就算了，連酒也不會喝。」

錦雲險些氣暈，她要做什麼男子漢？今兒只是冒充一下而已！

趙琤推了葉連暮一下，雖然知道他今兒氣得不輕，可也不能這麼說人家，這不是赤裸裸的挑釁嗎？想打架也不能這樣啊！

這蘇小兄弟弱成那樣，要是他一拳頭揮過去，還不得把他打死？

葉連暮一口飲下一杯酒，輕蔑的目光掃過錦雲，不過錦雲的忍功倒是讓他欽佩，他之前遇到的那些世家子弟，心氣都比較傲，像錦雲這般隱忍賠禮的還是第一次遇到，他倒是要看看這人能忍到什麼時候。

趙琤請錦雲坐下，介紹起那陌生男子。「不打不相識，今兒算是結識了，這位是……葉容。」

錦雲朝名喚葉容的男子點點頭，從方才進屋子起，她就知道這幾個人身分都不一般，尤其是這位葉容，眉宇間有股說不出來的氣勢，安遠侯世子對他的敬意是骨子裡透出來的恭謹，還有方才說她姓蘇的時候，他的眼睛突然冷了一下，可見和右相有仇啊！

錦雲有些拘謹，一旁的趙琤舉杯道：「這兩日城裡來了不少災民，這一區塊還好，城西那邊都快成難民區了，災情再不緩解，只怕災民會越來越多。」

提及災民，葉容的神色凜冽了起來，葉連暮不屑地重哼。「右相不是說，皇上大婚沖喜能祈求老天下雨嗎？你怎麼看？」

葉連暮問的不是錦雲，但是錦雲抬眸的時候正好和他視線對上，她以為他是成心報復，故意刁難，便回道：「我又不管朝政，我怎麼知道？」

葉容側目看著錦雲。「你就沒想過入朝為官？」

錦雲可沒有那麼大的抱負，自由自在多舒坦，再說了，她可是女兒身。「這哪裡是我想就能的？」

趙琤給錦雲倒酒。「不妨談談自己的看法。」

錦雲對趙琤感覺不錯，想著一會兒有人找她麻煩，還得靠他幫著周旋，所以他問什麼，她自然會回答。「下雨是老天爺的事，我們還真的沒辦法解決，不過若是早先做好防備，或許災情沒現在這麼嚴重。」

葉容兩指輕叩在桌子上。「那該如何防備？」

錦雲轉著酒杯，撇頭看著葉容，倏然把眼睛瞪向葉連暮。「你能不能別盯著我，我臉上沒繡花！不過就是砸了你一個雞蛋，我讓你砸回來總行了吧？一個大男人，這麼小心眼！」

葉連暮臉一黑，恨不得掐死錦雲才好。他不過就是看看，一個大男人長得這麼弱小，還唇紅齒白、纖弱無骨，本來就惹人懷疑了。不過現在沒疑竇了，這要是女兒家，肯定嫁不出去！

「只要你說得有理，我就不追究你砸雞蛋的事了。」

錦雲深吸一口氣，用懷疑的眼神看著他，葉連暮臉又黑了三分，她這才相信他不是拿她開玩笑。「因地制宜，興修水利，就能很好地緩解乾旱，而且開挖渠道還能抵禦洪澇，還有什麼翻車、筒車等灌溉工具，能把河水送進渠道裡，自然不會受災像現在這麼嚴重，這是工部的事了，我不大懂。」

錦雲忐忑自己能不能過關，可在場的幾個人卻沈默了，因地制宜，興修水利，不但緩解旱情，還能防禦洪澇，短短幾個字，卻道出了重點。

葉容端起酒杯，對錦雲刮目相看。「朝中需要你這樣的人才。」

錦雲心上一喜，抬眸看著葉連暮，瞧見他那審視的目光，錦雲知道她過關了，她本來就不是成心砸他的，是他自己倒楣替賊擋了回災。她端起酒杯，謙虛道：「不過就是隨口一說，算不得人才。」

趙琤點出重點。「現在修建也來不及了，那些災民還有糧食一個問題也沒有解決。」

錦雲肚子本來就餓，看著一桌子好吃的，肚子就更餓了，想著這頓是她請客，若不吃餓著自己，豈不是太委屈了？便不管他們商量什麼，自顧自就吃起來。

說著說著，又說到皇上大婚上頭去了，趙琤一臉憂心忡忡地道：「旱情若是一直這麼嚴重，只怕皇上大婚是勢在必行了，不然過錯最後還是歸結到皇上身上。」

錦雲挾菜的手一頓，就聽對面鏗鏘有力的聲音傳來。「就算要娶，也不能娶右相的女兒！」

錦雲倏然抬眸，瞧見葉連暮眸底的戾氣，眉心微蹙。他似乎對右相府的女兒偏見頗深，不過，朝堂上的事，皇上都沒轍，他大概也只是說說罷了；她這個右相府中深受立后一事迫害的女兒就心寬體胖、大度不與他一般見識，免得洩漏了身分，惹禍上身。「那要娶誰的女兒？既然說立個皇后能降雨就立個唄，反正皇上年紀也不小了。」

錦雲說得隨意，故作一副事不關己、高高掛起的姿態。

趙琤搖頭。「朝政一直把持在右相的手裡，娶誰不是皇上能作主的。」

錦雲輕聳了下肩膀，有個刁悍的老爹真是……要是讓他們知道右相是她爹，她估計要躺著出去了。

錦雲瞅了幾人一眼，笑道：「娶誰皇上沒法作主，那個半路殺出來的葉大少爺不就可以？前兩日聽說因為聖旨賜婚，葉大少爺被罰跪祠堂，也不知道放沒放出來，你們知道他平常都出入什麼樣的地方嗎？」

咳咳！桌前的三人齊齊咳嗽。

人家挨了你一雞蛋，坐在你跟前，你卻不認識，這不是騎馬找馬嗎？

「蘇小兄弟對他很好奇還是找他有事？」趙琤笑問。

錦雲齜牙。誰對他好奇了，誰找他有事了，她是去報仇！

「風月閣，去那兒沒準兒能找到他。」

錦雲瞅著葉連暮，總覺得他的話不大可信。「風月閣是什麼地方？」

趙琤又是一咳，用極度懷疑的眼神看著錦雲，錦雲頓時明白了，從鼻子裡哼出來一聲。

葉連暮被那聲音刺激到了。「那葉大少爺得罪你了？」

葉連暮現在看錦雲的眼色都怪怪的，心頭納悶：這人不認識他，不認識蘇猛，不認識安遠侯世子，現在連風月閣都不知道，瞧他樣子也該有十五、六歲了，騎馬不會，喝酒不會，拳腳不會，暗器不會，他真是京都的人？

即便是個姑娘家，也該知道風月閣是什麼地方吧！

可方才那樣子又不像是裝出來的，葉連暮對錦雲更好奇了，覺得這人好像特別惱他，甚至提及他似乎都帶著火氣，他有得罪過他嗎？可他壓根兒就沒見過他！

反倒第一次見面就挨了他一腦門的雞蛋！

錦雲可不敢說白了，她可沒忘記這裡坐了兩個姓葉的，葉姓可是皇姓，誰知道會不會沾親帶故，於是她氣悶道：「他搶了我喜歡的姑娘！」

一屋子的人，包括站在一旁的護衛齊齊地瞅著葉連暮，葉連暮嘴角抽了又抽。

誰搶了他喜歡的姑娘了?!

葉連暮的寒刀眼刷過葉容、砍過趙琤，兩人俱是低頭喝酒，趙琤正想寬慰錦雲兩句，卻發現不對勁……他姓蘇，若是喜歡蘇二小姐，不會不認識蘇猛才對。

趙琤瞅著錦雲。「你說的不是蘇二小姐吧？」

錦雲愕然，不是說葉連暮不學無術，是個紈袴子弟嗎？那應該跟不少姑娘有瓜葛才對，怎麼第一個想到的就是她呢？

錦雲忙搖了下頭，想著怎麼糊弄過去才好，正好這時，樓下傳來敲銅鑼的聲音，還有說話聲。「……還是之前的對子，凡是對出來的，酒菜全免，送黃金百兩，出個對子，一炷香內無人對出來的，也可免酒水。」

錦雲好奇地往窗口探去，那個掌櫃手裡拿著對子，只見上面寫著：

五百里滇池，奔來眼底，披襟岸幘，喜茫茫空闊無邊。看：東驤神駿，西翥靈儀，北走蜿蜒，南翔縞素，高人韻士，何妨選勝登臨。趁蟹嶼螺洲，梳裹就風鬟霧鬢；更蘋天葦地，點綴些翠羽丹霞。莫辜負：四圍香稻，萬頃晴沙，九夏芙蓉，三春楊柳。

錦雲瞅著嘴角抽了下，一眼掃過去都記不住，哪還對得起來？只得懨懨地坐了回來。

趙琤看著錦雲。「蘇小兄弟不試試？」

「沒那個本事。」

次。

「那對子出來已經半年時間了，對不出來不足為奇，就是翰林院不少大臣也試過。」要是太簡單了，黃金百兩，醉香樓還不得虧死，錦雲不知道這樣的機會每半個月才有一次。

耳朵豎起，錦雲細細聽樓下的動靜，氣氛踴躍，不少人出了對子，但都是此對子才出來，另一邊就有對子應付了。

「這回輪到誰出對子了？」趙琤忽然問道。

葉容和葉連暮都看著錦雲，錦雲噘著嘴。「為什麼是我？」

「你請客。」

「……」

很快就到他們這一房了，錦雲走到窗戶旁，輕啟朱唇。「陽春三月，天仙紅娘子，龍骨玉肉，首烏容少，一點朱砂痣，面撲天花粉，頭插金銀花，身穿羅布麻，項戴珍珠，腰掛珊瑚，懷抱太子，在重樓連翹百步，仰望天南星，盼檳榔。」

錦雲一氣呵成地說完，樓上、樓下全部寂靜了。

待錦雲退回桌前，趙琤舉杯笑道：「你過謙了，能出此對子的豈是尋常人，裡面好多藥材，足有一、二十種了。」

錦雲一臉羞愧，有本事的還是別人，樓下還沒有動靜，掌櫃的默默地把香點上，然後站在那裡等著。

這副對子的勝算太大了，來這兒的大多都是世子少爺，這類大多是瞧熱鬧的，再就是書生少爺，那是為結識才子來的，懂藥的寥寥無幾，更何況要對出來？很快的，一炷香就過去了，樓下銅鑼敲響，無人對出對子，錦雲這頓飯菜全免。

吃了許久，錦雲的肚子早飽了，便起身告辭。「不打擾三位瞧熱鬧，先告辭了。」

「你住哪兒？改日閒了我陪你去風月閣。」葉連暮瞥了錦雲一眼道。

錦雲無言。讓她去風月閣，虧他能想！

她嘴角一勾。「有緣自會相見，告辭。」

告辭完，錦雲就出去了，青竹和谷竹兩個就在門口來來回回轉悠著，見錦雲出來，忙問：「少爺，他們沒有為難你吧？」

屋子裡，三人還在疑惑，尤其是趙琤，盯著葉連暮半天。「你真搶了人家心愛的姑娘？」

葉連暮一個大橫眼掃過去。「我怎麼知道！還有你是怎麼回事，相府果真守備森嚴到那地步了？」

趙琤訕訕然坐下，現在想想都背脊發涼。「幸好我沒動手，殺不了人不說，只怕我只要動手就沒有活著的可能了，你也甭想別的辦法了，咱們這回真惹怒右相了，即便是蘇二小姐死了，依然要占著你的嫡妻之位，甚至用『情深意重』四個字逼你這輩子都沒法續弦。」

葉容舉杯。「這回難為你了。」

趙琤也舉起酒杯，兩人都看著葉連暮，葉連暮重重一嘆，他的好日子從闖進御書房跟右相對上那一刻就到頭了，還不知道他的女兒是個怎樣稟性的，她會不會把祁國公府鬧得雞飛狗跳？這幾天他也明白了，除非右相倒臺，皇上親自下旨休妻，否則他和她得綁在一起一輩子，死後都要合穴而葬！

葉連暮滿杯飲盡，故作輕鬆道：「娶了就娶了，再厲害也只是個女人，出嫁從夫，她還是得聽我的，倒是你，你打算娶誰沖喜？」

葉容——準確地說應該是當今皇上葉容痕，此刻正眉頭蹙緊，不言一語。

屋子裡三人，各有各的愁容，尤其是趙琤，替君分憂這餿主意是他隨口一說的，葉連暮覺得不錯，最後三人划拳，輸的那個去替君分憂，若不是這餿主意，皇上娶了蘇二小姐，現在也不會被人逼著，連暮兄也不會把自己這輩子搭上。

說是出嫁從夫，哪是那麼容易的事！這皇上是皇后的夫，更是群臣之主，結果呢？由此可見，連暮兄這話不過是自欺欺人罷了。

若不是他自己一時腦熱，現在也不會愧疚，皇上也不會因為犧牲了連暮兄，不想讓這份犧牲付之東流，硬扛著各方壓力，堅決不娶右相的女兒。趙琤一連飲酒三杯，心裡泛出苦味來，他該如何彌補，那日，他若是不顧一切先下了手，情況會是如何？

他們都太高看了自己，太小瞧了右相。

葉容痕從懷裡掏出來一份聖旨。「你得做好心理準備，右相的女兒不是那麼好娶的。」

葉連暮接過聖旨，才瞄了兩眼，眼珠子差點瞪出來。「讓我負責將災民轟出城外?!」

「是『請』，不許傷一人。」

「這是第一份，明日上朝，只怕有百八十份這樣的奏章，朕……」

無可奈何。

災民在城外找不到吃的才進城，讓他們出去談何容易，何況是心甘情願地出去？現在京都就有幾千近萬的災民了，過兩日恐會更多。

「昨兒不還有大臣上奏緊閉城門，右相不同意，莫不是故意想刁難連暮兄的吧？」

「他是在逼我替君分憂？」葉連暮眼皮亂跳。

不用說，肯定是啊！不需要你替君分憂的時候，你跑來攪局，現在需要了，右相怎麼可能不藉機教訓，這還只是開始，誰知道後面等著的是什麼？

葉連暮有種想衝進相府的衝動，眸光落在奏摺上，卻見到地上有個荷包。

另一廂，正要離開醉香樓的錦雲走在廊道上，忽然前方房門嘎吱一聲打開，蘇猛邁步出來，瞧見錦雲，怔了下。

錦雲向他道謝。「之前還多謝蘇兄幫我說情。」

蘇猛搖頭輕笑。「沒準兒是我連累了你也說不一定。」

錦雲眨巴眼睛，不懂他說這話是什麼意思，估計是成心寬慰她的。這個二哥還真的不錯，她也知道他的身世，當初老夫人抬了孫氏，沒多久孫氏就有了身孕，沒法伺候她爹，她娘就把貼身丫鬟送給右相做妾，沒想到才一個月就有了身孕，後來生下來的就是蘇猛，不過那個姨娘早過世了。

錦雲行過謝禮要離開，蘇猛卻要拉著她進屋吃酒，說什麼屋子裡坐了好幾位他的同窗好友，方才那對子可是把他們都給難住了，對她很是欽佩。

錦雲大汗，忙擺手道：「下回，下回我一定陪同吃酒，今兒我還有事要忙，失陪了。」

蘇猛這才甘休，他看著錦雲帶著丫鬟匆忙而去的背影，搖頭輕笑，那身衣服……是爹最喜歡的白鶴，爹最喜歡的墨玉冠，就連腰帶都是爹喜歡的雙扣，要是爹見到，準會喜歡這小兄弟。

錦雲出了醉香樓，忍不住揉了下脖子，回頭望了眼醉香樓，正好瞧見窗戶旁往下望的葉連暮。見他似乎有話要說，錦雲哼了下鼻子，轉了身，左右瞄兩眼，選了來時路，抬步走過去。

葉連暮的臉陰沈著，把手裡的荷包抬起來，瞧樣子是想朝錦雲砸下去，不過最後還是握緊了，腦中飄過錦雲說的話——有緣自會相見。

渾然不知荷包掉了的錦雲，一路往前走，走著走著，一個頭髮半白的老婆婆上前攔下她，臉上有些怯意，更多的是怒氣。「就是你沒付錢，拿了我孫兒兩個雞蛋？」

錦雲這才想起來，方才急著追賊，雞蛋沒付錢，趕緊賠罪掏荷包，這一下，她真是想去撞牆了，好不容易找回來還險些把自己搭進去的荷包，竟又丟了！

青竹見錦雲氣得跺腳，嘟囔道：「破財消災、破財消災。」

錦雲深呼吸再深呼吸，幸好還多帶了一百兩的銀票，不然需要的藥材都買不了了。付了雞蛋錢後，她又向身後兩人道：「趕緊買東西回府。」

進了藥鋪，錦雲把兩張藥方子給了小夥計，然後去內堂等候，青竹和谷竹兩個盯著錦雲。「小姐買那麼多的藥做什麼？」

「祖母膝蓋經常疼，這些藥有部分是給祖母準備的，妳們兩個再去買些東西回來。」

錦雲坐著喝茶，藥鋪裡還有坐堂大夫，一邊捋著鬍鬚一邊把脈，才開好方子，外面一個小廝匆匆忙忙進來稟告道：「李大夫，前街賣豆腐的劉二突然昏倒，撞破了頭，讓你趕緊去一趟。」

李大夫忙站了起來，跟小夥計說一聲，拎著藥箱子就出門了。

李大夫走後，有兩、三個人進來，小夥計一邊秤量藥材，一邊歉意地回道：「李大夫出診去了。」

錦雲坐在那裡等小夥計抓藥，外面一個婦人急急忙忙地進來。「快！李大夫，快救救我兒子！」

小夥計正要說李大夫出診去了，可是見到婦人那急切的樣子，再看她懷裡孩子那青紫的臉色，也急了。「胖頭這是怎麼了，李大夫出診去了還沒回來呢！」

「那劉大夫呢？快救救我兒子！」

「劉大夫今兒一早就出去了，到現在都沒回來，胖頭情況危急，怕是等不及了，要不，妳趕緊送他去別的大夫那兒吧？」

婦人急得團團轉了，錦雲注意到就這麼一會兒，那孩子的臉色又青了一層，是呼吸困難的症狀。「送去別的大夫那兒怕是來不及了，趕緊放下他。」

婦人怔住了，錦雲從她懷裡把那個七、八歲的孩子搶了過來，仔細檢查了一番。「有東西嗆進了氣管，他之前吃了什麼東西？」

婦人掩面大哭。「是花生，是花生，都是我的錯，我不該突然喊他……大夫，救救我兒子！」

婦人完全把錦雲當作是藥鋪的大夫了，情急之下，壓根兒沒瞧見錦雲那身沒一點像是大夫著裝。

眼看胖頭尚有意識，錦雲忙站在胖頭身後，以雙手環繞其腰部，朝肚臍及胸骨劍突之間施壓以推出異物，可胖頭依然不見醒，臉色更青紫，幾乎要失去意識。

錦雲眉頭一沈，心想，得用前世祖父傳給她的獨門方法，於是吩咐道：「拿銀針來！」

小夥計也知道情形緊急，連忙去把銀針拿來，錦雲隨手拿出兩根，把胖頭腮下幾個穴位扎住，然後拿了根粗的銀針，對準胖頭的手指，接著吩咐谷竹道：「我扎下去的時候，妳照我剛才那方式擠按他腹部，這是眼下救活他的最後機會了！」

谷竹不敢，這一旁的小夥計道：「我來！」

錦雲給小夥計一個眼色，銀針扎進無名指，所謂十指連心，胖頭一下子就疼醒了，再加上持續施壓腹部，他劇烈地咳嗽起來，錦雲立馬再扎住幾個穴位，突然，胖頭嘔出了花生米。

原本胖頭是臉青的，現在因為驚嚇到臉白了，徹底暈了，婦人急得大哭，錦雲卻鬆了一口氣。「沒事，回去休息片刻就不礙事了。」

婦人瞧見李大夫站在藥鋪外，忙奔了過去。「李大夫，我兒子胖頭是不是真沒事了？」

雖然錦雲救了她兒子是事實，可胖頭卻暈了過去，相比之下，還是多個熟悉的大夫保證，她才能寬心。畢竟錦雲太年輕了，鎮不住場子啊！

李大夫本來站在門口沒敢進來，這會兒忙進來幫著把了下脈，然後對著錦雲行禮。「今兒若不是公子出手相助，這孩子怕是……」

錦雲感到不好意思，若是可以，她也不想拿銀針傷他。

她並不知道此時門外，有兩匹馬止住了腳步，葉連暮見錦雲抹著額頭的汗珠，深邃如潭的眸底閃過一抹莫名的意味。

一旁的趙琤不解道：「好好的怎麼停了，在看什麼呢？」

當趙琤往藥鋪看的時候，錦雲已經走進屋內了。

「沒什麼，我們走吧。」

這廂藥鋪內的李大夫幫著開了藥方，然後親自給錦雲奉茶。「公子年紀輕輕，醫術卻卓絕，在下自嘆不如，不知公子師從何人？」

谷竹盯著李大夫，清秀的眉頭攏成一團。她家小姐醫術卓絕？小姐從來沒有看過醫書啊！

錦雲忙站起來接茶，隨口扯了個小謊。「不敢當李大夫誇讚，我尚未出師，家師不許我賣弄，今兒只是……幸好無事，不然……」

錦雲說得很隱晦，李大夫是明白人，心想他定是師從隱士高人，如此醫術都沒能出師，那肯定不會說出師從何人了，如此嚴謹的態度，讓他羞愧不已。

外面又有病人來了，李大夫便告辭出去診脈，沒一會兒，小夥計就來告訴錦雲，藥材都準備妥當了。

主僕三人滿滿一手東西回到了相府，鑽了狗洞進來，一路進青院都相安無事。

只是才進院子，谷竹就變了臉色。「張嬤嬤回來了！」

錦雲瞅著空蕩蕩的院子，她沒見到有什麼人來過的跡象，谷竹卻是指著大樹下的掃把道：「張嬤嬤最喜歡把掃把放那裡了，奴婢今兒早上掃地的時候明明是擱在那兒……」

話還沒說完，後頭有說話聲傳來。「是誰在那兒？」

聲音很熟悉，是張嬤嬤。

青竹和谷竹兩個互望一眼，張嬤嬤已經走過來了，乍一看，嘴巴就張大了。「小、小姐？」

被逮了個正著，還能瞞什麼呢？

錦雲一臉訕笑。「張嬤嬤這麼早就回來了？」

張嬤嬤瞪眼。「妳們果真出府了?!」

青竹和谷竹跪下來求饒，錦雲咬唇道：「都是我逼她們的，不關她們什麼事。」

張嬤嬤看著錦雲，身為奴婢，不能數落主子的不是，可她今兒真是忍不住了。「小姐可知道今兒府裡出了什麼事？」

錦雲心咯噔一下跳著。「與我有關？」

「今兒祁國公府派了人送納采禮來，幸好大夫人有事急著出門，不然可要見小姐……」

張嬤嬤現在想想，心都是冰涼的，若是去府裡轉轉耽擱些時間都是小事，哪知道她們溜出門去了。她今兒出去，走在街上看見敲鑼打鼓的隊伍，一問才知道祁國公府送納采禮上右相府了，她就連忙回來了；哪知道蘇大夫人明明見到祁國公府送納采禮來，還當著祁國公府二夫人的面，坐上轎子出門了。

錦雲也嚇住了，真是萬幸，右相府這是要擺夠架子，讓祁國公府臉面掃地呢！可是有沒有想過，現在祁國公府沒了臉面，將來她嫁進去會遭受些什麼？還未出嫁就給她樹立了多少敵人？

錦雲沒多想下去，今兒走了許久的路，她累趴在小榻上，裝死。

可是才剛瞇上眼，就來客了，是蘇錦惜。

見錦雲有氣無力地趴在那裡，蘇錦惜笑問：「二姊姊心情不好？」

「若是這些事擱在三妹妹身上，三妹妹會心情好？」

蘇錦惜知道今兒納采禮的事錦雲也知曉了，虧她性子木訥，忍得住。「早就想來寬慰二姊姊兩句，只是被四妹妹纏著跳舞給祖母看，耽擱了些時辰，聽下人說，祁國公府抬了十八抬嫁妝來呢。」

「一百八十抬都沒用，一抬不都沒進門不是嗎？」

「下回估計該二十四抬了，或者更多。」

錦雲臉色又難看了三分，蘇錦惜笑道：「想來祁國公府也該有自知之明，他就是抬多少來也比不上一個皇后之位，二姊姊是相府嫡女，怎麼能委屈了呢？」

錦雲坐到蘇錦惜對面。「三妹妹今兒來不單是說這些的吧？」

蘇錦惜拂動手裡的牡丹繡帕。「不然呢？我可沒有大姊姊她們那麼多宴會要參加，只是我聽說，大姊姊若是一定要進宮，那就只能做貴妃呢。」

這是特地來告訴她，蘇錦好在生氣，她要慘了？

蘇錦惜站起來，走了兩步，嫣然回首。「一會兒家宴，二姊姊可別忘了。」

錦雲坐在那裡，揉著太陽穴，心裡將某男又是一陣咒罵，吩咐青竹道：「去把爐子燒起來……算了，來不及了。」

錦雲梳洗了一番，便去參加家宴，半道上碰到了右相府大少爺蘇蒙，他和蘇猛不同，要更加俊朗些，但是蘇猛個頭略高一些，人也更精氣，而且笑容更加燦爛。

錦雲忙福身行禮。「見過大哥。」

蘇蒙有些詫異，上回聽說她落水受了傷，他一直沒空去探望，沒想到才幾個月沒見，以前那個見到他就怯懦地躲到一旁的二妹妹也會主動請安了？

蘇蒙一時走神，後頭有說話聲。「大哥，今兒說好的去醉香樓，你怎麼一個人跑了？」

不用說也知道這是誰了，錦雲忙低頭行禮。「見過二哥。」

見過禮後，錦雲就趕緊離開，蘇猛輕搖了下頭。二妹見到他都不敢抬頭，回頭嫁進祁國公府見了葉連暮，只怕人家一瞪眼，都要嚇哭了吧？

此時，蘇老夫人屋子裡，歡聲笑語不斷，錦雲的幾個姊妹正圍著她說笑。

蘇大夫人還有幾個姨娘也都在屋內，一瞧見蘇蒙和蘇猛進屋來，連著誇讚道：「一個月沒見，兩位少爺又俊朗了不少呢！」

蘇老夫人臉上是笑，嘴上卻抱怨。「還不是他們的爹，硬是不許他們回府，不然我老人家也能時時看到。」

蘇老夫人心疼地問他們在書院裡可辛苦，就這樣閒聊著，錦雲坐在一旁，聽到有趣的地方也抬下頭，只是這一下就讓蘇猛怔住了。

這……不是？

蘇猛眼睛越睜越大，蘇老夫人也覺察到有絲不對勁。「猛兒盯著錦雲做什麼？」

錦雲心跳得好快，故作不知地拿帕子去擦臉，又問青竹臉上有沒有髒東西，青竹對錦雲不知道說什麼好了，被逮了個正著，虧她還能若無其事。

蘇猛撓著額頭，一臉窘紅，雖說是自家姊妹，可畢竟男女有別。「聽說二妹妹生病了，瞧氣色應該是好全了，說來葉大公子與我還有同窗之誼。」

錦雲鬆了口氣，還好他沒說破，不然今兒別說是家宴了，就是飯都不一定有得吃。

等了會兒，右相才來。

上桌後，蘇老夫人吃了兩口，掃了蘇大夫人一眼。「祁國公府明後兒應該還會送納采禮來，妳若是沒什麼天大的事就別出門了。」

蘇大夫人忙站起來。「今兒是祁國公府來得不巧了，媳婦都答應人家了，不去不好。」

「訂親信物，我要免死金牌。」忽然，右相來了一句。

一桌子人，除了錦雲，個個瞪圓了眼睛看著右相。

「祁國公的免死金牌是太祖皇帝賜的，讓他拿出來，能嗎？」蘇大夫人問。

大朔建朝之初，封了四位國公分別是：祁國公、遂寧國公、永國公、安國公，其中以祁國公最為榮耀——當年太祖皇帝不但賜國姓，還賞賜免死金牌給予祁國公；而現今皇上葉容痕的生母和祁國公嫡孫葉連暮的母親又是同胞姊妹，賜國姓又加上這層姻親關係，祁國公府從開國至今享盡其他國公從未有過的尊榮。

「沒點實在的東西也想娶我的女兒，這就是他管不好孫兒的代價！」

蘇大夫人不敢再說什麼，可是心裡很是不服氣，訂親信物可是要讓錦雲帶著去祁國公府的，老爺是想整垮祁國公府，獨獨護住自己女兒一個嗎？她就知道他還沒忘記那個賤人！

錦雲坐在那裡，手裡的筷子戳著豆腐，眼角都在抽，此刻的情形，祁國公府就是碗裡的豆腐，她爹就是那筷子，想捅哪裡就捅哪裡，連吭聲都不敢。

右相來這麼一句，桌子上的氣氛就變了。

丫鬟為錦雲倒果酒，只是錦雲喝的時候，眼神微沈，嘴角勾起冷笑。

一小杯的酒，加那麼濃的有毒巴豆粉，她身子骨兒本來就虛，只怕要虛脫。

錦雲沒動酒杯，就挾菜吃。

屋子裡只聽見輕微的聲音，在右相跟前，沒人敢耍花槍。

突然，酒杯掉在地上，錦雲往後一倒，嚇怔了所有人——尤其是心懷不軌的人。

蘇大夫人臉都白了。「快請大夫來！」

丫鬟已經扶著錦雲坐到一旁去了，蘇老夫人沈著臉坐在那兒，右相更是怒氣沖天，一見丫鬟要把吃食端下去時，他臉色更沈。「都不許動，我倒是要看看誰敢在我眼皮子底下動手！」

蘇大夫人撇頭去瞅蘇錦妤和蘇錦容，見兩個人臉色都很差，心也涼了半截。

蘇錦好下巴豆是故意讓錦雲肚子疼，要是吃個飯，錦雲跑三、五趟茅廁，她敢保證，以後錦雲都別想再參加家宴了，這幾乎是錦雲唯一能見到右相的時候，要不是因為有錦雲這麼一個不成器的嫡女，讓爹鬆了口，才害她做不成皇后！

蘇錦妤知道錦雲沒喝下酒，她暈倒自然跟巴豆無關，可是只要檢查就能查出巴豆，她們脫不了干係。

等大夫診完脈，蘇老夫人就問道：「她身子如何了？」

大夫檢查過錦雲的症狀，判斷道：「二小姐身子骨兒弱又中了毒，所以才昏迷，吃上兩、三服藥就不礙事了，倒是這身子骨兒，要慢慢調理才成。」

「何時中的毒？」右相眼神冰冷，蘇大夫人背脊一陣陣發涼。

「不過小半個時辰。」

蘇大夫人的心往下沈了，小半個時辰？那會兒錦雲就在他們眼皮子底下吃飯，誰要害她?!

右相一揮手。「送二小姐回院子。」

「在院子裡找兩個丫鬟跟去伺候。」蘇老夫人之前本就要送給錦雲的兩個丫鬟，這回倒是找了個好理由。

於是，錦雲就這樣被送回了青院，張嬤嬤一見錦雲被抬回來，要不是谷竹扶著她，只怕要暈倒了。

錦雲回臥室躺下，張嬤嬤心疼地握著錦雲的手，直罵那害人的是黑心肝，錦雲聽得滿臉黑線，見老夫人送來的兩個丫鬟出去了，才睜開了眼睛。「張嬤嬤，我沒事。」

「小姐，妳……」

「我沒事。」

既然要下巴豆讓她受罪，還不如大家一起受罪。這巴豆吃壞肚子，可以說是受了涼，但是中毒可就不同了，為了自己日後的安全，她必須佯裝中毒在右相跟前倒下，怎麼說她也是他的女兒，就不信他可以容忍她任人魚肉！

聽見有腳步聲傳來，錦雲連忙閉上了眼睛，耳邊傳來了請安聲。「見過二少爺。」

「你們先出去吧，我看看二妹妹。」

蘇猛走到床邊，笑道：「別裝了，睜眼睛吧。」

錦雲嘴角扯了兩下才睜眼。「二哥？」

蘇猛不過就是那麼一說，心裡只是懷疑而已，沒想到錦雲真的睜眼了，倒是把他怔住了。「妳可真是大膽。」

錦雲倒也不怕他去告密，光是偷溜出去這一條就夠她受的了。「要想活得安穩，膽子就不能小了。」

見錦雲沒事，他就放心了，讓大夫人母女偷雞不著蝕把米也好，不過他還有一點疑惑。「妳今兒扔葉大公子雞蛋也是故意的？」

「那是意外……」錦雲搖頭，想到什麼，猛然坐起來。「你說誰是葉大公子，京都有多少個葉大公子，是不是我要嫁的那個？」

蘇猛無言。「……」

都賠罪同桌吃飯了，竟然連人家是誰都不知道，難道都不問嗎？

「自然是我未來的二妹夫了。」

蘇猛說完，就聽見一陣磨牙聲，嘎吱嘎吱地響，聽得他都牙酸，胳膊生疼。

真是冤家，不認識還能碰到一處去了。

錦雲一臉哀怨，要是早告訴她，他就是葉連暮，那個害她抄《女誡》抄到手抽筋的罪魁禍首，錦雲才不會跟他道歉，非但不會道歉，只怕那個沒有扔出去的雞蛋都會砸出去。

「以後可別再亂跑了。妳好好養病，我走了。」

「二哥借我幾本書看看吧？」

蘇猛想起今兒那對子，心底浮起一抹疑惑，這真是他妹妹嗎？

「妳要什麼書？」

「一些地理方面的書，還有能打發時間的，多謝二哥了。」

第三章　冤家路窄

隔日一早，青竹就來伺候錦雲起床，順帶領了兩個小丫鬟正式進來請安。兩個小丫鬟長得水靈，年紀十三、四歲的樣子，眸底透著一股機靈勁，她們親手把一張紙送上。「這是李嬤嬤讓奴婢交給小姐的賣身契。」

青竹接過賣身契給錦雲看，錦雲擺擺手。

「妳們兩個叫什麼？」

兩個丫鬟一聽就知道錦雲看在她們是老夫人賞賜的分上，不打算改名字了，忙回道：「奴婢珠雲。」

「奴婢南香。」

錦雲倚靠在大迎枕上，昨兒夜裡睡不著，也想過這兩個丫鬟的事，她後天可是要偷溜出府的，院裡現在多了兩個丫鬟，是件極其危險的事。

錦雲看著珠雲和南香。「若是我做了什麼有違家規的事，妳們兩個該當如何？」

珠雲和南香兩個被問得一怔，就是青竹也都怔住了。

小姐問得也太直接了些吧？

珠雲和南香磕頭道：「小姐做事自有分寸，奴婢做下人的，只聽吩咐做事就好，不敢多嘴多舌。」

錦雲對兩人的回答很滿意。「都起來吧，不管妳們之前在老夫人院子裡做幾等丫鬟，今兒起，就是我的二等丫鬟了。」

兩個丫鬟在老夫人院子裡是三等丫鬟，這一來就升了二等，高興得連著磕頭。

見過丫鬟後，谷竹笑道：「昨兒老爺大發雷霆，大小姐招認是她下了巴豆，不但被大夫人罰了三個月的月例，還被老爺罰抄一百篇《女誡》呢……」

想起抄《女誡》這事，谷竹就忍不住咧嘴笑，那話怎麼說的？若要人不知，除非己莫為！善有善報，惡有惡報，不是不報，是時候未到。

她家小姐什麼事都沒做就無辜抄了百篇，她該抄兩百篇才對！

錦雲早猜到會有這樣的結果，明確聽到後心裡更是舒坦，現在在吃食方面她是安全了，但是別的方面呢……要打起萬分精神了。

錦雲心情一好，胃口就開了，兩碗粥全部吃完，還吃了春捲，然後肚子撐得在院子裡蹓躂。正好碰到蘇錦惜邁步進來，丫鬟夏竹還端了個托盤跟在蘇錦惜後頭。

蘇錦惜關心地看著錦雲。「二姊姊身子無礙了嗎？天氣漸熱，妳怎麼不在屋子裡歇養著，毒都解了沒有？」

「大夫開了四帖藥，才吃了一劑，也不知道解了沒。」

蘇錦惜看著錦雲，有些恨鐵不成鋼地道：「昨兒都跟妳說了，妳怎麼還傻乎乎地中了人家的毒呢？不過我也只是知道大姊姊她們不會輕易饒過妳，要是知道會下毒害妳，我也能提點一二讓妳裝病別去了，只是大姊姊承認自己下了巴豆，但毒不是她下的，爹責罰她時，她說最後妳要真喝，她也要阻的。」

對於昨兒蘇錦惜的提醒，錦雲也承她的情，但是該瞞著的還是得瞞。「我不知道吃了哪個菜中的毒，又不敢當著爹和祖母的面不吃飯菜，辜負三妹妹一番心意了，好在吃得不多……」

蘇錦惜把托盤裡的小盒子送上。「沒有性命之憂已是萬幸了，我那兒沒什麼好東西，這人參還是我上回生病，祖母賞我的，我沒用，今兒送妳調養身子了。」

那人參不差，是貴重之禮了。

錦雲推託不收，蘇錦惜硬塞她手裡，錦雲只得道謝。「多謝三妹妹了。」

她請蘇錦惜進去屋內坐，由於蘇錦惜不是個有閒情逸致就往青院跑的人，肯定是有事，前兩次沒說，今兒該開門見山了吧？

「安老太爺壽辰在即，不知道二姊姊打算送什麼壽禮？」蘇錦惜扭著帕子問。

錦雲眨巴著修長的睫毛，恍如蝴蝶振翅，輕輕搖頭，神色略有些羞愧。「還沒想好，三妹妹有話不妨直說。」

蘇錦惜再不瞞著了。「看著二姊姊禁受的這些，三妹妹不敢不為自己多做些打算，爹在家自是一言九鼎，無人敢說什麼，可我的親事還捏在大夫人手裡。二姊姊有安府倚仗，差點就登皇后之位了，可二姨娘僅是個妾室，這些日子她的兄長想做些小生意……」

短短幾句，錦雲就懂了，蘇錦惜要培養自己的勢力，不敢指望奪蘇大夫人的權，只能扶持舅家，剛好又是要做生意，她先提及安府，應該是想跟安府搭線。

「做生意很好。」

蘇錦惜扭著手帕，心想：都說到這分上了，她這二姊姊怎麼還聽不懂，跟笨人說話就是費力氣，那些商場的事叫她一個姑娘家怎麼好說得那麼白，只是現在話也說了，乾脆就直接說了吧！

蘇錦惜道：「二姨娘用積蓄在街上買了間店鋪，想做糧食生意，只是現在乾旱，想要進糧食不是件容易的事，妳能不能跟安府說說？」

錦雲聽得無語，這是發國難財嗎？乾旱、水澇這樣的禍事，糧食缺乏，就會漲價，糧商能從中牟取暴利，她想從中撈一筆？

錦雲最厭惡的就是發國難財的人，無論蘇錦惜怎麼說，她就是不鬆口，氣得蘇錦惜跺腳走人，連人參也一併帶走了。

錦雲唏噓不已，卻沒放在心上，吩咐谷竹道：「將那些石臼拿出去清洗，再把炭爐生上火。」

忙活了兩個多時辰，錦雲才做好一小小罐子膏藥，瞅著那黑糊糊的膏藥，幾個丫鬟眉頭都攏成一團。

「小姐這是要做什麼用？能吃嗎？」實在憋不住了，谷竹問道。

錦雲賞她一個大白眼。「不是所有的藥都是吃的，這個是用來敷的，一會兒把那一小瓶子給張嬤嬤送去，來了兩回都沒許她進門，肯定認為我們胡鬧了，告訴她，腿疼敷上這藥就不會太疼。」

這真的能治病嗎？谷竹很懷疑，不過好在不是吃的。「要不奴婢說是從外面買回來的吧？說是小姐自己製的，張嬤嬤準不敢用。」

「隨妳。」

傍晚，天氣不那麼熱了，錦雲帶著瓷瓶子去了松院，正巧遇上蘇猛。蘇老夫人腿疼，他尋了個藥方子回來，讓蘇老夫人試試。

錦雲笑著進屋。「二哥尋了個好方子給祖母治腿，我這兒也有，只是不是吃的，祖母要不要也試試？」

李嬤嬤忙道：「定要試試的，前幾日二小姐說用粗鹽可是減緩了不少呢，只是不能時時敷著……」

錦雲便把瓷瓶送上。「弄一些藥擱紗布上，綁在疼痛的地方，四個時辰換一次就可以了。」

蘇老夫人因為粗鹽有效，還是很信錦雲的辦法，正好這會兒腿也疼。「兩個都試試吧。」

李嬤嬤下去準備後，錦雲坐到蘇猛對面，蘇猛笑道：「二妹妹找我要的書，我帶了幾本回來，妳先瞧著，下次我再帶給妳。」

蘇老夫人正喝茶，聞言抬眸看了眼錦雲，眉頭蹙了下，繼續喝茶。

李嬤嬤很快就把膏藥弄好了，錦雲親自幫蘇老夫人敷上，陪著小坐了一會兒，也就出去了。

蘇猛也一起離開，走到無人處時，他從袖子裡掏出來一把青翠的玉簫給錦雲，叮囑她外面不安全，讓她少出去，錦雲也不客氣，收了玉簫，琢磨著得送份回禮。

說到送禮，安老太爺的壽辰在即，錦雲沈思了半天，打聽到外祖父喜歡喝酒，她決定投其所好，送酒。

可是幾個丫鬟覺得不妥，這壽禮太輕，根本拿不出來手，名貴的酒，她們根本買不起，還不如繡針線，雖然輕了些，但都是小姐一針一線繡出來的，全是心意。

錦雲不以為然，酒自然是不缺了，安老太爺嗜酒如命，什麼名貴的酒沒喝過，她既然要送，自然要別出心裁一些，當然，她不會承認是自己太懶的緣故，這些日子也繡過不少針線，因為繼承了原主記憶，從開始繡得歪歪扭扭到很熟練，只用了半個時辰，但是脖子一直低著，難受。

次日，錦雲坐在窗戶前看書，谷竹急急忙忙進來稟告道：「小姐，祁國公府抬了二十四抬納采禮來呢！」

錦雲頭也不抬。「然後呢？」

「……這回沒讓祁國公府再抬回去。」

「就這些？」

「……老夫人讓妳去一趟松院。」

蘇老夫人屋內，錦雲一繞過孔雀牡丹的繡屏，就瞧見一個年紀約莫三十五、六歲的貴夫人正說話。「都怪暮兒瞞得深，早與二小姐兩情相悅私訂終身了，也不跟我們這些做長輩的知會一聲……」

錦雲沈穩的步伐在聽見私訂終身那一刻徹底被雷到了。

能別睜著眼睛說瞎話好嗎？誰跟他私訂終身了?!

那貴夫人看見了錦雲，嘴角彎起一抹冷笑，很明顯是輕蔑。

蘇老夫人把茶盞擱下，撥動手裡的佛珠。「錦雲與葉大公子的親事到底如何，咱們心裡都清楚，不必說那些有的沒的；禮單我瞧過了，祁國公府抬多少來，相府自會讓錦雲帶多少回去，相府的女兒不是任人誣衊、受人委屈的，祁國公府事忙，就不耽擱二夫人時間了。」

赤裸裸的逐客令。

葉二夫人臉色當即就沈了，氣得咬牙，前兒納采禮也是她送來的，卻原樣帶了回去，害她被數落了一頓，又不是她惹出來的事，憑什麼委屈她！兩情相悅、情投意合是聖旨上說的！

葉二夫人也不是個吃素的，故作驚訝道：「聖旨上寫著蘇府二小姐與暮兒情投意合、兩情相悅，難不成是假的？」

一旁的蘇大夫人以寒冰眼瞪著錦雲，蘇老夫人也看著錦雲道：「上前來給祁國公府二夫人見個禮，葉大公子既是在妳爹和皇上面前說他非妳不娶，若是敢負妳，妳爹不打斷他雙腿才怪。」

一個私訂終身，一個非妳不娶；一個不得不嫁，一個終生再娶無望。

相府賠上了嫡女，祁國公府搭上了嫡孫。

這一局，錦雲好奇，誰是贏家？

葉二夫人一口銀牙差點咬碎，可國公爺都鬆口了，她又能如何？胳膊肘子再怎麼擰也擰不過大腿。她從袖子裡拿出來那塊免死金牌，這本是國公爺用命換回來的，今兒為了一個紈袴孫兒就這樣送了出去，早知道，她幹麼不讓自己的兒子去胡鬧！

葉二夫人把免死金牌遞到蘇老夫人跟前，蘇老夫人瞥都沒瞥一眼，示意錦雲拿著。

錦雲有些怯怯地上前，那塊免死金牌跟她想得不一樣，不是金色的，而是墨色的，上面「免死」兩個字是那麼的惹眼，握在手裡還暖暖的。

回到青院後，張嬤嬤看著錦雲一路把玩著免死金牌，忙上前道：「我的小姑奶奶，這是免死金牌，又是妳的訂親信物，妳怎麼不好生收著，萬一摔壞了可怎麼辦？」

「小姐說等出嫁了，把免死金牌掛在腰間，讓他們見了不是跪就是直接繞道呢！」谷竹告狀道。

「這不是讓人關妳一輩子嗎？」

「關起門來過自己的日子，多好。」

錦雲回屋，找了個盒子把免死金牌放進去，小心收好，這東西要是遭了賊，她就完了。

此刻，錦雲心情很複雜，拿起玉簫坐在迴廊上吹著，吹到一半的時候，蘇錦好她們正好來了，逼問錦雲什麼時候學會吹玉簫的。

無奈之下，她只好把蘇猛扯了出來，你來我往了幾句後，蘇錦惜告訴她，遊湖改期了。

錦雲正求之不得呢！一心想著明天出府的事，這一回，她一定要好好玩玩。

第二天請安過後，錦雲便出府了。

一想到珠雲和南香瞅著錦雲一身男裝走出房門，眼珠子差點沒瞪出來，谷竹擔心道：「她們兩個真不會去跟老夫人告狀嗎？」

錦雲回頭敲了下谷竹的腦門。「怕什麼，我若是不出門，怎麼與人兩情相悅、情投意合？」

真要倒楣被抓到了，她就說是葉連暮要她出去約會的，反正黑鍋是他揹上她的背，幫她揹兩回算什麼？

谷竹噘嘴。「以前小姐是無辜清白的，可要是被抓到，可就真說不清楚了。」

錦雲翻白眼，早就不清不楚了好不好，反正出了事，她就往他身上推，他連她這個人都扛得下來了，一個小小黑鍋又算得了什麼？

路還是那條路，只是這回又有些不同了，谷竹瞅著路上三三兩兩、衣衫襤褸的人，秀眉蹙起。「怎麼多了這麼多行乞的人？」

錦雲看著誰家後院開門，拎出來個小桶，那群人就一哄而上，爭搶起來，看得還真是讓人同情到心驚，旱情真這麼嚴重了？

谷竹擔憂地緊靠著錦雲走，這一回街上可沒上一回那麼熱鬧了，小攤販寥寥無幾，京都一下就蕭條了。

谷竹扯著錦雲的衣袖。「要不我們還是回去吧，街上安靜得有些恐怖了。」

錦雲也擔心，只是約定好今日拿刀的，不能失信，便走到李家鐵鋪去，幸好，李家鐵鋪還開著門，見錦雲進來，掌櫃的忙道：「還以為公子今兒不來了呢。」

「街上怎麼少了好些做生意的，出什麼事了？」

掌櫃嘆氣道：「旱情越來越嚴重，不少人都餓死了，活著的人逃難進京都想討口飯吃。公子拿了東西就趕緊回去吧，外頭不安全，不少貴家公子都被搶了。」

錦雲收了刀和銀針，把銀子送上，等她和谷竹出了門，掌櫃的就關上門。

錦雲把東西揣進袖子裡，才走到正街，對面二、三十個衣衫襤褸的人一見到錦雲，看她那一身衣裳華貴，眼睛都發光了，為首的一個喊道：「就是這些黑心的霸占了我們的田地，逼得我們走投無路，憑什麼我們累死累活，還吃不飽、穿不暖？與其活活被餓死，不如拚了，該我們的我們就要搶回來！」

然後一群人就朝錦雲這邊衝過來，面色猙獰，活像餓了十天、八天的，把錦雲當作是熱氣騰騰的燒雞，恨不能衝過來就吞入肚子裡才好，錦雲嚇得拽了谷竹就跑，一邊哀號出門沒看黃曆，觸霉頭了。

錦雲一邊跑一邊哀怨，她是遭誰惹誰了，她又沒逼誰走投無路，更沒做過什麼違背良心的事，今兒是要給人做替死鬼嗎？

才幾天，怎麼就變成這樣了？為什麼都沒人管！

醉香樓上，葉連暮看著蕭條的街道，手裡的茶杯轉著，不知所思。

趙琤眉頭蹙著，今天已經是第二天了，連暮兄怎麼還不急啊！

「右相把災民的事交給你，命你三天之內解決，昨兒關了城門，門外不少人進不來，已是怨聲載道，你再不想出好辦法來，怕是難逃責罰了。」

忽然，一道熟悉的身影出現在葉連暮眸底，還有那撒腿奔跑的樣子，他忍不住低罵一聲。

真是個絕無僅有的笨蛋，出門也不知道挑時辰，不是追人，就是被人追。

眼看著錦雲就要被追上了，葉連暮一個縱身而下，拎起錦雲和谷竹就上了醉香樓二樓。

葉連暮是拎了錦雲腰帶的，結果錦雲一嚇，怕掉下去，雙手一攬，把葉連暮給抱住了，她眼睛緊閉，即便是安全了也不敢睜開。

被一個男人抱住腰，腦袋還湊到他胸前了，葉連暮頓感噁心啊！上了樓就把錦雲推開，然後猛拍衣裳，彷彿錦雲是晦氣一般。

錦雲被推開，後背撞在了護欄上，疼得她直齜牙，抬眸望過去，見是葉連暮，還有那嫌棄的動作，毫不猶豫的感激之情就變成了瞪大眼，也跟著拍衣服，一臉倒了八輩子楣的樣子。「還以為救我的是個美人，原來是你。」

葉連暮氣得臉更青了，二話不說，拎起錦雲的胳膊就一提，將錦雲懸空在護欄外。「你再說一句試試！」

真是活見鬼了，扔雞蛋的仇都還沒報，看著這人被人追，他還出手相救，這人不謝他也就算了，竟然還嫌棄他不是個美人，也就是說方才抱著他，是將他誤認為姑娘了？奇恥大辱！

錦雲說那話，一半是不願意被仇人所救，欠他人情，一半是因為自己害羞，方才情急之下抱住人，真是羞死了，這會兒被懸在半空，再看他那黑乎乎的臉色，這要是一鬆手，命大的可能沒事，倒楣的不是沒命就是斷胳膊、斷腿的事了。

事關性命，錦雲不敢馬虎，但是讓她求饒，卻也說不出來，只能死死地抓著某男的手，找點安全感。

谷竹在一旁急哏了。「我家公子不是故意的，求你饒了我家公子吧……」

趙琤走過來，看著臉色刷白的錦雲，對葉連暮道：「也不知道被災民追了多久，他也是被嚇壞了，你就別嚇唬他了。」

錦雲眸底有恐懼之色，但是脖子卻是昂著，還握緊他的手，葉連暮心裡的氣哪裡能消，這人擺明若是他一鬆手，就要拉著人家做墊背的，葉連暮想笑，真是半點武功都不懂，他以為抓著手就安全了？

葉連暮嘴角一抹邪肆的笑，故意鬆了下手，立馬就覺得自己的胳膊有酥麻的感覺，他嘴角的笑僵硬了，就聽錦雲道：「你要是敢鬆手，我們就同歸於盡。」

趙琤站在一旁撫額，真是兩個有閒情逸致的人，好好的救人竟然成互相殘殺了，不管了，他還是進屋吧。

葉連暮聽著錦雲說那話，自然而然就想到那日錦雲在藥鋪救人的事，對人體穴位自然是瞭若指掌。

他相信錦雲不是開玩笑的，可是被人威脅，心裡還真不舒坦，葉連暮瞪向錦雲，結果錦雲卻是挑眉微笑，一副生死與共、與有榮焉的模樣，活活想氣死某男；只是錦雲並不知，她那一笑顧盼生輝，彷彿初綻的花蕾，令葉連暮身子一怔，眉頭一皺。

「一個男人笑成這樣，也不嫌噁心！」

錦雲臉上的笑立時化成冰，葉連暮胳膊一提，鬆了抓著錦雲的手，邁步進屋，坐下喝酒。

錦雲氣得惡狠狠地瞪著他，竟然說她笑得噁心，他才噁心！

「他心情很差，你別惹他。」趙琤提醒道。

「他有好心情的時候嗎？」

趙琤啞口失笑，好心情的時候，他還真沒撞上過，不過，似乎每回碰到他，連暮兄都格外倒楣。

錦雲坐下，刻意離葉連暮遠遠的，清冽的眼睛冒著小火苗，所謂仇人見面，分外眼紅，舊仇未消，又添新怨。

信口雌黃毀她清譽，再加上方才差點嚇死她，錦雲看葉連暮的眼睛都帶著寒霜。

趙琤看著錦雲，嘴角彎起一抹笑意，帶著疑惑，親自倒了杯茶給錦雲壓驚。「這兩日街上亂得很，蘇小兄弟怎麼這個時候出來逛街？」

葉連暮掃了一眼過來，那眼神明顯在說錦雲嫌命太長，找死。

「出門之前，我不知道街上有這麼多災民。」要是知道有這麼多，打死她也不出來！

趙琤嘴角不自主地輕抽了下，真是兩耳不聞窗外事，一心唯讀聖賢書呢！災民這麼大件事，他竟然都不知道，要是真出了事，還真是……不冤。

「你不會武功，也不會騎馬，只帶著個小廝回去怕不安全，要不我送你們回去吧，府上是？」

「我家少爺就住在……」

錦雲重重一咳打斷谷竹，這不長心眼的，怕是還不知道這人就是葉連暮呢，要是一說，她們兩個準會被拎著扔下去了，橫屍大街。

錦雲又咳嗽了兩聲，搖頭道：「不敢煩勞，一會兒我們再回去。」

這麼刻意隱瞞，趙琤豈會聽不出來？心裡疑竇更深了，為何不想讓他們知道他的住所，難道是怕被連暮兄尋仇？

葉連暮坐在一旁哼道：「來人，將這主僕兩個綁了掛在城門上，我看有沒有人來救你們兩個。」

錦雲氣衝腦門，一雙清冽的眸子裡盛滿了惱怒，誰跟他說話了！

門嘎吱一聲被推開，進來兩個官兵，錦雲臉色一變，立馬站了起來，手裡拿一把手術用的鑷子，直接對準葉連暮，氣呼呼地瞪著他。「你敢綁我，我就跟你拚了。」

兩個官兵愣住，眼睛瞅著錦雲，腰間的刀抽了出來，錦雲又向葉連暮靠近兩步，葉連暮瞥了眼錦雲的武器，忍不住撫額，本該生氣的他，此刻嘴角卻彎起，怎麼也彎不下去。

趙琤也笑了，這小兄弟膽子小得真是……可愛。

趙琤看葉連暮一副沒當回事的樣子，忍不住掩嘴輕咳一聲，火上澆油揶揄道：「連暮兄，你可別不當回事，雞蛋都能差點砸暈你了，這……真不是玩笑，要慎重。」

葉連暮掃向錦雲的眼神立馬冷了三、五十度，想起那雞蛋他就想活剝了他！

錦雲把鑷子又靠近他脖子三分，抵著他白皙的脖子，一臉怒意，不過錦雲有自知之明，她要是真扎下去，她肯定只有與他陪葬的下場，可她要是被掛在城門上，下場十有八九比陪葬還要淒涼，她只能兩權相害取其輕了。

錦雲瞪著葉連暮的後腦勺，見他悠然自得地呷茶，她怒氣更甚。

可惡，竟然沒將她的鑷子放在眼裡！赤裸裸地蔑視她！

屋子裡靜悄悄的，兩個官兵也不敢妄動，這是真刺殺還是鬧著玩的？

敞開的門走進一個官員，長得白胖喜氣，顯然沒察覺屋子裡氣氛有異，直接上前行禮道：「見過葉大公子，下官錢正奉右相之命給公子送權杖來。」

送權杖？她爹不是要宰了他嗎？

趙琤笑道：「連暮兄方才是開玩笑的，你再不把武器收起來，沒準兒會真的綁了你。」

錦雲瞥了那官員，那官員放下權杖就退了出去。她這才知道方才是個烏龍，輕翻了個白眼，默默地把鑷子收回袖子裡。

趙琤看著桌子上的權杖道：「時間緊迫，還是先安撫災民吧，我陪你去領糧食，蘇小兄弟也去吧。」

錦雲搖頭說不去，葉連暮拎起錦雲的後衣領就走，讓錦雲氣得臉都紅了。「放手，男男授受不親，我自己會走！」

趙琤扯了下嘴角，更讓他汗顏的事還在後頭，錦雲抓起葉連暮的胳膊就咬下去，那個狠勁啊……

對於錦雲這行徑，葉連暮又氣又無奈。「你不學武是因為從來都是用一些亂七八糟的東西做武器是嗎？」

「我討厭人家拎我衣領子！」

「誰叫你長這麼矮還不聽話。」

錦雲氣得胸口直起伏，她哪裡矮了？連十五歲都不到就有一米六了，等長到十八……哼！

葉連暮沒理會錦雲的怒氣，他還想弄明白錦雲為何這麼敵視他呢。

醉香樓下，官員坐在那裡喝著茶，葉連暮吩咐道：「去糧庫調糧。」

葉連暮和趙琤翻身上馬，錦雲正想腳底抹油，溜。

可是一轉身，葉連暮又拎起錦雲後衣領了，他總感覺這小子故意作對，對他不能太客氣了。

錦雲又再一次橫趴在馬背上，顛簸了一路。

等到了糧倉時，錦雲只剩半條命了，等馬一停，趕緊叫人扶她下來。

趙琤關心地問錦雲有沒有事，正要責怪葉連暮，結果葉連暮坐在馬背上乾瞪眼。

「還不趕緊幫我把銀針取下來！」

趙琤這才注意到葉連暮右腿上扎著兩根明晃晃的銀針，忙幫著拔下來。葉連暮翻身下馬，腿一軟，差點栽地上去，好在趙琤扶了他一把。

葉連暮氣得拿眼睛剜錦雲，錦雲撫著胸口道：「下回再敢拎我，我廢你一條腿！」

這話趙琤是信的，都那麼顛簸了，還能把連暮兄給制伏了，想不到他竟然有這等本事，雞蛋傷人，鑷子殺人，看來真不能小瞧了，素來有武學最高境界「摘葉飛花」，任何東西都能傷人，這蘇小兄弟沒有武功也做到了，不得不讓人欽佩。

沒一會兒，葉連暮的腿就恢復了，那邊守糧倉的官員上前來迎接，葉連暮問了些情況，等聽到糧倉裡沒多少糧食時，他的臉色不由得沈了三分，昨天說沒有權杖領不了糧食，今兒好不容易給了權杖，又沒多少糧食了！

「先取兩百石糧食，去城門口分給災民。」

錦雲一個白眼賞了過去，真是世家子弟。「你這樣能把災民引出城外，我把名字倒過來寫。」

葉連暮拳頭握得喀喀作響，趙琤瞅著錦雲。「蘇小兄弟有什麼好辦法？」

錦雲搖頭。「災民之所以敢在京都橫行，應該是有人在背後慫恿的，我發現追我的那些人中，有些人衣裳很破舊，鞋子卻是新的，不是草鞋。」

葉連暮冷笑。「想不到你逃命的時候還有心思注意這些，看來不救你，你也能逃得掉。」

錦雲齜牙咧嘴道：「知道就好，我不會感激你救了我的！」

葉連暮的火氣再次成功被錦雲撩撥到一個新境界，眸底都噴火了。趙琤撫額，打岔道：

「糧食總共才一千石，現在怎麼辦？」

錦雲眼睛四下瞄了瞄。「權杖只能調這裡的糧食嗎？」

趙琤點頭，右相刻意刁難，壓根兒不許碰其他地方的糧食，不過朝廷缺糧，這事他們也都知道，可也不至於只有一千石這麼少吧？

錦雲走著，腦袋裡滴溜溜地轉著，這樣的情形在古代並不少見，她還在書中見過相似的處理辦法。「糧食肯定不能就這麼直接分給災民的，不然他們還不得找地方住下來，而且城外還有不少的災民，你們在城門口發糧食，他們肯定撞破城門進來。」

葉連暮也知道這方法不大合適，可也沒別的辦法可用。

在糧倉附近走走，錦雲見有不少儲備水的大缸，這些大缸是為了防止著火用的，錦雲挑了下眉頭，從懷裡掏出來一方繡帕扔給葉連暮。「簽上你的大名，我就幫你解決這個問題。」

葉連暮拿著帕子，挑眉瞅著錦雲。「你仰慕我？」

錦雲差點吐血。

趙琤不禁汗顏，瞧錦雲那眼神，還有老和連暮兄對著幹，怎麼也跟仰慕離了十萬八千里啊！

錦雲拿了帕子，嘟著嘴。「不寫就算了，我走了。」

葉連暮還真的猜不準錦雲想做什麼。趙琤瞅著葉連暮，那意思是：不如就寫吧，他想寫，人家都不給呢！

不過葉連暮總覺得這帕子不能輕易寫名字，沒準兒就是個陷阱。「你先說辦法。」

錦雲忍不住罵了一聲狐狸，然後問官兵。「糧倉有多少這樣的缸？」

「有二十多口。」官兵回道。

「再去借二十口回來。」

官兵回頭看著葉連暮，顯然他才是這裡的老大，葉連暮擺手，官兵這才下去。

葉連暮問錦雲。「你要這些缸是打算熬粥？」

錦雲挑了下眉頭，這人腦子挺好使的。

「去城門口施粥也沒用啊！」趙琤不看好錦雲的主意。

錦雲聳了下鼻子。「去城門口施粥是沒用，不過離城外十里地還是可以的。」

趙琤當即就說不可行，城門口堵著多少人呢，城門只要一打開，那些災民肯定會湧進城來的，不過錦雲的辦法就是先讓他們進城，然後主動退出去。

錦雲這想法讓葉連暮和趙琤都怔住了，他可知道災民有多想進城，只要進城了，有粥吃了，誰還想出去？

錦雲白了他們兩個一眼。「若是一樣的粥，自然不會有人出去了，若是城裡的粥跟清水一樣，而城外的粥香味四溢呢，誰還願意待在城裡？」

葉連暮輕點了下頭，一旁的官兵問：「那些大缸擺哪裡？」

「從右相府門口擺起。」

「……」錦雲無言。

這人真是欠揍，就不怕堵住了右相府，她爹氣大了，讓人揍他？不過他這麼說，那些官兵也不敢真聽吩咐，得罪他或得罪右相，傻子也該知道怎麼取捨。

錦雲伸手道：「辦法我已經說了，你把帕子還我。」

葉連暮把帕子塞給錦雲，錦雲氣得咬牙直瞪眼。「我要的簽名呢？」

「你要我簽名做什麼？」

錦雲磨牙，這人不會是想反悔吧，還男人呢！「你管我，辦法我已經幫你想了。」

「先回答我！」

錦雲抿緊唇瓣，氣罵道：「你怎麼這麼無賴，才說過的話也出爾反爾。」

他怎麼就出爾反爾了？

「又不是不給你，總得知道你拿我簽名到底想做什麼吧？」

錦雲看著眼前那張俊臉，都是這個人害的，她想起那些《女誡》，一掌呼了過去，將葉連暮推得遠遠的。「你離我遠點兒，看見你肚子裡就冒火氣！小人！」

葉連暮火氣湧上頭頂，他幾時又成小人了？不過就是逗他玩玩而已。

「我答應幫你寫就不會反悔，但是我要知道你要做什麼，什麼時候告訴我，我什麼時候寫給你。」

錦雲氣得握緊手，要是能說她早說了好不好！一想到將來她出嫁了，可不是想出門便能出門的，總不能真把免死金牌掛在身上吧？唯一的可行辦法，就是先取得葉連暮的簽名，以作為他允許她出門的證明。

不寫就不寫，誰稀罕！

今天看在他救她一命的分上，她也出手幫他一把，算是兩清了，下回見面，就別怪她下手不留情了。

錦雲邁步要走，趙琤輕碰鼻子，幫著錦雲說情，對葉連暮道：「要不你就先寫著，蘇小兄弟總不會拿著去幹壞事。」

葉連暮眉心輕攏，好一會兒才伸手道：「帕子拿過來。」

錦雲嘴角幾不可察地挑了下，然後把帕子遞過去。早答應不就好了，白吵一架。

這時遠處有匹白馬奔馳過來，一路到跟前才停下，錦雲瞧清楚來人是誰，嘴角扯了又扯。二哥怎麼來了？

蘇猛盯著錦雲，才叮囑過她不要隨意出門，她不但出門了，還跑到糧倉來。

「蘇猛兄怎麼來了？」

蘇猛不好說自己是來找錦雲的，便道：「城門關了，回不了書院，順道來看看有沒有能幫得上忙的地方。」

葉連暮兩、三下就把大名簽好了，錦雲一不小心瞄到白帕子上那鮮紅的血字……好吧！

這不是重點，重點是這廝把一方白帕子最中心的位置全用來寫大名了，錦雲無語。

「你嫌血多了，要不要我給你放點掉？」

「只此一份，不要就算了。」

錦雲忙把帕子捲了捲，心裡極度想拿東西抽他，就不能寫個小角落嗎？這叫她怎麼用！尤其是背面還被他用來擦手了，錦雲恨不得扔了好！

蘇猛指著帕子。「這是做什麼？」

錦雲兩、三下揣懷裡了。「我要回去了，誰給我找輛馬車？」

說著，眼睛瞥向蘇猛。

趙琤笑道：「我送你回去，順帶教你騎馬。」

錦雲無言，而蘇猛臉色都變了，忙道：「你還要幫著葉兒，我送她回去吧，順帶討教下當日的對子。」

蘇猛把手伸向錦雲，錦雲糾結了兩秒。「沒馬車嗎？」

糧倉有車，但沒有可供坐人的馬車，錦雲只得把手伸出去。

一旁的葉連暮抓了錦雲道：「我送你回去。」

錦雲立馬掙脫開來，然後抓著蘇猛的手。開玩笑，當然是自家二哥的馬安全多了，再吐一回，她連咬舌的力氣都沒了。

蘇猛暗自搖頭，抓著錦雲上馬，然後向葉連暮和趙琤告辭，結果另外兩人也都上了馬，擺明了是要一起走。

錦雲瞅著葉連暮，語氣不善。「你不管災民了？」

葉連暮瞪著錦雲。「災民有官兵負責。」

蘇猛夾緊馬肚子，慢慢地跑起來，錦雲卻忽然想到。「我走了，谷竹怎麼辦？」

「我讓她先回相府了。」

葉連暮和趙琤兩個就在後面，見錦雲不吵不鬧地坐在蘇猛的懷裡，兩人心裡說不出的怪異，尤其是葉連暮，怎麼看怎麼覺得礙眼，腦子裡總想起錦雲抱他腰的那一幕。

這人有沒有點男人的覺悟，坐在人家懷裡，還一點羞愧之心都沒有！

錦雲一路看著四下的美景，身後的蘇猛卻是壓低聲音道：「那兩個怕我對你怎麼樣，估計要親自護送你回家了。」

錦雲回頭瞥了眼葉連暮，眸底有小火苗。「二哥能幫我報仇嗎？只要揍得他分不清東南西北就好。」

「……」蘇猛無言了。

眾人一路無言，直到走到街道上，突然一名中年男子騎馬從對面過來。

「二少爺，老爺找你有事。」

蘇猛認出是蘇總管，便道：「告訴爹，我這就過去。」

他回頭瞅著葉連暮，眉頭微蹙，比起讓錦雲一個人回去，他倒是放心把錦雲交給葉連暮些。

未料，錦雲卻道：「放我下去，我一會兒自己回去。」

「要是不行，妳就在這裡等我。」

蘇猛扶錦雲下去，蘇總管瞅著錦雲，剛開始眸底帶著疑惑，漸漸地露出詫異之色。這身衣服不是……當年老爺見夫人安氏時穿的那套嗎？

可似乎又有些不對，好像沒這麼小，蘇總管再細看錦雲，嘴巴微張。二……二小姐！

蘇總管見葉連暮盯著錦雲，忙指著她道：「既是二少爺的朋友，也一塊兒去吧。」

蘇猛嘴角輕扯，完了，被認出來了，這身衣服太招搖了。

錦雲一臉欲哭無淚。

葉連暮看錦雲的模樣不太對勁，於是警惕起來，怕錦雲有危險便將人先拎上馬。「我送他回去吧。」

趙琤也不想錦雲和右相扯在一起，幾人調頭便走。

蘇總管要去追，卻被蘇猛喊住了。「蘇總管，你能不能不告訴爹？」

「可是二小姐她……上回要殺二小姐的就是安遠侯世子。」

蘇猛臉一沈。

「他們兩個還不知道二妹妹的身分，我保證不會讓二妹妹再溜出府，這事就不必告訴爹了。」

蘇總管望著錦雲消失的方向，肅然的眉頭輕蹙，點了下頭，蘇猛這才放心騎馬而去。

另一廂錦雲不敢大叫，以免驚動蘇總管最後被攔下來，那回家她就慘了，可是跑了一段距離，錦雲就忍不住了。「我要下馬！」

葉連暮緊緊地摟住錦雲，話語裡帶了三分憤恨。「馬背上誰讓你亂動的，以後離蘇猛和右相府遠點兒！」

錦雲氣不打一處來。「那你呢？你不是與右相府二小姐兩情相悅，情投意合，情到深處不忍鴛鴦兩分，求皇上忍痛割愛嗎？你可是右相府的準女婿，我也應該離你遠點兒！」

葉連暮被嗆得滿臉通紅，趙琤在一旁掩嘴輕咳，真是伶牙俐齒，殺人不見血，那是連暮兄心裡最深的痛，這是在傷口上撒鹽呢！

他俊眉沈冷，聲音也宛若寒冰。「我和他們不一樣，右相把持朝政，逼迫皇上，我是幫皇上擋災。」

擋災……

她蘇錦雲就是那災禍？

錦雲氣得牙齒磨得喀喀作響。「替君分憂，對皇上可真是忠心！我很好奇，對於蘇二小姐，你打算怎麼辦？把持朝政的是右相，關她一個女兒家什麼事？皇帝弱，你怎麼不怨先皇太早撒手人寰，給了右相攏布皇上的機會呢？」

葉連暮盯著錦雲。「你這麼替蘇二小姐打抱不平，你不會真的喜歡她吧？」

錦雲愕然抿唇，重重地哼了一聲。她鼓著嘴不說話，轉身看著葉連暮，笑著遞上一個荷包，遞上之前自己還置於鼻尖聞了聞。

「這是我最喜歡的荷包，你聞聞喜不喜歡。」

葉連暮不明所以地瞅著錦雲，錦雲眨巴細長的睫毛，笑得一臉人畜無害，似乎這荷包大有來頭，不過得等嗅過了才會說，葉連暮放緩馬匹的腳步，伸手接過輕嗅了兩下，突然臉色一變，錦雲用手肘一推，某男就從馬背上摔下去了。

趙琤瞪圓了眼睛瞅著錦雲。「你，他……」

錦雲小心地從馬背上下來，腳一抬，狠狠地踩上去，她都沒嫌棄他是災禍了，他反倒嫌棄起她來了。

「我讓你替君分憂！我讓你擋災！我最討厭沒本事還背後做小人的人，自詡為君子，行徑連狗熊都不如，下回見了我，記得繞道走！不然別怪我替天行道了！」

趙琤對錦雲的所作所為瞠目結舌，心頭閃過一抹羞愧，他們的做法確實不夠光明正大，但是后位太過重要了，他們不得不這麼做，再看著葉連暮胸口的腳印子，額頭又有些凸腫，回頭問起來，他該怎麼回答啊？

錦雲賞了三、五腳後，再抬頭瞧瞧這周遭已鄰近荒郊野外，要走回去可不容易，雖然自己不擅長騎馬，但這時候也只能牙一咬，小心地爬上馬背，馬兒瞅著躺在地上的自家主子，眸底有絲絲的鄙夷，錦雲一扯韁繩，馬兒就跑遠了。

趙琤想追錦雲，可看著在地上不省人事的葉連暮，趙琤嘴角掠過一絲笑意，他還是第一次見到連暮兄這麼窩囊，好似連暮兄一遇上蘇小兄弟就沒意氣風發過，今兒這幾腳他要不要幫著隱瞞？

趙琤瞅著腳印，若他要是幫著隱瞞……

只怕還有下回。

另一廂，回到相府的錦雲才換下男裝，青竹就急急忙忙進屋。「方才奴婢瞧見蘇總管帶了兩個小廝來內院，把小姐出府的路給堵上了……」

「還有沒有別的狗洞？」錦雲氣悶。

「……沒有了。」

是夜，右相府書房。

右相聽見下人稟告，城內一大半的災民已經退出城外了，眸底閃過一抹讚賞。「是誰想的主意？」

「屬下不清楚，是葉大公子帶去的一位年輕少年，不過他與葉大公子關係並不好。」

蘇總管在一旁問道：「是不是一個年紀約莫十五歲，個頭不算高，長得很白淨的少年，跟著二少爺騎馬走的那個？」

「就是他。」

蘇總管嘴角緩緩彎起，就聽右相問：「猛兒的朋友？」

蘇總管瞅著右相。「老爺，奴才告訴你一件事，你保證聽後不追究，不然奴才沒法跟二少爺交代。」

「說吧。」

蘇總管輕咳一聲。「想出這個辦法的是二小姐。」

錦雲？

蘇總管忍不住感慨。「二小姐穿上老爺年輕時的衣服，真有三分老爺的英姿。」

「相府守衛森嚴，她怎麼出去的？」

「……鑽狗洞。」

右相臉黑沈如墨，蘇總管忙道：「奴才已經讓人把洞給堵上了，看附近的雜草，二小姐應該只出去過一、兩回。」

「派人看著青院，不許她再隨意溜出府。」

翌日，錦雲去請安時受到兩種極端的對待，蘇大夫人看她的眼神很冷，因為蘇老夫人用了錦雲的膏藥，腿疼有所緩解，蘇大夫人覺得她搶了女兒們的鋒頭，便刻意刁難讓錦雲務必找到大夫來給老夫人治腿；而蘇老夫人看錦雲的臉色是前所未有的溫和，還賞賜了好些東西給錦雲。

出了松院，谷竹和錦雲有一句沒一句地閒聊著明天遊湖的事，方才明欣郡主派人來傳話，災民已經退出城外，可以去遊湖了。

「好漂亮的紗緞！」嘴上閒聊著，谷竹手上也沒閒著，掀開蘇老夫人給錦雲做嫁衣的布料，乍一看，彷彿瞧見了晚霞一般。

錦雲走在前頭，聽了谷竹的話忍不住轉了身，一瞥眼，也被那紗緞給吸引住了，真的很漂亮，色彩鮮麗就不用說了，伸手摸上去，不像一般的絲綢，有種抓住雲彩的感覺。

谷竹忙把紅綢蓋住，四下張望，一副怕被人瞧見、被人搶的模樣，那慎重的樣子讓錦雲都覺得好笑，有必要這樣嗎？

等錦雲一見張嬤嬤看著紅綢滿臉淚水且向她說明時，才覺得確實有這必要。

「這誰能想到就這托盤裡的東西，千金都不一定能買得到，只見張嬤嬤抹著眼睛道：是煙霞綢，三年都不能織出來一疋，是先祖皇帝登基時賞賜給安老夫人的，安老夫人沒捨得用，最後給了夫人做嫁衣，只是夫人出嫁的時候，怕惹得幾位兄嫂不高興，再加上捨不得，就沒用了。後來小姐出生，夫人還笑說，要是生了個兒子，這煙霞綢還不知道送給誰好呢！」

錦雲摸著煙霞綢，瞧見紗緞下整齊擺放了一層金線、銀線，瞧樣子，怎麼也有一、兩斤吧？她娘親逝世後，若非蘇老夫人代為看顧這些嫁妝，恐怕都不知被誰給拿去了。

張嬤嬤拭乾眼淚，笑道：「府裡許久沒辦喜事了，也不知道嫁衣用的什麼花樣，夫人以前出嫁繡的是祥雲牡丹，小姐打算繡什麼？」
大家高興地談論嫁衣上繡什麼，谷竹卻說起找大夫的事，把藥膏的前因後果都說了遍，張嬤嬤聽得張口驚愕，她是作夢也沒想過自己從小看到大的小姐會有這等本事。
「找不回大夫怎麼辦？」張嬤嬤擔心。
「沒事，既然不信人家只賣膏藥了，我就寫封信，張嬤嬤找人幫我送到祥瑞藥鋪交給李大夫，請他來府上替祖母治腿。」
張嬤嬤便出去買了酒回來，還把李大夫找來給蘇老夫人瞧病，蘇老夫人一高興又賞賜了錦雲兩套頭飾。

第四章　遊湖興波

隔日一早，錦雲就起來了，她可沒忘記今兒要跟著去遊湖，青竹給錦雲挑了一身淺藍色收腰托底羅裙，雙袖繡滿水芙色的茉莉，頭上戴兩支五瓣紫玉花髮飾，再別上一對珍珠耳墜，整個人有說不出的韻味。

眾人抵達東翎湖，一眼望去，碧綠的蓮葉連天而去，朵朵水芙蓉猶如少女披著輕紗含笑佇立，隨風輕擺，湖畔的楊柳低垂，戲弄湖裡的游魚。

下了馬車，錦雲跟在蘇錦妤她們後頭，眾人朝湖畔的一個涼亭子走去，遠遠地就聽見有打鬧聲傳來，走近了便瞧見有十五、六位姑娘在那裡。

其中一位穿戴華貴的姑娘自涼亭裡走下了台階，拉著蘇錦妤的手，輕噘小嘴抱怨道：「妳們怎麼現在才到呢，我都差點望穿秋水了。」

蘇錦妤歉意地笑道：「讓郡主久等了，一會兒定自罰三杯賠罪。」

這位姑娘就是先皇冊封的明欣郡主，是異姓王齊淵的女兒，名叫齊寶兒，年紀約莫十四歲，長得標致如玉，柳眉如黛，一張白皙的小臉因為蘇錦妤的歉意皺起來，嘴角邊有兩個淺淺的小酒窩，好不可愛。「我就知道妳是故意晚來，好要求罰酒的，本來我的梅花釀就不多，回頭全進妳肚子了。」

「這可不怨我，誰讓妳釀的梅花釀那麼好喝。」

「那就罰她沒酒喝。」一旁的姑娘笑道。

同行的姊妹四人一起來，蘇錦妤和蘇錦容兩個是有說有笑，蘇錦惜也會說笑兩句，可錦雲就像個隱形人一樣被人忽視了——這麼說也不準確，至少有一道視線讓她無法忽視。

一位年紀相差不多的姑娘正望著錦雲，那姑娘生得冰肌玉骨，滑膩如脂，真是玉肌花貌，讓人見之忘俗。只是錦雲不懂為何這姑娘獨獨盯著她瞧，在這群人中，她有什麼獨特之處嗎？

見兩人相視，蘇錦容嘴角勾起一抹笑意來。「二姊姊還不認識吧，這位就是永國公府的上官小姐。」

永國公府的上官小姐，再加上蘇錦容那怪異的笑……

不用懷疑，這肯定是葉連暮之前的未婚妻了！

錦雲眼角直跳，起身行禮，不讓人挑得一絲半點的錯處，而上官琬也回了半禮，笑道：「真是百聞不如一見，蘇二小姐想必才學皆在琬兒之上，今兒還請不吝賜教了。」

上官琬，才女一枚，在京都赫赫有名；而錦雲，除了是右相嫡女，曾經是皇后的熱門人選，還與葉連暮未經父母准許就私相授受之外，誰聽說過她會些什麼？

可上官琬這麼說也沒什麼不妥，葉連暮放著這樣的美嬌娘不要，偏偏跟皇帝搶蘇二小姐，可不是她有過人之處嗎？總不至於葉連暮是那個有眼無珠的人，那她還要嫁吧？

這是挑戰書。

不過錦雲不介意讓誰成為一個有眼無珠的人。再者，他本來就有眼無珠。

一旁的大家閨秀們在竊竊私語。

「還以為是個何等傾國傾城的絕色，也不過如此，葉大公子也不知道怎麼想的，放著琬兒姊姊不娶，偏偏娶她。」

「我也好奇，沒準兒真有什麼過人之處呢。」

「可不是真有過人之處嘛，不然怎麼敢和葉大公子私下接觸，還慫恿葉大公子去跟皇上搶人，真是膽大至極！」

錦雲眼角狂跳。遊湖，她就不應該來。

小坐了片刻，明欣郡主便道：「人都到齊了，我們上船吧。」

船身很大，裡面鋪著紅地毯，瓜果糕點應有盡有，還有個鏤空鳥獸香爐，熏香裊裊。

船駛向湖中心，周身的窗戶被打開，微風徐來，將人的躁熱祛除個乾淨。

明欣郡主舉杯笑道：「梅花釀裡添了點冰，味道還算不錯，妳們都嚐嚐。」

錦雲也啜了一口，梅花清香撲鼻，冰涼的酒滑進喉嚨，身上所有毛孔都舒暢開來，那邊已經有姑娘道：「再給我滿上。」

明欣郡主笑勸道：「喝慢點兒，小心醉了，我母妃昨兒喝了幾杯，差點連我都不認識了。」

明欣郡主說話爽快，惹得一屋子人掩嘴直笑。「忍不住想喝怎麼辦，要不我們行酒令吧？」

大家都來了興致，獨獨錦雲扭著眉頭。由於她只繼承原主的部分記憶，最重要的詩詞書畫卻是一片空白。這行酒令是什麼東西，她不會啊……

只聽明欣郡主道：「我們對詩吧，第一句開始，一人一句，沒接上的罰酒一杯。」

這個提議大家一致贊同，挑了韻腳，以丫鬟走三步為界，接不出來的就罰酒。

明欣郡主起頭，其次是蘇錦妤，再來為蘇錦容，接著是上官琬——悲摧，上官琬之後接的就是錦雲。

明欣郡主一開頭，錦雲就知道她完了，這個時代的詩詞歌賦，她哪裡知道？

錦雲默默地把酒杯舉起來，罰酒。

然後又接下去，一輪轉過來，在錦雲這裡又卡住了，她臉大窘。

錦雲第一次丟臉，蘇錦妤還挺高興的。

第二次，臉色就掛不住了。

第三回，臉就沈了下來。

第四回，她忍不住要讓錦雲出去了，有誰跟這二妹一樣，一句也對不上的！

第五次……第六次……

明欣郡主也不好意思了，不過就是圖個樂子，這會兒看倒像是成心為難錦雲一個了。

「要不，我們再換個酒令吧？」

上官琬瞅著錦雲，總覺得她不應該這麼差勁，有一次轉到她這裡，上官琬挑了個最簡單的，錦雲竟然也接不上來，因而認為錦雲是故意的。

錦雲一臉羞愧。「我不會行酒令……」

蘇錦妤鄙夷地看了錦雲一眼，在場都是名門閨秀，別人都會，錦雲卻不會，真是把她的面子都丟盡了，為了自己、為了相府的臉面，蘇錦妤難得對明欣郡主道：「我這妹妹因為身子骨兒差，不得勞累，所以娘親就沒讓她太過勞神讀書了，擾了各位的興致了。」

「郡主，她耍賴，她明明會卻故意輸了喝酒。」有人打岔道。

這名被抓包的姑娘噘嘴說：「我本來就不會。」

「那我方才問妳，妳脫口就答出來了又怎麼說？」

「……我之前望著酒杯走神了。」

「罰她作詩一首。」

「對，要罰，一定要罰。」

錦雲望過去，就見那姑娘望過來，且嘴角帶著一抹笑，錦雲便知道她是故意的，故意把這個話題岔開。

又玩鬧了一會兒，大家便玩起投壺遊戲，這回沒人叫錦雲了，錦雲出了船艙去甲板上吹風，即便太陽很大，可是風吹著人也不熱。

谷竹拿著團扇幫著錦雲遮住太陽，看著一望無際的湖邊，忍不住道：「要是能住在湖中心該有多好？」

錦雲笑笑，就聽身後有人說話了。

「可不可以不跳舞，我怕轉到湖裡去。」

「誰讓妳輸了，願賭服輸。」

原來，屋內改了遊戲規則，一群人玩起了抓人遊戲，被逮住的要表演節目，由抓人的人決定。

那姑娘嬌豔的嘴巴一噘。「跳就跳，一會兒我可是要報仇的。」

說完，就見她舞起雲袖，在甲板上翩翩起舞起來。

遠處船上有鼓掌聲傳來。

錦雲回頭就見三名男子站在另一艘船頭，目光正望著這邊，且還有說話聲，其中一人對著錦雲說：「那位礙眼的姑娘，麻煩挪個位置。」

錦雲無語地扯了下嘴角，真是個無禮的傢伙！錦雲有種想罵兩句的衝動，正要轉身，突然一陣風吹過，將她滿頭青絲吹亂，淺藍色收腰托底的羅裙飄蕩，有種遺世而獨立的驚豔脫俗之感，錦雲伸手去撥弄，回頭瞥了一眼便轉了身。

那邊船上為首的男子瞧得怔住，俊美的臉龐染上溫潤笑意，沒想到竟然見到如此美景，但見錦雲轉身離去，心裡興起一抹惋惜。

無禮男子嘟囔道：「怎麼不跳了，都回去了，沒勁。」

身側的另一男子笑罵道：「你不是不讓人家礙眼嗎？人家如你的願回去了，你還不滿呢！」

無禮男子的臉微微窘紅。「我哪知道她這麼聽話？大哥昨兒才回來，葉大哥不來接風洗塵就算了，趙大哥也不來，就我們幾個，真沒勁。」

說話的這位是左相府二少爺，桓禮；而船頭為首的那位是左相府大少爺，桓宣；至於身側這名男子則是靖寧侯世子，夏侯沂。

「怕是來不了，趙大哥去濮陽祝壽，逃過一劫，連暮兄可就沒那麼好運氣了，惹怒了右相，這些日子麻煩層出不窮，還不知道什麼時候能脫身。」

夏侯沂嘆息，以前葉兄闖禍，總有國公爺跟在後頭收拾，國公爺護不住，還有皇上的祖母——太皇太后疼他，可這一回，太皇太后避暑去了，他惹的恰好是右相這塊大鐵板，沐太后踢了多少年都撼動不了，他倒是一擊必中，把自己搭進去了。

桓禮連著點頭。「我派人去打聽了，右相府二小姐在府裡是那種誰都可以欺負的角色，甚少有外人知道她長得如何，應該不甚出眾，兩個月前還在戶部尚書府上的宴席落水，差點淹死，這樣的女子怎麼配得上葉大哥？就是死了還不許葉大哥續弦……」

桓宣回頭打斷他。「以後別在他跟前說這些話。」

「我知道，這不是葉大哥不在嗎？」

裊裊琴聲傳來。

這一回彈琴的是蘇錦惜。

悠然琴聲，時而舒緩如流泉，時而急越如飛瀑，時而清脆如珠落玉盤，時而低迴如呢喃細語，婉轉纏綿，又高盪起伏，甚是動聽。

一曲彈畢，接著輪到她抓人了，船內好不熱鬧。

只是這一回，錦雲被抓了，可她不是躲不開，是躲開的時候，被人撞了一下，直接把她推到蘇錦惜懷裡去了。

蘇錦惜取下蒙眼睛的紅綢，瞧見一臉欲哭無淚的錦雲，再看一側的蘇錦妤和上官琬，眸底閃過一抹了然。「二姊姊擅長吹奏簫樂，就以簫聲為大家助興吧。」

錦雲能如何？被抓是事實，一旁的上官琬歉意道：「我躲得急了些，沒有撞到妳吧？」

蘇錦妤笑道：「船艙雖然不小，但躲閃之時，偶爾相互碰撞上也在所難免，二妹妹不會介意吧？」

谷竹噘著嘴，明明就是故意的，只是她道歉了，大家也不會指責她什麼。

在這些人眼中是錦雲對不住上官琬，是她先搶了人家的未婚夫，撞一下又怎麼了？

蘇錦惜讓錦雲去船艙外吹玉簫，作為被抓的人，錦雲沒有說不的權利。

錦雲沈思了兩秒，選了首最熟悉的曲子。她掏出玉簫，置於唇瓣，一曲〈明月〉緩緩飄揚在湖邊上，和清風纏綿在一起，拂過連綿山巒，如流淌入溪的泉水，沁入心脾。

遠處停滯的船艙，幾個男子傾聽著，久久忘神，彷彿夜空黑幕之下，一輪明月緩緩升上來，清風吹過，帶起吹簫之人裙裳亂舞，寧靜致遠。

「怎麼是首沒聽過的曲子？」桓禮忍不住出聲詢問。

夏侯沂搖頭。「我也沒聽過，若是明月當空時聽就更妙了。」

錦雲忘我地吹著，看著湖邊低飛而過的白鶴，嘴角勾起笑來，而她身後的蘇錦妤和蘇錦容兩個互望一眼，各自從對方眸底看到震驚和氣憤，她們本是想看錦雲出醜的，可不是讓她出鋒頭的，於是兩人朝錦雲走過去，就站在她身後。

這時湖邊兩匹馬疾馳而來，聞見簫聲慢慢地頓住腳步。

趙琤眺目遠望，瞅著遠處的兩艘船，忍不住蹙了下眉頭。「叫我們來，還把船開得那麼遠，我們怎麼過去？」

葉連暮往錦雲那邊眺望，隔得太遠瞧不見人，只能隱約瞧見幾個綽約的身姿。不可否認，這簫吹得真不錯。

葉連暮一個縱身，輕踩蓮葉，躍身而去。

錦雲吹完一曲，轉身，結果蘇錦妤兩人往前一步走，錦雲下意識退後相讓，最後她一腳踩空，嘩啦一聲便落水了。

蘇錦妤和蘇錦容兩人相視一笑，方才抓人遊戲時，她們就發現到，若是不小心走到她跟前，錦雲下意識就會往後退，若踩了她，她會下意識地跟人說對不起。她們原還想使計藉上官琬的手害她再次落水，沒想到她這麼容易就掉水裡去了，她們兩個可沒忘記上回錦雲差點落水淹死了，這東翎湖可比尚書府裡的池子深得多。

錦雲落水的動靜不小，除了蘇錦妤姊妹之外，所有人都嚇住了。

踏水而來的葉連暮正好瞧見錦雲落水一幕，想起方才聽到的簫聲，眉頭一蹙，輕點腳尖過來了。

見錦雲落水，谷竹扯著嗓子哭叫救命。

錦雲浮出水面，不忍谷竹驚嚇哭泣，忙道：「沒事，沒事，不用人救我。」

一說完，錦雲一頭栽進水裡，結果葉連暮過來，伸手把錦雲給拽了起來，讓她嚇了一跳，也因此嗆了水，連著咳嗽起來，鼻腔火辣辣的難受。錦雲一臉無語，當初在尚書府落水，怎麼不見有人這麼麻利地救她上來，現在她不需要，倒是立馬就救她了，還差點害她嗆死過去。

不管怎麼樣，好歹也有伸手援助之恩，錦雲一邊咳嗽一邊道謝。「謝謝……」

還沒道謝完，錦雲就瞧見是葉連暮，腦子裡立馬閃過上回被災民追又被他嚇唬的事了，且還說她是災禍，錦雲臉一臭，氣呼呼地道：「多管閒事，說我是災禍，你才是災禍，碰到你就沒好事！」

葉連暮臉色一黑，他什麼時候說她是災禍了？他丟下一句「不可理喻」，縱身一躍，走了。

錦雲抹著臉上的水，谷竹忙問她有沒有事。

錦雲盯著湖面，搖頭道：「我沒事，只是簫掉進湖裡去了。」

谷竹要扶著錦雲走，錦雲沒動，繼續盯著湖面，那是她在這個世界的第一份禮物，何況那玉簫她很喜歡，就此丟了太可惜了，於是錦雲撇頭對谷竹道：「放心吧，我不會有事的。」

說完，縱身一躍就跳湖了。

對面船上，桓禮指著錦雲，眼睛睜圓，不敢置信自己看到的一幕。

「她、她、她是不是腦子有毛病啊，救她起來，她還自己跳下去了！」

葉連暮一臉青黑，惡狠狠地瞪著湖面，就沒見過那麼野蠻的女人，救她還要挨她的罵！

錦雲直接潛進湖底，這湖不深，她落水的位置就在那一塊，只是落水的時候，手裡的玉簫是扔出去的，只記得一個大概位置，具體在哪兒她還得慢慢地找。

錦雲跳水後，好一會兒湖面沒動靜，谷竹忍不住又哭了，求人下去救錦雲。

蘇錦好在一旁冷笑。「葉大公子方才救她起來，還挨了她一頓臭罵，誰敢去救她？」

一旁的姑娘也嘀咕。「這要真淹死在湖裡，那也是她活該了。」

「聖旨明明說她和葉大公子兩情相悅，方才倒更像是仇人似的，她對葉大公子也太放肆了，當著這麼多人的面就罵他多管閒事，還說碰到他就沒好事，是不是私底下鬧翻了？」

錦雲那一聲謝謝，她們都聽見了，只是撇頭瞧見是葉連暮，錦雲就改口罵人了。

「難道是氣他去向皇上求賜婚，讓她沒了皇后之位？」
「有可能……」
「不是說是她讓葉大公子去求皇上賜婚的嗎？沒準兒是因為什麼事鬧僵了。」
「有矛盾也是私下的事，在這麼多人面前也不應該罵人啊，還是她未來夫君呢，好歹顧及點他的臉面！」
「就是，她還是人家未婚妻呢，就算是右相府嫡女，有人撐腰，也不能這樣不將夫君放在眼裡。」
「沒那麼嚴重吧？我外祖父和外祖母就經常吵架，我娘說打是情、罵是愛……越是愛，罵起來越是不用顧忌呢！」
「是這樣嗎？」眾大家閨秀側目，在她們腦中，娘親怎麼敢罵爹爹呢，還唯恐招呼不周，而且教她們夫為妻綱、夫妻要相敬如賓的啊！
那姑娘才十三歲的樣子，模樣可愛，連著點頭。「我外祖母就罵得很大聲，外祖父一樣罵聲『不可理喻』甩門就走了，有時候還罵瘋婆子呢，可要不了一會兒就乖乖回來道歉了。我娘說，夫妻就該跟外祖父、外祖母一個樣兒，越吵越恩愛，錦雲姊姊和葉大公子也不是相識一、兩天了，瞧樣子就像是個吵慣了的。」
大家閨秀都不再說話了，心裡羨慕錦雲不已，有個扯著嗓子罵都還兩情相悅的夫君，該是多幸福的一件事？要是心裡真生氣覺得錦雲蠻橫，他怎麼可能還求皇上忍痛割愛，該是愛到骨髓了吧？

錦雲要是知道她們心裡怎麼樣想的，非得吐死不可，四肢抽搐，從此香消玉殞……死不瞑目。

「現在怎麼辦，都在湖裡半天了也不見起來……會不會淹死了？葉大公子怎麼還不回來救她？」

「……」谷竹無言。壓根兒就不是那麼回事好不好，她家小姐就是氣葉大公子，哪裡來的恩愛啊？不過這樣誤解總比說她家小姐是非不分、胡亂罵人得好。

那邊船上，大家也盯著湖面，桓宣把手裡的玉扇交給桓禮，要過去救人，葉連暮重重地哼了一聲。「一會兒莫名其妙地挨了罵，別怪我沒提醒你。」

桓宣怔住，趙琤脫口問道：「你救她還挨罵了？難怪一臉陰鬱……」

葉連暮臉又黑沈了三分，桓禮道：「算了算了，這樣的女子還救她做什麼？聽簫聲，還以為是個善良的姑娘呢，要不是顧及男女之防，真想去見見，沒想到品性這麼差。」

一群方才還有那麼一絲絲欽慕錦雲簫聲的人，就這樣毫不猶豫地把錦雲列入黑名單了……

錦雲在湖裡尋玉簫，正要游回水面的時候，卻瞧見湖底有蚌，隱約可見裡面有珍珠，立馬游了過去。

船上，明欣郡主見錦雲下水好一會兒都沒浮上來，正要吩咐人下去救她，結果錦雲就抱著銅盆大小的蚌浮出水面，手裡還拿著玉簫。

桓禮瞅著那銅盆大小的蚌，有些不敢置信。「這、這、這未免也太……葉大哥好心辦壞了事，難怪挨罵了，以後人家不喊救命，打死我也不救人了。」

葉連暮的臉黑得就像暴風雨前天空上密布的烏雲般，腦子裡壓根兒就沒聽到桓禮說什麼，只記得錦雲罵人的話「碰到你就沒好事」，之前他們碰到過嗎？

爬上船，錦雲擦著臉上的水，露出白皙的臉，順手把玉簫遞給谷竹，指著蚌欣喜道：「這裡面有珍珠。」

「……」谷竹無言。

「……」一群大家閨秀亦然。

明欣郡主對錦雲已經無語了，有這本事的確不需要人家救命，便讓丫鬟領錦雲去換衣服。

錦雲換了身衣裳後，讓丫鬟打了清水和木棍來，把蚌放進水裡，等了一會兒，蚌就張口了，錦雲迅速用棍子支起來，然後往裡面看，果然有珍珠，有兩顆，還是黑珍珠，有雞蛋黃那麼大。有人羨慕地看著錦雲，珍珠不少見，但是長得跟錦雲手裡這樣大的可是極少的，黑珍珠就更少見了，不少人都倒抽一口氣，這是走哪門子的狗屎運了？

兩顆黑珍珠，回頭送一顆給外祖父做壽禮，另一顆送給蘇老夫人，這麼寶貝的東西難留在身邊。

蘇錦妤和蘇錦容兩個望見那珍珠就移不開眼睛了，語氣夾酸道：「上回二妹妹在尚書府差點淹死，今兒怎麼就會泅水了？」

「正是因為差點落水淹死，所以才知道會泅水的重要，萬一沒人救我，我豈不是要葬身魚腹？」

蘇錦妤知道錦雲說的是上回她們幾個遲遲不叫人來救她的事，她千算萬算，卻漏算了錦雲因為落過一次水，竟然就學會了泅水，才短短兩個月，她什麼時候學的？又是誰教她的？

這邊船上人的說話聲，大聲點兒那邊都聽得見。夏侯沂打著玉扇，眼睛瞄著葉連暮，掩嘴一咳，回頭吩咐隨侍道：「去打聽一下方才落水的姑娘是誰。」

一刻鐘後，隨侍回道：「是蘇府二小姐，也就是……」

說著，眼睛瞄向葉連暮，不言而喻。

夏侯沂同情地看著葉連暮，裡面還夾帶三分幸災樂禍。「應該不會錯，上回還說蘇二小姐性格木訥，膽小怕事，無才無德，說到底還是右相的嫡女，真是百聞不如一見啊，那簫樂吹得真不錯。葉兄，方才見到她有沒有驚豔的感覺？」

葉連暮橫眼過來，夏侯沂立馬咳一聲，問隨侍。「還聽到什麼了，蘇二小姐品性如何？」

隨侍瞄了葉連暮一眼，同情道：「那艘船上的人都說蘇二小姐對葉大公子打是情、罵是愛，葉大公子好福氣……」

眾人嘴角抽了又抽，真不是一般的好福氣！

葉連暮那臉色臭得很，他暴吼一聲，一掌把桌子拍得四分五裂。「是誰說她差點淹死在尚書府的?!我要知道是她，我肯定把她摁水裡去！」

眾人紛紛躲閃。

半晌後，有弱弱的聲音傳來。

「……她會泅水。」

「……打暈了再扔水裡去！」

葉連暮氣瘋了。他好福氣？他好福氣！

他現在福氣多得恨不得殺人了。真不愧是右相的女兒，沒品沒德，還能讓人對她讚賞有加！

原本還覺得立后一事是右相他們自作主張，她一個深閨女兒家可能是受委屈的，可現在，一想到要娶個這樣的嫡妻，將來即便是胡作非為，他還得無條件包容她，只因為打是情、罵是愛，某男一直很後悔，但這一次後悔得恨不得去撞牆了！

錦雲的日子也不好過，一群大家閨秀問她是如何跟葉連暮相識的……錦雲那個怨恨啊！

誰認識他了，誰他媽認識他了，她不認識！

她強顏歡笑，故作羞澀，然後搜括各類浪漫相遇的情節來哄騙小姑娘，什麼花前相遇，英雄救美，郎情妾意，君當作磐石，妾當作蒲草，天長地久有時盡，此恨綿綿無絕期啊……

就差沒把聊齋搬出來了。

谷竹聽得兩眼直翻，她家小姐騙起人來真是……都不用打草稿的，如果她不是親眼見到那顆雞蛋砸在葉大公子腦門上，她都要被感動了。

突然，谷竹有些同情未來姑爺了……他因為一道聖旨惹怒了小姐，今兒他第一次見到小姐就莫名其妙地挨了一頓罵，準是惹毛了他。

這怨恨，越結越深了。

那些浪漫的相遇讓上官琬的唇瓣都咬出血來了。

唯有蘇家三姊妹嘴角一抹鄙夷的笑，讓她隨便編個故事騙騙她們，她還真說得煞有介事，可惜，這輩子是作夢了！

當這些胡編亂造的花前月下逐漸傳開，慢慢傳到某男的耳朵裡，那咬牙切齒的怒意，對錦雲的厭惡之情又增加了三分，原還想著為了那道兩情相悅的聖旨好歹也要做做樣子，現在連多看她一眼的想法都沒了……

時近晌午，大家就在船上吃飯，有說有笑。

吃到一半的時候，突然岸邊有緊急鑼鼓敲響，明欣郡主忙擱下筷子。「怕是出什麼事了。」

船靠岸後，丫鬟去問了回來道：「郡主，是皇上大婚的事，皇上立李大將軍的嫡女為后，蘇大小姐為貴妃，三日後一同成親。」

蘇錦妤的臉色鐵青，居然是貴妃，居然只是一個貴妃！

於是，蘇錦妤幾個人匆匆忙忙回府，錦雲沒去蘇大夫人跟前找罵，而是去向蘇老夫人請安，蘇老夫人問了她落水的事，讓她安心在青院繡嫁妝，不用請安了。

錦雲大喜，生怕蘇錦妤和蘇大夫人在氣頭上，碰見她會胡亂撒氣，不用去請安，多好的一件事，錦雲忙福身應是，把黑珍珠送上。

錦雲走後，蘇老夫人瞅著手裡黑得發亮的珍珠，眉間盡是慈藹之色，這幾個孫女中還能有個對她老婆子這般用心的。她把黑珍珠遞給李嬤嬤，叮囑道：「好生收著，再派人去盯著點祁國公府送來的納采禮。」

回到青院，錦雲整個人都放鬆了，揉著脖子趴在小榻上，打著哈欠。

只是眼睛才迷糊上，蘇錦容就氣呼呼地來了，站到她跟前，手伸著，毫不客氣地討債。

「黑珍珠呢，拿來！」

錦雲神色冷淡地看著她。「我為什麼要給妳？」

蘇錦容咬牙切齒地看著錦雲。「為什麼？妳竟問我理由？是妳害得大姊沒了皇后之位只能做貴妃，妳不該彌補嗎?!」

「彌補？我欠妳們什麼了嗎？就因為一個皇后之位，我不得不嫁一個我不認識的人，還要遭受那麼多異樣的眼神，誰來彌補我！」

蘇錦容還是第一次被錦雲頂撞，氣得抬手就要打錦雲，錦雲一把抓住了她的手，輕輕一捏，就疼得蘇錦容額頭直冒冷汗。「今天在船上，妳們故意靠近我，連累我掉進水裡，這筆帳我已經沒跟妳算了，妳還找我要黑珍珠？身為嫡女，我處處忍讓妳們姊妹，還不夠嗎？」

蘇錦容的丫鬟嚇得臉都白了，直嚷嚷道：「妳放肆，妳敢打四小姐，大夫人不會放過妳的！」

錦雲冰冷的眼神掃過那丫鬟，吩咐谷竹道：「替我掌嘴，一個丫鬟也敢說我放肆，我不發脾氣，還真當相府的嫡女是好欺負的了！」

谷竹也還是第一次瞧見錦雲發脾氣，別說蘇錦容主僕了，就連張嬤嬤都怔住了，谷竹走過去，啪啪兩巴掌就搧了過去。「以後對我們二小姐恭敬點兒！」

蘇錦容有些怕錦雲了，怕她再用力，自己這隻手會廢掉，錦雲卻是把她往旁邊一甩。「下回我睡覺的時候別打擾我，不然沒今天這麼好脾氣了。」

「妳給我等著！」蘇錦容咬緊牙關，氣得跺腳走了。

錦雲坐下才喝了杯茶，兩個粗壯的婆子就來抓人了。

去了蘇大夫人的屋子，地上是一套已被摔裂的精美茶盞，蘇錦容還在那裡哭，蘇錦妤則瞪著錦雲，而蘇大夫人見到錦雲，當頭就是一喝。「混帳東西，給我跪下，平常我都是怎麼教妳的，妳竟然差點廢了錦容一條胳膊！」

錦雲站在那裡不動，冷笑。「娘親都不問問經過，就斷定我欺負四妹妹了，娘親真相信我有那個本事廢了四妹妹一條胳膊？」

蘇大夫人氣得直拍桌子。「難不成錦容還會冤枉妳？」

蘇老夫人進來時正好聽到蘇大夫人說這話，再看屋子裡一片狼藉，眉頭蹙緊。「出什麼事了？」

蘇大夫人沒說話，蘇錦容的丫鬟上前將事情的經過說了一遍，主要就是把錦雲抓著蘇錦容手腕的那段說給蘇老夫人聽，錦雲也不打斷她，神色從容淡然，彷彿說的不是她一般。

等丫鬟說完，錦雲笑問道：「說完了？」

丫鬟身子一凜，下意識地看了眼蘇大夫人，想著四小姐受委屈，還是二小姐給的，這口氣大夫人和四小姐是無論如何也嚥不下去的，再者，她說的也是事實，便重重地點了下頭。

錦雲眸底微寒。「妳怎麼不說我在屋子裡睡得好好的，四妹妹衝進去伸手找我要黑珍珠的事？怎麼不說我抓她手腕是因為她要打我巴掌的事？」

丫鬟也是護主的，聽到錦雲這麼問，跪下來就道：「沒有，四小姐沒有要黑珍珠，也沒有要打二小姐……」

「那妳說大姊姊賜婚這樣的大事，四妹妹本該陪著的，卻為何去我那兒，我們又為何起的爭執還動起手來？」

丫鬟立馬支吾了，眼神飄忽。「奴婢、奴婢……」說不出來了，最後只一句。「奴婢不知道。」

這一聲「不知道」還真是可笑，她寸步不離地跟著，又沒有眼瞎耳聾，為何起爭執她竟然說不知道？

「丫鬟說不知道，事實如何，大家心知肚明，四妹妹是會送上門被我打的人嗎？大姊姊當不成皇后一事，過錯怪在我頭上，我到底做錯什麼了？我有哭著鬧著要爹讓皇上不立大姊姊改立我為后嗎？大姊姊嫡出身分有瑕疵是我的錯嗎？我娘嫁給爹是祖父和外祖父二十年前就定下的，我出生起就是相府的嫡女，這些年住在青院，吃穿用度連三姊姊都比不上，我有吵鬧抱怨過嗎？要是還不滿意，不如讓爹轟我出家門，讓我自生自滅算了，何必誣衊我！」

錦雲眼眶通紅，欲哭卻堅強地挺直著身子，四下裡的丫鬟有些流露出同情的目光了，相府嫡女淪落至此確實委屈。

「胡鬧！」突然，身後一聲暴怒聲傳來。

蘇大夫人瞧見右相，拭淚道：「老爺，二小姐脾氣大，連妾身都敢頂撞，我是教不了她了。」

右相不耐煩蘇大夫人的眼淚，袖子一甩。「女兒養成今日這樣，還不是妳當家主母教得好。進來，把方才在青院發生的事一五一十地說清楚。」

一個黑衣男子閃身出來，回道：「四小姐怒氣沖沖去了青院，伸手就找二小姐要黑珍珠，讓二小姐彌補大小姐沒了皇后之位……」

暗衛的聲音在屋子裡迴蕩，蘇大夫人的臉色一片鐵青，她作夢也沒想到右相會派人看著青院。「老爺，我……」

右相眸底盡是寒意，重重地把茶盞磕在桌子上。「本相忙於朝政，無暇顧及內院，若是當家主母只知道偏聽、偏信，偏頗自己的女兒，這位置妳就別坐了，本相另選賢能，不管錦雲如何，始終是相府的嫡女，這一點誰敢質疑，本相送她去見老太爺！」

蘇大夫人的臉一片死灰，送她去見老太爺，那是……要殺人。

右相瞥了眼丫鬟。「拖出去杖斃。」

錦雲臉色也僵硬，爭吵打架的事可是發生在她臥室，那她在臥室熬藥玩手術刀的事，右相是不是也一清二楚？還是她從來就活在右相的眼皮子底下？錦雲心底升起一抹恐懼。

右相走到錦雲跟前止住了腳步，錦雲抬眸，眸底那抹恐懼還沒有散去，右相從暗衛稟報中才得知，他這女兒竟然深藏不露，有純熟的醫術，卻還藉他人之手診治蘇老夫人的腿疾，是蘇大夫人逼她斂藏了鋒芒，有女如此，右相是驕傲和欣慰的，心裡還有些懊悔，他對她關心太少了。

「以後做什麼不必藏頭露尾，想做什麼就做什麼，有爹給妳撐腰。」

錦雲眼睛眨巴兩下，她沒聽錯吧，要給她撐腰？想做什麼就做什麼？錦雲覺得今兒太陽估計迷糊地跑錯位置，可是權傾天下的右相沒必要騙她不是？還有眸底那關心之情，怎麼看都覺得心裡暖暖的。

突然之間，錦雲覺得自己的老爹還算不錯……

接下來三天，錦雲沒有出院門，其間除了蘇錦惜來了一趟外，沒人來打擾，而蘇錦惜來，不外乎就是捻酸吃味。

蘇錦妤封為貴妃的事終究是喜事一件，貴妃之位放在尋常人家，是要燒香祭拜祖先的，也只有右相府蒙了一層陰影，不過表面上還是喜氣一片。

這三天，錦雲就做了兩件事，一件是繡嫁衣；另一件就是把兩罈上好佳釀給提純，這個時代的酒精濃度不算高，錦雲提純了兩遍才勉強達到六十多度。

裝好一瓶，剩下了一小瓶子，錦雲想著右相的暗衛，便站在大樹底下喊道：「暗衛大叔，暗衛大叔，你在嗎？」

暗處的人挑了下眉頭，動著鼻子，心想這酒味真香。

他閃身出來，行禮道：「不知二小姐有何吩咐？」

錦雲輕咳一聲。「爹說讓我做什麼別藏頭露尾，這是我自己提純的酒，比一般的酒烈一些，這些是特地送給暗衛大叔和爹品嚐的，順帶問一下，這藏頭露尾包不包括出門？」

「……屬下就是奉相爺之命看著二小姐不許出門的。」

錦雲無言。

還以為是什麼呢，就看著不許她出門啊！

錦雲知道，肯定是蘇總管把她溜出去的事告訴她爹了。「就不能幫著求個情嗎？」

「……」暗衛禁不住錦雲乞求的目光，點了下頭，縱身一躍就去了右相的書房，叩門進去，把酒送上。

「老爺，這是二小姐孝敬您的酒。」

錦雲孝敬的酒？

「倒一杯。」

蘇總管取了酒杯來，才打開瓶蓋，就聞到濃郁的酒香了。「老爺，好酒呢，聞著就讓人醉了。」

右相迫不及待地飲了一口，眼睛都亮了。「不錯，我也算飲酒無數了，還沒喝著這樣的酒，這是哪裡來的？」

「是二小姐自己在廚房弄的，留了一大瓶子準備送給安老太爺賀壽的。」

一大瓶子？右相瞅著自己桌子上一小瓶，不高興了。「去告訴她，安老太爺年事已高，不適合喝這樣的酒，把那瓶子也拿來。」

暗衛突然發現二小姐真的跟老爺很像，同樣讓人無可奈何，說什麼、做什麼總出人意料又那麼理所當然的模樣，明明他是奉命看著她的，結果莫名其妙地替她求情來了。

「老爺，二小姐想出門。」

提及出門，右相就想到了狗洞，簡直無法忍受，爬牆也比鑽狗洞強，他右相權傾朝野，女兒怎麼能鑽狗洞?!

「告訴她，出門不可能。」

一會兒後，暗衛如實回答錦雲，錦雲哼著鼻子。有至於嗎？她就是想出去買點東西而已，窩在屋子裡難受。算了，不出去就不出去，等出嫁了，他們就鞭長莫及了。

錦雲轉身要走，暗衛忙道：「老爺說二小姐的酒不錯，讓妳把給安老太爺的那份也給他。」

錦雲無語，俗話不是說「吃人嘴軟，拿人手短」嗎？她這老爹吃了，不答應她的事也就算了，竟還伸手來要，她辛苦了幾個時辰才弄好，若全給了，她拿什麼去送禮？不過，若是……

「給是不可能的，你去拿酒來，我幫著弄。」

錦雲忙著提純酒，於是給蘇錦妤送添妝晚了些，挨了蘇大夫人一頓數落，還不許她去參加喜宴。

不用參加喜宴，錦雲樂得輕鬆，明早還能睡得晚些，結果被一陣敲鑼打鼓聲震得耳膜都生疼，睏意全無。

敲鑼打鼓整整持續了一個時辰才慢慢停下來，聽聲音就知道蘇錦妤出嫁了。

臨到傍晚的時候，珠雲領著飯菜回來，說起蘇錦容幾個參加封后大典的事，慶幸錦雲沒去遭那份罪，因為蘇錦容走得腳都起水泡了。

南香今兒已經望天十幾二十回了，每回都是失望而歸。「不是說皇上大婚就會下雨嗎？現在皇后封了，貴妃也娶了，也不見天下雨啊！」

錦雲失笑。老天會因為皇上娶老婆就下雨？那準是雨神可憐皇帝掉了兩滴眼淚，還說是一國之君呢，連娶個皇后都被人算計，很值得同情，掉兩滴眼淚還真有可能。

珠雲忍不住問錦雲。「若是明兒還不下雨怎麼辦？」

「我怎麼知道，皇帝很有可能會氣死吧。」

皇上大婚原就是為了求雨，所以大婚一過，大家就等著下雨，等了兩天，天上一個響雷都沒有，還真是不給面子。

原本蘇錦妤預定回門這天，右相府是積極籌備她的回門之禮，不過蘇錦妤派人送了消息來，她不回門了，因為皇上陪著李皇后回將軍府了！

沒有皇上陪著，她一個人回府有什麼臉面，乾脆就不回了。

為此，蘇大夫人氣得發狂，主母一怒，誰撞上誰倒楣，最倒楣的莫過於三姨娘和四姨娘，也不知道說了什麼惹怒了蘇大夫人，結果被罰跪，在太陽底下曬了半個時辰，四姨娘都被曬得暈倒了。

直到大夫來把脈，才知有喜，可惜有些見紅，蘇大夫人因為罰跪四姨娘，被蘇老夫人禁足半個月。

第五章　安府借糧

轉眼就到安老太爺的壽辰了。

安府門前熱鬧非常，都說百年的王朝，千年的世家，安府在前朝就是個富可敵國的望族，大朔建朝初期，安老太爺又獨具慧眼，出手大方，送了不少物資給朝廷，如今安府祠堂裡還擺放著太祖皇帝欽賜寫著「天下第一糧」的匾額。

安府雖是商家，但是亭臺樓閣一點也不比右相府差，甚至更大，更加古樸雅致，錦雲左右打量，對面走來一個年紀約莫三十五、六歲的貴夫人，身著石榴紅裙裳，上面繡芍藥，頭上戴著金鑲玉蝶翅步搖，雅致大方，臉上的笑容更是讓人如沐春風。

她身側還跟著個十三、四歲的姑娘，容姿秀麗，宛若明玉生輝，美玉瑩光，嘴角一抹甜甜的笑容，顯得整張臉格外動人。

「表姊，妳可總算來了，祖母一早上都催好幾遍了呢！」她的說話聲清脆婉轉。

這婦人是安大夫人，姑娘是安府嫡出的二小姐安若溪，穿著一襲淡粉色繡牡丹的裙裳，甚是合身，頭上也沒有過多的飾物，只有兩支碧玉簪子和天藍色絲帶。

「外祖母沒說我若是來晚得罰我吧？」

安若溪眨巴水靈大眼。「沒準兒還真罰妳呢，我們快去吧！我和姊姊天天在祖母跟前打轉，她瞧見我們都嫌煩了，就表姊妳難得見上一面。」

真的是難得見一面，她們可不喜歡去右相府，每次去都會碰到攪局的，明裡暗裡地說商人俗氣，所以就是想去找錦雲玩，她們都忍著，可蘇大夫人又不許錦雲出門，所以就算同住在京都，一年見面的次數十根手指頭也數得出來。

錦雲福身請安，安大夫人笑道：「真是長越大越和妳娘像是一個模子刻出來的。若溪，妳趕緊領著錦雲去見老夫人，我去前門迎客去。」

安若溪領著錦雲往前走，一路小聲說話。「一會兒二伯父、二伯母叫妳去，可千萬別去。」

「為什麼？」

「還不是立后一事，祖父早叮囑過別插手，是二伯父一意孤行，結果連累了表姊妳嫁給葉大公子，二伯父也被祖父罰了，現在內務府又打壓安府的生意，雖然那只是九牛一毛，祖父沒放在心上，但總歸臉上不好看，這些天，祖父是見二伯父一次罵一次，二伯母她……」

由於安二夫人不喜歡錦雲的窩囊性子，每次見錦雲來都會把她找去狠狠數落一頓，說的話不外乎是希望她有點嫡女的樣子，別忘記了自己的身分。其實安二夫人倒也不是不喜歡錦雲，反而對她是極喜歡的，只是以前的錦雲每看見她就想躲。

說著，安二夫人就來了，同來的還有安府大小姐安若漣。

安若溪聳肩，俏皮地吐了下舌頭，錦雲忙上前行禮。「給二舅母請安。」

安二夫人上下打量著錦雲，點點頭。「是變了不少，沒之前那麼木訥見了我就想撒腿跑了，果然訂親了就是不一樣，回頭我也得給妳大表姊……」

安若漣滿臉羞紅。「娘，妳好好說錦雲就是了，怎麼就突然說到我頭上來了！」

安若漣長得淡雅嬌美，羞紅臉的樣子讓母親忍不住數落她了。「妳是我生的，說說妳怎麼了？」

安若漣撫額，對錦雲拋去一個「我很無奈」的表情，錦雲忍不住拿帕子掩去唇角的笑意。

安二夫人瞪著安若溪和安若漣道：「這回我不說錦雲了，一個個看著做什麼？站遠點兒，我有幾句話想單獨跟錦雲說。」

安二夫人是個心直口快的人，有什麼說什麼，安若溪和安若漣兩人互望一眼，難不成太陽從西邊兒出來了？待安二夫人一瞪眼，兩人立馬後退幾步，然後東張西望，不時把眼睛瞄向她。

安二夫人拍著錦雲的手，嘆道：「這回是妳二舅舅做得不對，連累妳了，不過妳外祖父和外祖母已經罵過、罰過他了，他也是為了妳好，妳雖是安府的外孫女兒，可安府只是外家，妳的親事難插手過問，妳那個嫡母，我還真是不信她會給妳尋門好親事，與其嫁給不知情的，還不如嫁給皇上呢！好歹身分尊貴……妳別怨妳二舅舅，他一心想著替妳娘報仇……」

「給我娘報仇？」錦雲不解。

安二夫人一怔，隨即笑道：「看我都糊塗了，哪裡是報仇，不過就是她扶正成嫡妻後，還把妳一個嫡女貶成庶女般，好了好了，不說這些糟心的事了。」

安二夫人拽著錦雲往前走。錦雲眉頭攏緊，方才她說及報仇二字時，二舅母那慌亂的眼神，明顯不是因為右相府中孫氏被扶正的事……

錦雲知道她娘是身子骨兒弱病逝的，難不成另有隱情？

寧院，安府老夫人的住處，庭院雅致，小橋流水重重。

屋內，刻有松鶴延年圖樣的屏風前，頭髮花白的安老夫人坐在羅漢榻上，頭戴墨玉抹額，神色慈愛，瞧見錦雲便伸著手。「好孩子，過來給外祖母瞧瞧。」

和藹的聲音，疼愛的眼神，讓錦雲忍不住紅了眼眶，安老夫人伸手撫摸著錦雲的眉眼。

「真像妳娘……」

安老夫人笑著笑著，眼睛就濕潤了，只是手才伸了一會兒，就有些顫抖，便收了回去。

「錦雲來了，怎麼不先領去給我瞧瞧。」

屏風處傳來說話聲，一位頭髮半白的老人龍行虎步地走進來，精神抖擻，朗目疏眉。

錦雲忙起身行禮。「給外祖父請安，祝外祖父福如東海，壽比南山。」

安老太爺捋著鬍鬚大笑。「嘴比上回來時甜了不少，相府門檻高，若不是外祖父過壽，還真難得見外孫女兒一回，也不知道我當年哪隻眼睛看中了妳爹，覺得他不錯……」

安老夫人在一旁瞋瞪他。「他到底是錦雲的爹，私底下罵罵也就算了，當著錦雲的面說什麼！一會兒你派人去相府說一聲，錦雲今兒不回去了，陪我老婆子歇一晚。」

安若溪立馬道：「要多住幾個晚上，要不是相府嫡女身分尊貴，就該把大表姊接來安府住，哪怕分一半也比相府大。」

安老太爺捋著鬍鬚吩咐總管。「派人去告知右相一聲，若是不放心，他自己來接，要他親自來。」

安老夫人看著自家老太爺，問道：「聽說這些天，葉大公子天天送拜帖來都被劉總管擋在了門外，錦雲和他是聖上賜婚，右相故意為難他，你打算什麼時候見見他？」

「若他只是來拜壽，我倒是可以一見。」

安老太爺說著，瞥了錦雲一眼，可惜錦雲什麼表情也沒有，彷彿說的不是她未婚夫一般，安老太爺輕嘆了聲。

安老太爺知道葉連暮是替君分憂，只是把他外孫女兒拖下水就該打，可不得不說安老太爺也欣賞他，至少勇氣可嘉，比起讓錦雲嫁進皇宮，他寧願錦雲嫁進祁國公府，若是再尋常點的人家，以安府的財力、勢力能護著這外孫女，他會更滿意。

屋子裡閒聊著，安老夫人問及錦雲嫁妝準備得如何了，錦雲一一回答。

差不多時辰了，安老夫人催促安老太爺下去沐浴更衣，好接受晚輩的壽禮。

安老太爺沐浴更衣這段時間，錦雲見到了安大老爺所出的大表哥安景怳，以及年僅六歲的三表弟安景炟，長得是粉嫩可愛；安二老爺所出的二表哥安景渢，此外，還有幾位庶出的表弟妹及不少陌生的人，都是專門來給安老太爺拜壽的。

安老太爺沐浴完進正堂，正堂中貼著一個大壽字，安老太爺和安老夫人坐在首座上，外面嗩吶吹響，一片喜氣。

拜壽最重要的就是一個「拜」字，先是至親的兒子輩，然後是孫兒、外孫兒們，再是那些客人們。

輪到錦雲的時候，錦雲端著托盤跪下去，說著賀詞，然後把壽禮獻上，托盤裡有一個小錦盒以及一對酒罈，大家都知道安老太爺愛酒，既是送壽禮，這酒自然要不同。

安老太爺打開錦盒，瞧見裡面是顆黑珍珠，問錦雲。「怎麼送祖父這個？」

錦雲如實回答，東翎湖有珍珠的事京都人盡皆知，不少人都去湖裡尋珍珠，只可惜，無人再有錦雲的好運氣。

安老太爺滿意地笑著，若是尋常買來的珍珠，那還不如錦雲親手所繡的鞋子更得他的心，他把珍珠擱回錦盒裡，讓總管好生收好，然後眼睛便盯上了酒罈子，二話不說拿起酒罈就打開了，撲鼻而來的酒香讓安老太爺渾身一怔，脫口讚道：「好香的酒！」

不只是安老太爺聞見了，屋子裡其餘的人聞到這濃郁的酒香都睜著眼睛看著安老太爺，一旁的總管很識時務地去拿了酒杯來，讓安老太爺先嚐上一口，安老太爺是心滿意足啊！

安老夫人在一旁對錦雲笑道：「妳這壽禮算是送到妳外祖父心坎兒裡去了。」

安二老爺在一旁瞅著，雙眼泛出光來，不顧在場賓客，豁出面子說：「爹，給兒子嚐一口唄？」他跟父親一樣，嗜酒如命。

安老太爺一個瞪眼掃過去。「一滴也沒有！」

安大老爺在一旁搖頭，他雖然也愛酒，可他識時務啊！「二弟，你幾時從爹手裡要到他中意的酒了？」

安二老爺哼了下鼻子，眼睛盯著錦雲，安老太爺那兒是不可能了，不過錦雲嘛……

待錦雲賀壽完，再就是本家旁支了，送的壽禮都不凡。

今天來送禮的人很多，濮陽王家、上庸虞家、邳州謝家……都是大朔王朝一些響叮噹的望族，今兒來的又都是些年輕公子，似乎都是家族的下任繼承人。

到這裡，錦雲才知道大朔七大世家基本都到齊了，而這七大世家中，以安家為首。

送的禮物稀世罕有，有紫檀木雕、白玉菩薩……難怪之前安若溪說，內務府的生意只是九牛一毛，安府壓根兒就沒放在心上，這樣積世的富貴，哪裡是輕易就能撼動的？

光是拜壽，就整整花了一個時辰都還沒有結束，外面總管進來稟告道：「葉大公子帶著壽禮來給老太爺拜壽。」

安老太爺捋了下鬍鬚。「讓他進來。」

錦雲還想看看他送的什麼壽禮，可是安老夫人不許她看，因為她已經和葉連暮訂親了，成親之前不許見面，否則不吉利，錦雲只好跟著安若溪下去了。

安若溪笑道：「方才妳應該跟大姊一起下去才對，妳瞧見了沒有，上庸的虞大少爺。」

上庸的虞大少爺虞硯，長得儀表堂堂，俊朗不凡，錦雲也注意到了。

安若溪便笑道：「祖父瞧中了他，想把大姊許給他呢！大姊不好意思，所以就下去了。」

錦雲眨巴眼睛，安若溪見安若漣走過來，忙裝出一副什麼也沒說的表情，只是眸底那促狹的笑，惹得安若漣賞她好幾個大白眼。

敢笑話她，祖母也在給二妹物色親事了，回頭她再笑話回來！

宴會散後，丫鬟就進來稟告道：「老夫人，相爺同意表小姐在安府住一晚，讓丫鬟送了換洗的衣服來。」

安老夫人高興地給錦雲安排住處，安若溪撒嬌道：「祖母，我今晚跟大表姊睡。」

安老夫人笑著同意了，安若溪對錦雲擠眉弄眼，顯然是有悄悄話要說。

幾人就在屋子裡陪著安老夫人說話，錦雲又見到安老夫人手打顫了，而且這一回把茶盞都弄灑了，可是急壞了徐嬤嬤，好在沒有燙著安老夫人。

「再請個大夫來瞧瞧吧？」

安老夫人擺手道：「今兒府裡辦壽宴是喜事，請大夫不吉利，明兒吧。」

錦雲坐到安老夫人身邊幫她把脈，安老夫人詫異地看著錦雲的舉動。「幾時妳也學會瞧脈了？」

「閒來無事就翻了幾本醫書，外祖母可許我賣弄一下？」錦雲撒嬌道。

安老夫人還真沒想到錦雲會看醫書，再聽錦雲那俏皮的話，安老夫人伸手戳著錦雲的腦門道：「外祖母許妳賣弄。」

錦雲這才幫安老夫人把起脈，手抖是老年人常見的一種病，引起的原因也多有不同，安老夫人屬於中等症狀了，幾個時辰能碰到幾回，錦雲把完脈，然後道：「醫書上說，多吃蠶豆有益控制手抖，外祖母不妨多吃些。」

錦雲一本正經地瞧了半天脈，最後只得出讓安老夫人多吃蠶豆，安老夫人啞然失笑，回頭吩咐徐嬤嬤。「聽表小姐的，明兒起，我每天吃一碗蠶豆粥。」

等安老夫人乏了，錦雲幾人才出去。一出房門，安若溪就忍不住道：「大表姊方才裝得真像，我還真以為妳會醫術了呢，差一點點就讓人拿筆墨紙硯來讓妳開藥方了。」

谷竹在一旁笑道：「我家小姐是真的會醫術，不是開玩笑。」

「……那祖母的手抖吃蠶豆就能好？」

錦雲搖頭。「祖母的手抖之症比較嚴重了，若不再加以控制，只怕會更嚴重，而且祖母身子還有別的病痛，是不是經常耳鳴，夜裡睡不著，經常出虛汗，還起夜好幾回？」

安若溪嘴巴都張大了，她是真信錦雲會醫術了，這些事可沒人告訴過錦雲。「那妳能治嗎？」

錦雲點頭道：「回頭製了藥丸再送來，以免外祖母吃藥太苦。」

拋開這事，安若溪帶著錦雲上了觀景樓，樓上擺放著各樣的東西，有琴、有古箏，雅致非常。

玩鬧了好一會兒後，安若溪坐到琴旁，十指輕動，一曲樂音便流瀉而出，其聲如流水潺潺，如瀑布磅礴，如沙漠無盡。

安若溪彈完，安若漣也彈了一曲，然後拉著錦雲，要她也彈，錦雲不會，只好吹起玉簫。

選了一首名曲〈春江花月夜〉吹奏起來，由於站在觀景樓上，這曲子傳得格外遠，呼應了那句詩——

翠袖擁雲扶不起，玉簫吹過小樓東。

前院不少人都聽得怔住，其中就包括被安老太爺叫去書房的葉連暮和那些由安府少爺帶著逛園子的少年們。

簫聲落，不少男子誇讚安府小姐多才多藝。

安景忱疑惑，他知道若溪和若漣並不懂簫，其餘的弟弟、妹妹都還小，應該不是府裡的姑娘……但他也沒說什麼，謙虛了兩句，繼續逛園子。

安老太爺也聽見了，不過能在安府觀景樓吹奏簫樂的，若不是這些孫子、孫女，就該是錦雲了，不過無論是誰吹的，他都高興。

安老太爺端起茶啜著，外面敲門聲響起。「老太爺，葉大公子來了。」

「讓他進來。」

葉連暮邁步進書房。整整七、八天啊，總算是見到安老太爺了，希望他別跟右相一樣難纏。

安老太爺上下打量葉連暮，之前拜壽時已經見過一回了，這是第二次打量，敢以一人之力對抗他那權相女婿，這份膽識委實不錯，安老太爺眸底閃過一抹精光。「就是你與我外孫女錦雲兩情相悅、情投意合？」

聽到這八個字，葉連暮就眼角直抽。「是晚輩。」

「你真與錦雲兩情相悅？怎麼錦雲說她壓根兒就不認識你？」一旁的安二老爺問。

葉連暮立馬怔了，比起他這個外人，安二老爺怎麼說也相信自己的外甥女，而且她說的也是真的，於是他不說話了，跟這樣的人精說話，沈默比較適合他。

安老太爺走到葉連暮跟前，手搭在葉連暮的肩膀上，葉連暮站穩不動，一旁的兩位安家老爺目露讚賞。

這小子還真有幾分本事！

葉連暮臉上沒事，可是右手有些青筋暴起，想不到安老太爺會出手試探他。

半晌，安老太爺收回手，笑道：「以往打人，似乎都沒用出真本事。」

葉連暮疑惑地看著安老太爺，安老太爺笑道：「我這輩子就一個女兒和一個外孫女兒，比起讓錦雲進宮做皇后，我倒是寧願她嫁給你，我情願她平庸一點，也不希望她被人給害了，兩情相悅、情投意合，我希望你說到做到。」

另一廂，觀景樓上，錦雲吹完一曲，安若溪和安若漣對錦雲的認識又更深了一層，先是黑珍珠和酒，再就是醫術，現在又是這簫樂……不是說她被那個孫氏壓迫嗎，怎麼會？

安若溪覺得錦雲是個深藏不露的角色，心裡欲問錦雲是怎麼躲過蘇大夫人的耳目學會這些。

是夜，錦雲和安府兩姊妹陪著安老夫人說話，等安老夫人乏了，才回東廂房。

安若溪回頭看著安若漣，咕噥道：「大姊，夜深了，妳回自己院子歇息吧？」

安若漣故意不走。「方才我吩咐丫鬟多放了幾塊冰，我們三個一起睡。」

安若溪推著安若漣道：「妳快回去吧，有什麼話明兒再說就是了。」

「妳是不是有什麼秘密瞞著我要跟錦雲說？」

「哪有，絕對沒有。」

「既是沒有，那我為什麼不能一起睡？」

「……那妳說話可以，就是不許妳睡。」

「成了、成了，不打擾妳們兩個說悄悄話了，我這就走。」

等安若漣走後，安若溪湊到錦雲身邊問，她是不是真的醫術超群。

錦雲輕眨眼睛，從她在安老夫人房門口說了安老夫人的病症後，安若溪就有些怪怪的，有時候還蹙眉糾結，擺明是心裡有事，錦雲謙虛了一番，安若溪就拉著她問了。

錦雲這才知道她這麼怪異的原因，安若溪想問錦雲的是生理方面的問題，也就是女子每月必來的癸水，而她三個月才來一回，這樣已經近一年了，她不好意思讓大夫瞧，只讓丫鬟出去打聽了下，聽說有人半年或是一年來一回的都有，安若溪也就沒放在心上，今兒瞧見錦雲會醫術，反正兩人是表姊妹，問問也無妨。

錦雲幫她把了個脈，發現有些宮寒之症，嚇得她都哭了，錦雲好一番勸慰才止住了她的淚，開了藥方，保證能治好，安若溪這才破涕為笑。

第二天，陪著安老夫人用了早飯後，便去逛花園，累了就在涼亭裡歇腳，安若漣俏皮地問錦雲。「妳有沒有見過葉大公子？」

「有過幾面之緣。」

安若漣輕咳一聲。「我聽我爹和我娘說葉大公子挺不錯的，祖父很中意呢，只是他要幫朝廷借五十萬石的糧食。」

替朝廷借糧？錦雲想到上回一千石糧食將災民請出城外的事了，她怎麼覺得這事十有八九又是她爹的傑作？

聽安若漣說來，錦雲還真的無語了，她爹真會出難題，只怕外祖父和兩位舅舅肯定提什麼稀奇古怪的要求，萬一要求葉連暮和她相親相愛一輩子，錦雲那個惡寒啊……

「外祖父答應了？」

安若漣輕搖了下頭，她就知道這麼多，商談這樣的事沒給三、五天怎麼可能一錘子買賣，還得討價還價呢！朝廷開口借糧，安府不得不打起精神來應付，一個不小心，恐怕會把安府全部搭進去，可作為商人，哪有把銀子白白便宜別人的道理？

「朝廷既然開口了，安府總會借的，至於借多少、如何借，錦雲，妳怎麼看？」

怎麼借？這還真是個問題，天下大旱，黎民百姓若是窮困飢餓久了，恐怕會生變，尤其是大朔王朝建朝並不久，根基未穩，若手裡握著大把糧食卻不借給朝廷，誰知道那些人會不會藉機尋事，把安府整個吞併了，到時候糧食是朝廷的，銀子也是它的囊中之物，這樣的事，歷史上太多。

可要是就這樣送給朝廷了，五十多萬銀子就算了，但有一難保沒二，到時候朝廷起了貪婪之心……

「大表姊，妳想到好辦法了沒有？」

錦雲搖頭。「我雖然有些想法，但安府損失太大了，不知道外祖父願不願意。」

此時，一個丫鬟走過來行禮道：「表小姐，大老爺讓您去一趟書房。」

書房內，安老太爺和兩位老爺都在，安老太爺一臉怒氣。

「外祖父，誰惹您生氣了？」

安老太爺眼睛瞪著一旁兩個老爺，尤其是安二老爺，滿身酒氣不算，還打酒嗝，安老太爺氣得抓起書桌上的紙鎮就扔了過去，安二老爺不敢躲啊，硬生生地扛住了。

「下回再敢碰我的酒，把你雙腿給打斷！」

安二老爺低著腦袋，還打著酒嗝，大老爺撫額，這恫嚇他從小到大都聽了不知多少次了，有用嗎？

「錦雲，妳昨兒送給老太爺的酒是哪兒買的？」安大老爺問道。

「酒是我爹慣常喝的竹葉青，只是我幫著提純了下，外祖父喜歡，回頭我把提煉的方法告訴大表姊她們，讓她們幫著提純下就可以了。」

安二老爺在一旁聽得眼睛都發光了，安大老爺看著安老太爺。「爹，這酒提純了，味道香醇不少，京都不少人該都喜歡，若是加大生產……」

安老太爺瞪眼。「秘方是錦雲的，你一個做舅舅的好意思？」

安大老爺臉紅。「爹，我不是那個意思……」

錦雲大汗，這也太見外了，忙道：「一個小技巧而已，錦雲也是從書上看來的，送給外祖父便是，能讓更多的人喝上，也是好事一樁。」

錦雲說得隨意，倒是讓安老太爺捋起了鬍鬚，這外孫女兒跟上回見面果然大不相同了，變得有主見了，不過釀酒的事暫時不急，倒是另外一件……

安老太爺正要開口，外面一陣緊急的敲門聲傳來。「老太爺，大事不好了，大少爺和二少爺被抓進大牢了！」

安老太爺眉頭一蹙。「進來回話。」

小廝進來把事情前因後果說了一遍，今兒大少爺安景忱和二少爺安景渢陪著那些來賀壽的少爺們逛郊外，恰好碰到孫太僕寺卿府的少爺帶著下人強買、強賣的事。買的是老百姓的良田，用極少或是幾斗糧就逼那些百姓把地契交出來，安府兩位少爺見不得這樣的手段，便上前阻止，那些百姓中也有明事理的，現在乾旱，賣地可以換的糧食撐得過一時半刻，可是將來呢？沒地了，他們靠什麼養活一家老小，自己遲早是死路一條，便宜的只是那些人……這就起了衝突，甚至發展到最後，有人動手搶起糧食。

孫少爺讓下人打那些百姓，出手就活活打死了七、八個，安景忱血氣方剛，瞧不過眼，就跟孫少爺打上了，扭打成團時，官兵來把所有人都抓進大牢了。

安老太爺眉頭緊鎖，跟誰鬧上不好，竟是碰上了孫府！不過倒也不擔心，自己的孫兒自己瞭解，朝廷現在有求於安府，不敢把他們怎麼樣。

安大老爺冷笑道：「孫府這些年占著有右相府撐腰，強占了不少良田，就是內務府的生意他們也要搶，這回還趁火打劫！」

外面又有小廝在叩門。「葉大公子又來了。」

安大老爺瞧了錦雲一眼，然後問安老太爺。「爹，朝廷借糧的事？」

安老太爺看著錦雲。「說說妳的看法。」

錦雲茫然，不懂問她看法做什麼，抬眸看著安老太爺，問道：「是不是發生過商家借糧給朝廷，最後被滅族的事？」

安老太爺捋著鬍鬚，輕點了下頭，前朝糧商傅氏一族借了百萬石糧食給朝廷，最後討債時，被小人劾奏，說其有異心，最後竟是將那百年大族給滅了，當時的安府真是膽顫心驚不已，也因為那一回，安府徹底坐大，成了大朔王朝第一糧商。

錦雲無語，果然討債最難。「五十萬石糧食不算少，借給朝廷難保不會被人盯上，若是白白送給朝廷，那是斷然不可能的，不如咱們做件好事，五十萬石糧食送給朝廷，但是皇上得下詔免稅收一年，而朝廷需要的糧食一半以上都要從安府購買？」

錦雲這是大善之心，替天下百姓著想，只是五十萬石的糧食不過是一年稅收的十分之一，讓朝廷放棄稅收，難。

安老太爺端起茶啜著，一旁的安大老爺沒想到錦雲會想到稅收上面去，以右相的奸詐竟然養出來這麼一個為國為民的女兒，還真是令人詫異；不過這辦法未嘗不可行，若是以後一半以上的糧食從安府購買，不出三年就是一筆不小的收入了，而這五十萬石的糧食與其說是送給朝廷，不如說是送給百姓，皇上應該會賞賜安府，也可免了安府的後顧之憂，這辦法安大老爺是贊同的，只是白白送出去五十萬石糧食，安大老爺還是有些肉疼。

「這事外祖父就交給妳處理了，一會兒妳就在外祖父的書房內與葉大公子商議。」

錦雲一臉錯愕。「外祖父，我……」

安大老爺錯愕了兩秒就明白了，安老太爺這是讓葉大公子領錦雲的情呢，商議不成也沒關係，老太爺沒有蓋章，也不算數，而且才見一回，哪是那麼容易就定下來的？總要晾上朝廷兩天，也好讓葉大公子知道錦雲在安府心目中的地位。

安大老爺想通這些，便笑道：「錦雲，方才那提議老太爺認同了，妳與葉大公子商議再合適不過了。」

說完，安大老爺也出了書房，安老太爺早不知道去哪兒了，留下錦雲一臉無奈，只好讓谷竹去拿男裝給她。

錦雲在書房內，拿起安老太爺用的筆在書桌上畫起圖紙來，畫的是一個大型的蒸餾器，錦雲把自己知道的畫出來，主要還是把原理寫出來，讓他們根據實際情況做相應更改，畢竟古代的技術和現代沒法比。

錦雲畫到一半，外面小廝就稟告道：「葉大公子到了。」

「讓他等著。」

葉連暮不悅，之前讓他在大門外已等許久，現在都到書房了，還要等，方才那聲音醇厚中帶著清脆，有些熟悉，但絕不是安老太爺或是安府老爺的，難不成是安府哪位少爺？

錦雲在書房內把衣服換了，確定萬無一失後，才讓他進來。

葉連暮進門瞧見熟悉的面容，眸底掀起一陣怒火，他沒忘記自己在逐雲軒醒來時，胸前那幾個腳印子，還有趙琤轉達給他的話，自己尋了他好些天，想不到會在這裡見面！

如潭般深邃的眸底是壓抑的怒氣，他近乎咬牙切齒地看著錦雲。「見了你要繞道?!」

錦雲嘴角翹起，清冽的眸底是一抹氣死人不償命的笑。「繞道也成，反正我是不介意的，不過我得提醒你一聲，安老太爺已經把五十萬石的糧食交給我了，借與不借全在我一念之間。」

葉連暮如墨畫的眉頭蹙起，心裡揣測起錦雲的身分來，安府放心將五十萬石的糧食交給他談，可見他身分不一般，而之前他又為蘇二小姐打抱不平，可是安府幾位少爺中有他嗎？

錦雲坐在那裡，也不請他坐，手撐著下顎，心情真是爽到不行，談判這事嘛，她不成，還有外祖父，外祖父既然放心交給她，自然有後招，她盡力而為便是。

葉連暮神情微斂，他能在安老太爺的書房，那借糧一事交給他處理應該不是假的。「你我的恩怨暫且拋一邊，不知道安府如何才肯願意借糧？」

「既然是借，總得把朝廷的條件說與我聽聽吧，若是不錯，安府自當願意借。」

「五十萬石糧食，朝廷給利息一分。」

錦雲挑眉。「也就是說，到時候還糧食五十五萬石？」

葉連暮點頭，錦雲忍不住笑了。「安府作為一大商戶，你那一分利息豈會看在眼裡？大朔乾旱，糧價暴漲，有些地方甚至漲了一倍，安府就算漲一半，你也該知道這五十萬石的糧食能掙多少吧？」

葉連暮臉色沈冷。「安府的意思是？」

「沒什麼意思，就是讓你知道，朝廷提出的借糧條件有多可笑。」錦雲毫不留情地數落，用玉扇抵著葉連暮的心口，正是上回被她踩的地方。「我說你啊，上回自告奮勇替君分憂，你和你的皇帝怎麼弱到這地步了，堂堂大朔王朝竟然沒糧食，需要去人家手裡借，你不覺得這樣的王朝搖搖欲墜嗎？」

葉連暮一把揮掉錦雲的玉扇。「到底如何你才肯借糧食？」

錦雲轉身回頭，吧嗒一下把玉扇打開。「朝廷提出借糧就是把安府擱在了刀刃上，大朔多災，萬一三、五年內這個災、那個禍，若是僅靠借糧，安府遲早會被朝廷吞掉，若糧食不借，別說三、五年後，只怕現在都逃不過去，所以朝廷才會有恃無恐地只提出一分利是嗎？」

葉連暮瞪著錦雲的後腦勺，這還不是右相給出的條件，他能為安府爭取什麼？朝廷自然是希望能用越少的代價取得糧食越好。

錦雲把話說得這麼白，將各種情況都預料到了，倒是讓葉連暮捉摸不透了，借也危險，不借也危險，那到底是借還是不借？

錦雲驀然回頭。「放心，五十萬石糧食朝廷會拿到的，但是我有幾個條件。」

「什麼條件？」

「大朔建朝時雖然沒有經歷多少年的戰亂，但是前朝天災人禍不斷，早已經把黎民百姓折騰夠了，朝廷雖然施行了一系列鼓勵農耕的政策，可收效甚微，依舊有太多的人食不果腹，所以我替天下百姓要求免賦稅兩年！」

葉連暮擰眉。「如此朝廷豈不是少了許多稅收？大朔百廢待舉，處處都需要銀子，沒了稅收，那些將士們要如何養活？」

錦雲翻白眼。「麻煩你聽清楚點好不，我說的是免百姓的賦稅，可不是誰的賦稅都免，只要朝廷下一條令，耕田低於二十畝或是多少的，兩年之內減免賦稅；而那些官宦人家，田地肯定不止二十畝，朝廷大可以徵稅，就算不加稅收，也能維持不變，他們本來錢就多，我會好心替他們爭福利？民富則國強的道理，想必皇上也知道，若是誰敢偷稅、漏稅，你那皇帝表弟就該拿出氣魄來，讓他們徹底變成百姓！」

葉連暮目露讚賞。「這一條規定雖然很難讓那些士族同意，不過皇上若有魄力一些，倒是可以起到殺雞儆猴的效用。」

「別只顧著士族，那些人本來田地就不少，還四處圈地，朝廷就該想辦法制止，我跟你說白了，只有朝廷頒布了免賦稅的告示，安府才會給糧食。」

本來一件大好事，從錦雲嘴裡說出來總缺了三分味道，好像篤定他葉連暮會站在士族那邊刻薄百姓似的。「然後呢？」

「再來就是內務府已免了安府的皇商，可我要求朝廷需要的糧食一半以上必須從安府店鋪採購，另外，我要一道免死金牌。」

前一條可以接受，但是後一條，葉連暮以為自己聽錯了。

「這年頭沒什麼比命更重要的了，安老太爺為了天下百姓，為了大朔王朝的未來，甘願把五十萬石糧食送給朝廷賑災，這是怕重蹈前朝傅氏一族的覆轍，安府安分守己，不會做什麼危害朝廷的事，但是難保不會被人給盯上，栽贓嫁禍的事我見得太多，害人之心不可有，但防人之心不可無，有道免死金牌也能安心些，這要求不過分吧？」

白送五十萬石糧食，卻要一道免死金牌？購買糧食那一條好說，不算什麼，從誰那裡買都是買，還有減免賦稅那條，對皇帝本人來說，有百利而無一害。

葉連暮沈思了幾秒，點頭道：「除了免死金牌，其餘的皇上肯定不會有意見，我即刻進宮與皇上商議。」

錦雲又提了一句。「還有減免賦稅的事，雖然是好事，難保那些士族大家小氣記恨，就當是皇上一個人的好意吧，讓天下百姓記著他的恩情就好了，他記得安府的好心好意就足夠了。」

葉連暮詫異地瞅著錦雲，這可是讓天下百姓感念安府仁厚的大好時機，竟然說不要就不要了，這是讓他私底下避開那些官員跟皇上商議呢，到時候聖旨頒布下來，黎明百姓感念的是皇上，再加上士族不減免賦稅，只怕皇上在百姓心裡的完美形象會牢不可破。

葉連暮笑了。「如此看來，那免死金牌應該不是難事了。」

錦雲露齒一笑。「借糧可就這一次機會，下回可不會就這樣簡單了，告訴你那有雄心壯志的皇上，一個盛世王朝不是東借西補就能繁榮的，還有問一下，皇上大婚了卻沒有下雨，他是什麼感受？」

葉連暮無言，誰敢去問皇帝什麼感受？這擺明了就是幸災樂禍！

此刻，葉連暮心裡倒是有種感覺，若是他出仕，右相也不會是他的對手！

葉連暮原以為此次談判會很費心神，沒想到這樣就解決了，剛開始還以為他會幫著安府提出不少要求，這會兒看來，倒更像是站在百姓和皇上這邊，葉連暮迫不及待地想回皇宮，找皇上把這事確定下來。

另一廂，錦雲把男裝換下來，去了安老夫人的寧院。

走到屏風處的時候，錦雲就聽屋子裡安老夫人數落安老太爺。「與朝廷商議借糧一事，你怎麼能交給錦雲一個女兒家處理？她和葉大公子議親，眼看著就要出嫁了，那些禮數怎樣也要遵守，你趕緊給我去把錦雲換回來……」

安老夫人沒說完，就見到錦雲進來，安老太爺呷著茶，一臉笑意。「事情談得如何了？」

錦雲撓著額頭。「該說的錦雲都跟他說了，接下來就看他的了。」要是辦事效率高，下午就該有結果，畢竟是旱災，晚一、兩天可是要死不少人的。

安老太爺走後，安若溪就拉著錦雲坐到安老夫人身邊，迫不及待地問道：「那五十萬石的糧食真的就送給朝廷了，這提議祖父果真同意了？」

錦雲點點頭。「與安府偌大基業相比，五十萬石糧食算不得什麼。」

安老夫人摸著錦雲的腦袋，輕點頭道：「妳跟妳娘一樣最懂妳外祖父的心，沒有什麼比一家安好更重要，錢財都是身外之物，沒了可以再掙。」

懂得取捨，這也是安府屹立不搖的原因，只是免賦稅這事，安老太爺是沒那個魄力要求皇上去做。安老夫人拍著錦雲的手，有安府的良善又有右相的果斷，這外孫女兒倒是結集兩家之長了。

吃過午飯後，錦雲便返回右相府了，去松院給蘇老夫人請安，蘇老夫人問了問安老夫人的身子，然後便說及出嫁的事，出嫁之日定下了，下個月十六日，也就只剩下十八天了。

回到青院，珠雲一臉哀怨之色，看見錦雲進門，眼淚差點沒流出來，直嘟囔著。「妳們都走了，就留奴婢一個在青院。」

錦雲邊走邊問：「這兩日可有人來青院？」

珠雲搖頭。「沒什麼人來，只是昨兒祁國公府送請期來，大夫人院子裡的丫鬟來問小姐癸水是哪天，除此之外沒了。」

說及癸水，錦雲俏臉微紅，請期之所以是男方挑了送來給女方選，就是為了避開女兒家不方便的那幾天，以便於圓房。錦雲大窘，裝作若無其事地回臥室，讓人準備了熱水，洗去身上的些微汗水。

錦雲沐浴完，青竹她們幾個人已經把從安府帶回來的東西收拾妥當了，只餘下一個安老夫人給的木匣子，裡面有一套紫玉的頭飾，很精美，比她娘留下的那套羊脂玉頭飾有過之而無不及，除此之外，還有五千兩銀子，及京都外四百畝良田、一座四進的莊子。

張嬤嬤瞅著那些地契，眼眶微紅，忍不住笑道：「還是安老夫人最疼小姐，有了這些和祁國公府抬來的嫁妝，還有夫人生前留下的陪嫁，小姐一輩子也不愁了。」

「豈止是不愁，這些足夠我吃好幾輩子了。」小心用紅布原樣包好，錦雲緊緊地握了下，想著這兩日在安府的日子，心裡暖暖的。

為了報答安老夫人的疼愛，錦雲特地為安老夫人製了安神香，能舒緩疲勞、放鬆神經，配合著藥丸，對調理身子有奇效，讓谷竹送去安府。

稍晚，谷竹從安府回來時，累得滿頭大汗。

不等錦雲問，她便道：「奴婢去的時候正好碰到大夫給安老夫人診脈，就讓大夫看了看，大夫把小姐誇得上天入地呢，都說小姐有孝心，只是奴婢回來的時候，正好宮裡差人去宣旨……」

谷竹原本是要走的，聽到聖旨，就順道去瞧了瞧，想起宣旨那一幕，谷竹便忍不住咧了嘴笑。安老太爺他們聽到皇上賜免死金牌，那詫異的神情，就知道他們不曉得小姐幫著要了些什麼，只是安老太爺接了聖旨之後，公公讓安老太爺請蘇公子出來跟他走，說是皇上要見他。

安老太爺一時語塞，只得撒謊說「蘇公子」是遠方表親，祝完壽已經回府了，公公很不高興地走了。

安老太爺不信皇上會因為五十萬石糧食就賞賜免死金牌，畢竟已經賞賜了幾百畝良田還有一些奇珍異寶，必定有異，不由沈聲詢問。「這免死金牌是怎麼回事？」

安大老爺輕咳一聲。「免死金牌也是錦雲向皇上要求的，錦雲提的所有要求，皇上不但全部答應了，還把免兩年賦稅改成了三年。」

原本一大早就被叫進宮的安大老爺，回府後正要跟安老太爺說起免死金牌一事，宣旨公公就到了，讓安府上下驚嚇了一回。待公公離開後，安老太爺問起，安大老爺才向眾人講述這事情的經過。

早先，安大老爺在御書房聽到葉大公子說皇上答應免死金牌的事了，還滿臉疑惑。「什麼免死金牌？」

皇上和葉連暮那臉色啊，陰沈沈的，葉連暮便問安大老爺昨兒「蘇公子」說的話算不算數。那當下安大老爺能說不算數嗎？不過他只知道糧食白送給朝廷，還有免兩年賦稅的事，其餘的就不知道了，原以為讓他來是要商議，怎麼就定下了？

安大老爺有些擔心，讓朝廷這麼輕易就妥協了，便詳細詢問了葉連暮這「蘇公子」到底要求了些什麼，葉連暮便把昨兒的要求都跟安大老爺提了，尤其是「蘇公子」要免死金牌那理直氣壯的語氣。安大老爺聽得額頭突突直跳，一顆心七上八下地跳著，膽子小一點的，沒準兒就暈了，安大老爺畢竟是經歷過風浪的人，又事先知道皇上對這「蘇公子」提的要求全部答應了，才沒否定這回事。

安大老爺那震驚之色沒有瞞過皇上和葉連暮，但皇上已答應了也不好反悔，便這麼定下了。

驚嚇之後，安大老爺心裡只剩下高興啊，免死金牌這東西可不是花了銀子就能有的，虧得錦雲有這本事。

當時，安老太爺瞅著手裡的免死金牌，安二老爺更是感慨。「這要求也就錦雲敢提了。」

谷竹說起那場景，更是眉飛色舞。「連安老太爺都佩服小姐的計謀呢。」

錦雲輕笑，她能為安府做的不多，不過皇上也算有幾分本事，能在這麼短的時間內鎮住那些士族，免了黎民百姓三年的賦稅。

此刻的京都城內城外，得知這消息的百姓都笑出眼淚來了。

醉香樓裡，趙琤惋惜道：「他怎麼就走了呢，安老太爺沒說他家住哪兒？」

公公搖頭。「安老太爺沒說，只說蘇府有急事，蘇公子趕回去了，一時半刻不會再來了。」

公公的說話聲淹沒在樓下高呼萬歲、皇上聖明聲中，那種發自內心的高呼讓葉容痕的嘴角都噙滿了笑意，拍馬屁的話聽得太多，但是如現在這般，還是第一回體驗，葉容痕只覺得身體的每個毛孔都說不出的暢快。

葉連暮卻在一旁喝悶酒，趙琤幫著倒酒。

「連暮兄立此大功，怎麼還悶悶不樂？」

「我都還沒報仇，他怎麼就走了呢？」

這個理由讓葉容痕挑眉，腦子裡想像了下蘇小兄弟踩葉連暮的場景，還叫囂著以後見了他繞道走，葉容痕便忍不住大笑，葉連暮掃過來一眼。「皇上，他讓我問你，娶了皇后沒下雨，心裡是何種感覺？」

葉容痕臉上的笑頓時僵硬，拍著桌子道：「就不能讓朕高興那麼一會兒?!」

「你高興別的就成了，別對我幸災樂禍。」

「下月十六你成親，朕既是賜婚了，該賞賜蘇二小姐一套鳳冠才對。」

「……明天會不會下雨？」

「朕要賞賜一頂大鳳冠，讓她風光出嫁！」

翌日，御賜鳳冠到錦雲手裡了，錦雲氣啊，那鳳冠她瞧了一眼，脖子就酸了，足有七、八斤重，這要頂在腦袋上，小命難保，錦雲懷疑有人想利用這頂鳳冠要了她的小命！

錦雲正想能不能從上面摳些黃金下來，丫鬟就進來稟告，蘇大夫人找她有事，錦雲便跟著丫鬟去找蘇大夫人。

錦雲沒想到，蘇大夫人會再次因為安府遷怒她，非但如此，還要借免死金牌救她姪兒！

錦雲腦子進水了才會把免死金牌借給她，不好直接回絕蘇大夫人替自己找麻煩，於是一股腦兒地把責任推到右相和蘇老夫人身上了，只要他們同意，免死金牌她雙手奉上。

回青院的路上，有位身姿嫵媚的婦人正在賞花，舉手投足之間風華絕代，手裡一把美人扇輕搖，聽見有腳步聲便轉頭過來，眸底是一抹晃人眼珠的笑，勾魂攝魄。

錦雲眉頭輕挑，這麼熱的天，若非有事，否則絕不會在這個時辰、這個地點賞花，醉翁之意不在酒啊！

果然，錦雲走近的時候，三姨娘上前福身行禮。「見過二小姐，還未祝賀二小姐得皇上賞賜呢。」

與右相的這些姨娘，錦雲從來都是敬而遠之的，今兒三姨娘故意等她，也不知道為了什麼事？

壓下心裡疑竇，錦雲輕嘆道：「只不過是錦上添花罷了。」

三姨娘聞言輕窒了下，隨即笑道：「二小姐心情似乎不大好，不如奴婢給二小姐說個故事解解悶吧？」

錦雲正在撥弄牡丹，聽到三姨娘的話，斜睨了她一眼，輕笑了笑。三姨娘也笑道：「從前有家商戶女嫁進權貴家，正妻八年，康健無比，然一日起，身體日漸孱弱，如此病情反覆三載，終因藥石罔效病逝，留下孤女一名，受盡欺辱……」

錦雲越聽眉頭越緊蹙，她不傻，自然聽得出來那商戶女是誰，尤其是原本健健康康，突然有一天身體就開始孱弱了，大家都說安氏是過於勞累因病去世的，難不成另有隱情？

錦雲眸底閃過寒意，她沒忘記那日在安府二夫人說的話！

報仇。

三姨娘見錦雲神色變了，知道錦雲聽懂了她的話，眸底也寒意凜冽，那股恨意讓錦雲瞧得都心驚。三姨娘這些年也被蘇大夫人害慘了，她沒想到自己會被害得終身不孕，若不是四姨娘罰跪見紅找了大夫來，她也不能藉著看望四姨娘為由，順帶讓大夫幫著把個脈。她羨慕四姨娘懷有身孕，所以問了大夫一句，大夫捋著鬍鬚不說話，她心裡就有不好的預感。

私底下派了丫鬟去問，才知道這些年她一直在服用避子湯，因為服用的太頻繁傷了身子，難有子嗣，再加上右相朝務繁忙，來後院的日子本來就不多，來她這兒便少了，說白了，她就是不會再有孩子了！

她有自知之明，不敢去妄想那不該想的位置，平日巴結討好蘇大夫人，不敢有絲毫的忤逆，當日不過就是說了句大小姐也不知道能不能登上后位、能不能得皇上的寵愛，就被罰在烈日下跪了半個時辰之久，更沒想到淪落到這樣的境地，三姨娘笑得有些心驚、有些淒涼。

至於這個故事，三姨娘也是聽來的，是二姨娘故意說與她聽的，她知道二姨娘是故意利用她，她甘願被利用，因為憑著她的勢力，她沒有報仇的希望，她這輩子沒什麼指望了，她要拉個墊背的。

三姨娘說完就告退了，對於聰明人，說得太多不見得有用，她知道錦雲沒有全部相信，但是懷疑這東西就像是騰蛇，會緊緊地纏著人。

錦雲也沒有多問，轉身回青院，谷竹一路緊隨，不敢多問。夫人是被人暗害才死的，這消息也太驚悚了。

錦雲把張嬤嬤找來，張嬤嬤是安氏的陪嫁，當時的情況，應該沒人比張嬤嬤知道的多了，錦雲開門見山地問道：「我娘是怎麼死的？」

「夫人是因為身子虛弱病逝的，這事府裡上下都知道，小姐好好的怎麼會問起這事來？」張嬤嬤疑惑。

谷竹忍不住道：「夫人身子好好的，突然就虛弱了，透著奇怪呢，張嬤嬤沒發現嗎？」

張嬤嬤嘆息道：「哪能不發現？可是夫人回安府的時候，安老夫人還特地請了大夫幫夫人把脈，說的跟在府裡的時候一樣，都是勞累所致。」

錦雲眉頭蹙更緊了，安老夫人親自找大夫把脈，不應該有問題，難不成是些隱藏很深的毒，解不了？

可二舅母為什麼說二舅把她捧上皇后之位是為了報仇呢？蘇大夫人就算苛待她，也不會用到報仇這麼狠的字眼，報復就足夠了！

錦雲心亂如麻，連喝了兩盞茶才平復下來。

第六章　新婚棄婦

接下來半個多月，錦雲就在屋子裡繡嫁妝，其間，沒有任何人來打擾她，蘇大夫人也沒有再提免死金牌的事，珠雲出去也沒打聽到什麼風聲，真是怪異。

這一天下午，距離出嫁只有幾天了，錦雲坐在小榻上，張嬤嬤在一旁給錦雲說成親時要做些什麼，從被揹上花轎起，還得繞著京都走一圈，在花轎上坐兩、三個時辰，錦雲想到那沈重的鳳冠，眼角就忍不住直抽。

外面一陣嘈雜聲傳來。「先擱院子裡，先進屋把二小姐屋子裡陳舊的東西搬出來，小心點，別磕壞了！」

院外，一個身著青花色衣服的嬤嬤正在指揮著丫鬟、婆子把東西小心翼翼擱下，張嬤嬤忙迎了上去。「吳嬤嬤怎麼來了，這是？」

「沒什麼，就是大夫人想著二小姐屋子裡的擺設陳舊了，讓我帶了丫鬟來全換了。」吳嬤嬤眼神帶著輕蔑。

錦雲走到門口，看著滿院子的多寶槅還有那些繪彩的五彩瓶，再回頭看著她的臥室，嘴角彎起一抹冷笑來。「不必了，我就要出嫁了，這些擺設擱著也是浪費，送回去吧。」

吳嬤嬤聽得微怔，這些東西都是她親自去庫房裡挑選的，不比大小姐屋子裡的差，二小姐竟然說不要，蘇大夫人才不甘心把東西給二小姐用，還不是為了她自己、為了相府的臉面。

吳嬤嬤笑著。「都拿來了，再送回去，奴婢也沒法跟大夫人交代，雖說小姐要出嫁了，可總會回來的，怕是未來姑爺也會想著瞧瞧小姐的閨房，總不好讓他……」

總不好讓他瞧見二小姐的寒酸樣兒！

錦雲聽著這變相的威脅，擺設越是上等，越是代表她在相府的受寵程度，瞧見掉漆的桌子床，葉連暮是何種感想？

錦雲不在意葉連暮的想法，可是張嬤嬤和青竹她們在意，於是把錦雲請到正屋去。折騰了半天，青院大變樣，錦雲的午飯也整整推遲了大半個時辰，吃過午飯後，吳嬤嬤的人就全部撤了。

錦雲打算瞇會兒眼，蘇錦惜卻來了，她站在珠簾外，伸手撥弄著那碧玉珠簾，一肚子酸味兒。「要不是我記得來二姊姊這兒的路，只怕都要以為走錯門了。」

「東西雖然都換了新的，可惜卻不是給我用的。」錦雲自嘲道。

的確，若是真心給她用，大可十天半個月前就送來了，甚至更早，堂堂嫡女也只有在出嫁前才享受到這份尊貴，想起錦雲之前的屋子，樸素得連她的一半都不到，蘇錦惜心裡舒坦了，笑道：「等妳嫁進國公府成了大少奶奶，哪裡還會把這些東西放在眼裡？喜歡什麼大可自己置辦。」

錦雲請她坐下，南香泡了新茶上來，這些招呼客人用的茶具用品全部是嶄新的，蘇錦惜喝了兩口。「是君子袍呢，好茶。」

錦雲挑眉不語，蘇錦惜呷了兩口茶，然後道：「二姊姊可知道爹為了何事禁了大夫人和四妹妹半個月的足？」

「爹禁了大夫人和四妹妹的足嗎？」錦雲茫然。

蘇錦惜扯了下嘴角，這青院還真是偏僻，這麼大的消息竟然都不知道。不過她也才剛知道，蘇大夫人半個月未踏出院子半步，昨兒孫府夫人匆匆忙忙上門來，二姨娘恰巧因為有事去找蘇大夫人，才聽到蘇大夫人出不了門被右相禁足的消息，孫夫人是氣急敗壞地回府的。

蘇錦惜隱約能猜到點，想來探探錦雲口風，還想問問蘇大夫人是不是因為免死金牌的事被爹禁足了，沒想到錦雲竟然不知道。

這幾日，青院格外忙，蘇大夫人讓人送了四個小丫鬟來，除此之外還有兩個一等丫鬟，長得清秀嫵媚。

這事惹得青院幾個丫鬟很不高興，她們家小姐還沒出嫁呢，就給姑爺準備通房了。不過錦雲沒把這事放在心上，葉連暮厭惡她，會喜歡她的丫鬟才怪呢！

臨到傍晚的時候，又有一批人來張貼喜紙，青院從一個蕭條的院子變得格外喜氣了起來，第二天，蘇錦惜她們來給錦雲送添妝，安府姊妹也來了。

又一日，錦雲正在修剪花枝，外面一個丫鬟急急忙忙進來稟告，說貴妃娘娘給她送添妝來，蘇大夫人叫她去接。

蘇錦妤沒法出宮，是派侍女春梅送來的，有頭飾兩套、絲綢八疋、珍珠四串……可惜都不是給錦雲的，頭飾和珍珠給了蘇錦容，絲綢給了大夫人，但是這添妝看在外人眼裡，都以為這貴妃娘娘對自己的嫡妹不是一般的疼愛。

谷竹瞧見那麼多東西裡就只有一個小匣子是給小姐的添妝，真懷疑出嫁的人是四小姐和大夫人。還是堂堂貴妃呢，這麼小心眼，還好沒讓她母儀天下，成為天下女子之典範，不然真是要學出來一批小心眼了。

等打開錦盒後，谷竹差點氣暈。「麻雀！大小姐送妳麻雀！」

錦雲眸底閃過一抹冷寒，谷竹已經把那玉製的麻雀遞到她跟前了，蘇錦妤什麼意思不言而喻，用麻雀做添妝諷刺她飛不上枝頭，以前是麻雀，出嫁後依然還是麻雀！

谷竹氣得一佛出世，二佛升天。不喜歡小姐不送添妝便是，送這樣的東西，太侮辱人了。「小姐，扔了吧？」

「麻雀雖小，但五臟俱全，扔了太過可惜，好生收著，我自有用處。」最好別惹她，她能把玉麻雀當做添妝送，她就敢當作壽禮還回去！

錦雲和谷竹面對面說話，沒注意到站在身後的蘇猛，蘇猛聽見谷竹說到玉麻雀，眉頭蹙了下，然後輕咳一聲。

錦雲心下一驚，回頭瞧見是蘇猛，這才鬆了口氣，輕喚了聲。「二哥。」

蘇猛瞥了谷竹一眼，然後笑道：「雖然是在自家府裡，畢竟人多口雜，有什麼話還是得謹慎些，這些丫鬟也得好生調教，免得給妳惹出事端來。」

谷竹跪下來道：「奴婢知錯了。」

蘇猛擺擺手，對錦雲道：「後天就是妳大喜的日子了，做二哥的也不知道該送妳些什麼好，若是他膽敢欺負妳，妳告訴二哥，二哥幫妳教訓他。」

錦雲噘了下嘴，表示不信。「上回他欺負我，我求二哥揍得他分不清東南西北，二哥不是無動於衷嗎？」

蘇猛假咳一聲。「二哥不一定能打得過他。」

錦雲眼睛倏然睜大，相府上下都知道右相是要求蘇猛考武狀元的，不一定打得過葉連暮是糊弄她的吧？

「他有那麼厲害嗎？二哥是不是太高估他了，他連雞蛋都躲不過，要是換成是刀，他早死了。」

蘇猛再次無語，他也想知道葉連暮怎麼弱到連個雞蛋都躲不過，太匪夷所思了，難道是因為雞蛋不似暗器那般有殺氣？

他眸底閃過一絲無奈笑意，把袖子裡藏著的錦盒拿了出來，裡面是一隻玉蟬，通體碧透，錦雲一眼就喜歡上了。

「謝二哥了，上回二哥借我的書我看完了，一會兒讓丫鬟給你送去。」

錦雲回到臥室，便讓谷竹把書收拾好，把特製的金創藥和去疤痕的藥一併帶上，讓南香給蘇猛送去。

翌日，發嫁妝。

古代有提前一日把嫁妝發出去的習慣，床榻什麼的要提前安置好，第二天就熱熱鬧鬧地把新娘抬過去拜天地即可，若是嫁妝少，就跟著迎親退伍一起抬進夫家，但是這樣的情況比較少。

傍晚時分，錦雲坐在迴廊上走神兒，雖然才來三個多月，沒想到臨出嫁了，對這裡竟然生出幾分捨不得。

張嬷嬷從院門處進來，懷裡抱著個紅木匣子，臉有些微燙，上前給錦雲行禮，拍著懷裡的木匣子道：「這是老夫人讓奴婢給小姐帶回來的，小姐夜裡睡覺前翻著看看，奴婢就給妳擱床上了，記得看啊！」

錦雲先是一怔，隨即臉大紅，比天邊的雲霞還要燦爛，張嬷嬷卻是轉身進屋了，留下幾個丫鬟懵懂地撓著額頭。

晚上，錦雲沐浴過後，便上床歇息了，張嬷嬷就將匣子擱在枕頭一旁，想忽視還真是難，錦雲揣著好奇地打開，上面是一本書，錦雲拿起來就瞧見書底下是一些瓷娃娃，只一眼，錦雲臉就紅成什麼樣了，竟然還有實體的！

翩若驚鴻，婉若遊龍。榮曜秋菊，華茂春松。彷彿兮若輕雲之蔽月，飄颻兮若流風之回雪。遠而望之，皎若太陽升朝霞；迫而察之，灼若芙蕖出淥波……都不足以形容身著煙霞綢的錦雲。

光是上妝、著裳就整整花了一個時辰。

兩刻鐘後，外面鑼鼓奏響，迎親隊伍到了。

錦雲手攢緊，全福嬤嬤笑道：「二小姐莫緊張，要接小姐去怕是還要半個時辰呢，怎麼也要為難下新姑爺。」

右相府大門處正熱鬧著，蘇蒙是文才，蘇猛是武才，還有安府的表兄弟，想輕鬆接錦雲走，哪是那麼容易的，可是葉連暮壓根兒就是興趣缺缺，還得故作高興，什麼招都得接，天知道他巴不得不娶回去！

不過這回他帶來的人可是不少，安遠侯世子趙琤、靖寧侯世子夏侯沂、左相府二少爺桓禮等人都在，興致高昂，勢必要勝相府一籌，最後鬧得連箭靶子都搬了出來，比射箭。

磨蹭胡鬧了近大半個時辰，才讓葉連暮過關。

青竹把紅蘋果塞到錦雲手裡，蘇蒙揹著錦雲出青院，一路歡聲笑語，敲鑼打鼓，直到錦雲被送進花轎。

錦雲一上花轎，葉連暮翻身上馬，突然，天上轟隆一聲雷鳴傳來，緊接著烏雲密布，天色就那麼暗了兩層。

葉連暮騎在棗紅馬上，馬上繫著紅綢緞，馬兒揚起蹄子，他抓緊轡繩，突然幾滴雨水落下來，滴到他臉上。葉連暮嘴角抽了兩下，不是吧，盼了許久的雨，不會這會兒就下吧？

趙琤握拳掩唇。「連暮兄，下雨了，怎麼辦？」

夏侯沂笑道：「早知道娶蘇二小姐會下雨，你就該早娶了才是。」

四下歡騰雀躍了，瞧熱鬧的人都歡呼了起來，錦雲都上了花轎，還能因為下雨就推遲再娶嗎？

然後，葉連暮就成了幾年來唯一一個冒雨迎娶新娘的新郎，即便是下雨，還是得照著原來的禮節在京都走上大半圈，錦雲聽著外面的雨滴聲，樂得嘴角都是笑。

讓你娶，讓你淋成落湯雞才好！

錦雲剛開始還高興，可是過了一個時辰後就笑不出來了，脖子硬成什麼樣子了，還有鳳冠上垂掛下來的金鍊子，砸得臉上難受，又不是見不得人，非得用稀稀疏疏的金鍊子把臉擋著做什麼？又坐了小半個時辰，花轎才停下，錦雲在連天的鞭炮聲中聽到呼喚聲。「真是神了，蘇二小姐上花轎便下雨，下花轎雨就停了，葉大公子，要不你再帶著迎親隊伍在京都逛上半個時辰？這雨雖然大，可似乎不大夠？」

葉連暮無言。真這麼神，早該讓皇上娶了，他多事什麼?!

這話還真的傳開了，一旁的司禮忙扯著嗓子喊道：「扶新娘下轎。」再耽擱下去，還真不知道鬧成什麼樣子了，花轎從右相府出來只能停在祁國公府，再走一圈，實在不吉利。

葉連暮一抹臉上的雨水，走到花轎前，用腳踢轎簾子，很輕的力道，不過錦雲也一抬腳用力踹了回去。

讓你矜貴不用手，擺譜兒有雙好鞋子呢，本小姐也有！

葉連暮愕然睜大了眼睛，嘴角抽了抽，真想讓人把花轎給送回去才好。他伸手掀了轎簾，把手伸了進去，錦雲二話不說，把剛剛啃完無處放的蘋果核擱了上去，一旁看熱鬧的人全部傻眼了，右相府小姐未免也太……驚世駭俗了吧？

張嬤嬤真想去撞牆，小姐故意不給姑爺留個好印象，將來好關起門過自己的小日子呢！忙笑道：「蘋果、蘋果，平安吉祥，小姐吃下平安而來，剩下的就全靠姑爺護著了。」

錦雲真心佩服張嬤嬤隨機應變的本事，可憐葉連暮那蘋果核不能扔，這可是他媳婦右相嫡女剩下的平安，扔掉就表示他不護著她。

小廝忙端了托盤來，葉連暮把蘋果核放下，然後伸手去接錦雲，滿腔怒氣已瀕臨爆發邊緣了。他自找罪受，他忍。

可惜，錦雲今兒是專門挑釁他怒氣而來，拿帕子擦了擦他的手，然後才把手擱上去，等將錦雲牽下花轎，喜婆立馬把大紅喜綢遞過來，一人拽一端。

跨火盆、邁馬鞍……邁進正堂拜天地。

拜過天地後，錦雲就被喜婆送進洞房了，葉連暮自然也在，不過他連新房的門都沒進，就下去換衣裳招呼客人去了。

錦雲坐在喜床上，屁股底下是硌人的花生，屋子裡除了青竹幾個，還有兩個喜婆和四個丫鬟，青竹想著錦雲能單獨歇會兒，塞了荷包過去請她們出去，結果幾個人荷包收了，硬是站在那兒不動。「我們得守著少奶奶，等大少爺回來喝合巹酒。」

谷竹氣得暗罵這些丫鬟，這裡是少奶奶的新房，都請她們出去了，竟然不動，這是故意給少奶奶下馬威嗎？

谷竹想得太簡單了，幾個丫鬟哪裡算得上下馬威？真正的下馬威還在後頭呢！

祁國公府的幾位小姐邁步進來，看著錦雲還覆著蓋頭，不由得嘟起了嘴。「怎麼大哥都沒掀蓋頭就出去了？我還想看看大嫂是個何等絕色呢，把大哥迷得神魂顛倒，連上官姊姊的親都給退了。」

一聽就知道是不滿意錦雲的，而且心裡還中意著上官琬。錦雲坐在那裡直翻白眼，真想把人全部轟出去，然後在院子角落裡重開個門，直通府外，從此楚河漢界，老死不相往來才好。

谷竹和青竹守在錦雲一旁，幾位小姐見錦雲沒說話，嘟了嘟嘴。還真是木訥寡言，不由得懨懨地走了。

喜房內，大紅龍鳳燭燃燒著，燈芯偶爾還蹦出噼哩啪啦的響聲，錦雲脖子痠疼不已，忍不住想挪位置，只是才移動，一旁的喜婆就重重咳嗽了，她哪裡還敢動？

錦雲氣得不行，手裡捏著粉包，原還想祁國公府不惹惱她，他們便相安無事，但是現在，怨不得她拿他開刀了，晚點去換衣服敬酒會死啊，害她一動也不動渾身僵硬地坐了近半個時辰了！

又等了兩刻鐘，外面才有請安聲傳進來。

葉連暮是皺著眉頭進門的，老實說因為船上那回錦雲莫名其妙的一喊，他對錦雲那張臉半點興趣也沒有，來這間屋子完全是因為禮數。

喜婆說了一堆好話，然後把喜秤遞上，葉連暮一把就將蓋頭掀了起來，錦雲嘴角是一抹笑。

張嬤嬤告訴過她，喜帕要挑三回，代表希望下輩子、下下輩子還娶她，這一挑就過去了，別說下輩子，這輩子都不想跟她過。

一旁的喜婆緊接著說喜慶話，然後把蓮子羹送上，錦雲才不管，他不把禮儀放在心上，她還記著不成？拿起就吃，一旁的婆子整個錯愕。

桌子上擱的東西，每樣都要吃點，最後把生蓮子端上來，讓葉連暮餵給錦雲吃，錦雲十分霸氣地擺手道：「不用了，我知道是生的。」

喜婆那張臉啊，一輩子也沒今兒這麼精彩過，眼睛盯著葉連暮，葉連暮擺擺手，喜婆這才端下去，但是交杯酒是必須要喝的，即便是不守規矩也得喝，不然算不得夫妻。

錦雲伸手端了酒，先端著葉連暮那杯，隨即換了另外一杯，那一瞬間，誰也沒有注意到錦雲眸底那抹笑意。端了交杯酒，兩顆腦袋慢慢靠近，雙手交叉，老實說，跟個男子靠得如此近，她的心還是忍不住跳得飛快，不過他也沒好到哪裡去。

抬頭把交杯酒飲盡，錦雲收回手，眼睛一眨不眨地盯著葉連暮，發覺他的臉色未變，錦雲眉頭皺了，不至於吧？那五味俱全的酒，他竟然就這樣喝了，她還想看他丟臉呢。

錦雲神色有些懨懨的，但當葉連暮擱下酒杯時，突然神色一變，錦雲嚇了一跳，然後就見他一口血噴了出來，嚇得她站了起來。「你，我……」

玩笑開大了！

一旁幾位丫鬟忙過來扶住葉連暮，另外兩個丫鬟已經出去喊人了，不一會兒，喜房裡就來滿了人，包括葉老夫人。「怕是今兒淋了幾個時辰的雨，淋壞了身子，趕緊扶下去歇著，再去把大夫請來。」

葉老夫人瞥了眼傻站在那裡的錦雲，以錦雲累了要休息為由，讓人扶著葉連暮走了，不單她們走了，原本留在屋子裡的其餘丫鬟也都走得乾乾淨淨。

張嬤嬤臉色蒼白。「姑爺他這是……」

錦雲聳肩搖頭，他吐血怎麼都沒人懷疑是因為喝了添加調味料的酒？難不成他本身就有病？還是因為他知道自己有病，所以自告奮勇替皇上娶她？

各種疑惑像是一團棉絮將錦雲的心堵了個嚴嚴實實，真想把他揪過來，狠狠地踩上兩腳才好。她心頭一氣，把鳳冠取下來，往床上一扔，坐到桌子上，大吃大喝了起來，去他姥姥的新婚之夜，走了更好，省得她還要想辦法轟他走。

張嬤嬤抹著眼淚，讓南香把地上的血擦掉，擔憂道：「姑爺在新婚之夜吐血，往後的日子可怎麼過啊？」

錦雲喝著酒。「他過他的、我過我的唄！好了，嫁也嫁了，還能怎麼著？就是龍潭虎穴，暫時也沒有出去的可能了，妳們今兒也跟著走了一天，都喝過薑湯了沒有？」

「都喝過了，還喝了祛寒藥，應該不礙事，可姑爺那樣，這洞房花燭夜怎麼辦？」

「準備沐浴的水，再把喜床上的果子都收拾了，累了一天了，今兒早點睡。」

張嬤嬤點頭，也只能這樣了，也不知道姑爺身子怎麼樣了，錦雲連問都沒問，她也是無人可問，也沒人來告知一聲，彷彿當沒錦雲這個人一般。

而錦雲對這小插曲還算滿意，好，真是不錯，希望一直這樣才好！

仇，慢慢報！

一覺到天亮，比平常早了半個時辰，青竹便喊錦雲起床了，挑了身紫色繡百合的衣裳給錦雲穿上，邊穿邊道：「姑爺已經沒事了，奴婢打聽過了，姑爺每月總要吐上一、兩回血，休息兩、三個時辰就不礙事，也不知道是何緣故。」

每月都要吐一、兩回血，吐完兩、三個時辰就沒事了？這是什麼病？

青竹給錦雲綰了個髮髻，額心墜著紫色玉簪花，再加上兩支玉簪，薄施粉黛，白裡透紅的肌膚泛著光澤，黛眉彎彎，似畫非畫，一雙黑白分明的眸子，顧盼生輝，蕩漾著風情，看得幾個丫鬟都呆住了。

南香端了早飯進來，嘟著嘴道：「廚房的婆子、丫鬟都說小姐不懂疼惜人，姑爺吐血，小姐都不陪在一旁，氣得姑爺一大早就出府了。」

錦雲無語，坐下吃飯。「好了，別氣了，她們說得也不算錯，我的確不會疼她們少爺，妳們心向著我，她們心向著她們少爺，回頭讓張嬤嬤占一半的廚房，以後分開吃好了。」

「……小姐，妳只是說著玩的吧？」

張嬤嬤更急了。「這想法可是要不得，原本是她們無理，如此一來，倒是小姐有錯了。」

錦雲撫額，她已經讓步了還想怎麼樣？不就占他們祁國公府半間院子嗎？她所受的委屈還不值這半間院子不成！

與其占半間院子，還不如幫他納幾房小妾，從此不再踏步進來好得多？久而久之，這間院子就只會是她一個人的。

鳩占鵲巢，錦雲覺得這個主意不錯。

既然葉連暮出府了，一會兒肯定不會跟她去奉茶認親，她得自己來，錦雲想到昨夜葉連暮那吐血暈倒的慘狀，也沒想過指望他，他不拖她後腿就千恩萬謝了。

張嬤嬤帶著丫鬟去準備一會兒要送給長輩的見面禮，去了沒一會兒，就陰沈著臉從側屋進來，告訴錦雲見面禮被人給換了，不知道是意外還是有人故意為之。

陪嫁的箱子太多，現在找已經來不及了。

錦雲放下筷子，去了側屋，讓丫鬟把箱子打開，隨手挑見面禮，有珍珠串、佛珠、對瓶、字畫……

張嬤嬤張大了嘴巴。「小姐，妳這見面禮未免也太貴重了……」這可是肉包子打狗，一去不回頭啊！

錦雲繼續挑，滿不在意地道：「貴重就貴重吧，一時間哪權衡得了那麼多，別讓人挑剔就成了，是所有的都錯了嗎？」

「送給那些小姐、少爺的沒錯。」

也就是說只是送給長輩的錯了，錦雲稍稍放心了，那些小輩太多，要是真錯了，她還真不知道送什麼好，把東西準備好，差不多就到奉茶的時辰了。

錦雲帶著丫鬟去正廳，祁國公府裡的人幾乎齊聚一堂，看著她邁步進來，神色各異，打探、好奇、鄙視、厭惡、輕蔑……更多的是不屑一顧。

首座上坐著國公爺和國公夫人，下首是葉大老爺、葉大夫人，也就是錦雲的公婆，還有葉二老爺、葉三老爺、葉四老爺一家，以及那些少爺、小姐，看都看不過來，可見這個家族的龐大。

錦雲從容淡然地邁步上前行禮，國公爺原本正在喝茶，見就錦雲一個人上前，不由蹙眉。「暮兒去哪兒了？」

「大少爺一大清早就騎馬出去了，沒說去哪兒，也沒說什麼時候回來。」丫鬟回道。

國公爺長得高大威嚴，即便雙鬢有些花白，但依然精神矍鑠，目光如炬，眉宇間有一股肅然正氣。錦雲知道葉連暮打小算是跟在國公爺身邊長大的，怎麼沒學到國公爺三分氣性？難不成養歪了？

錦雲還在納悶，國公爺卻斂眉拍桌子了。「混帳東西，連認親這樣的事也讓孫媳一個人來，去找他回來！」

葉二夫人坐在那兒，嘴角是一抹譏諷的笑，塗著鮮紅蔻丹的手拿著帕子輕撫鼻尖，眼神刻薄。「國公爺，暮兒性子拗，怕是因為新娶的媳婦昨兒沒陪著他，心裡置了氣，這又出了門，哪是丫鬟去請就會回來的？總不能讓一大家子都等著他，還是先讓姪兒媳婦認親吧？」

錦雲聽得無語，她要是去陪著，沒準兒連夜就離家出走了呢，現在好歹還一早出門的，擺明就是不想看見她，大家心裡都清楚，還說這話，很譏諷好不好！她扯著嘴角，什麼話也不說。

人是你們家的，怎麼說隨妳，我是新媳婦，我夾起尾巴做人。

葉大夫人看錦雲不說話，嘴角有絲笑意，果真是性子木訥寡言，便站起來，親暱地拉過錦雲的手，笑得溫柔。「暮兒昨夜有些不適，怕是出去散心了，不是成心忽略妳，妳先認親，回頭我幫妳訓斥他，讓他給妳賠罪。」

祁國公府的情況，錦雲也知道些，葉連暮的娘親溫氏在生他時就過世了，現今的葉大夫人衛氏是他的繼母，衛氏生了一子一女。聽說她掌管國公府內務，公正寬厚，為人和藹，頗有賢名，與幾位夫人也相處融洽，很得葉老夫人的心。

丫鬟拿了蒲團來，錦雲不單自己要奉茶，還得幫著把葉連暮那份一起奉上，所以她先敬的是國公爺。一代開國公，自然不會為難錦雲一個小輩，爽快地喝了茶，賞賜了錦雲一柄血如意，玉色剔透，泛著光澤。

錦雲謝國公爺賞賜，然後回送國公爺一本珍藏的孤本書，這是暗衛額外拿給她的，讓她給國公爺，蘇大夫人並不知道。錦雲本想私底下給國公爺，結果因為一時間尋不到合適的禮物，就把這個拿了出來，國公爺看到書名，神色微怔，又打量了錦雲兩眼，隨即樂得合不攏嘴。「尋了許久，今兒總算是瞧見了。」

接下來錦雲給葉老夫人奉茶，葉老夫人也沒有為難錦雲，喝過茶後，賞賜了錦雲一對白玉手鐲，這見面禮不輕，幾位夫人都沈了眉頭，但也沒有倒抽口氣，東西珍貴，卻不是沒見過的好東西，還不至於讓她們失了身分，只是有些摸不準老夫人對這個孫媳中意還是不中意。不過錦雲發現，從她進門起葉老夫人看她的眼神就帶了一抹不明意味，似乎想從她臉上找出些什麼？

等錦雲送上一串紅玉佛珠和一瓶安神香後，葉老夫人看著錦雲的眼神又有了些不同，這回說話了。「好好照顧暮兒。」

接下來就是給公婆奉茶，葉大老爺爽快地喝了茶，給了個紅包。

葉大夫人盯著錦雲看了好幾眼。不是說相府成心擺譜，送的是些亂七八糟的見面禮嗎？

沒承想出手這般大方，前兒丫鬟幫著收拾屋子安置陪嫁時，明明……

葉二夫人眸底也露出一絲疑惑之色，不過很快就釋然了。雖說見面禮差是差了點，但她還敢說她這個長輩的不是？

葉大夫人喝了茶，丫鬟把賞賜送上，是兩枚玉珮。一枚白玉珮，玉質一般，錦雲陪嫁裡至少也有十幾塊，若是單獨送，葉大夫人這是輕視錦雲了，可還有一枚血玉珮，一看就知道非同一般，算是兩枚極端的玉珮了。

葉四夫人「咦」的一聲。「這血玉珮不是……」

葉大老爺看著那玉珮有些失神，這血玉珮是當初他娶溫氏進門時，作為訂親信物的，之前訂親送去了永國公府，後來退親又還了回來。

見錦雲不明所以，葉大夫人便道：「血玉珮原是一對，另外一枚在暮兒身上，免死金牌貴重，不好隨身佩戴。」

葉大夫人說的時候，眸底閃過什麼，葉二夫人就陰陽怪氣了起來。「拿玉珮做訂親信物才正常，哪有要免死金牌的？這要掛著出門，還不被外人笑話死。」

言外之意就是右相府不應該提這樣無理的要求，讓錦雲主動把免死金牌拿出來。錦雲當沒聽見，要她交出來，除非她是傻子還差不多！

錦雲把事先準備的珍珠項鍊送上，葉大夫人牙關輕咬，眸底寒芒一閃而逝。

她繼續給葉二夫人敬茶，葉二夫人原本是不打算接的，可是國公爺在跟前，她不敢擺譜，只是做媸子的，哪有權力對聖旨賜婚娶回來的姪兒媳婦擺臉色，於是乖乖地接了錦雲奉上的茶，優雅十足地啜了一口，擱了個荷包在托盤上，錦雲把禮物送上，是一對雨過天青瓷瓶，畫工精湛，栩栩如生。

看到瓷瓶，葉二夫人的臉色這才好了三分。

再來就是三老爺和四老爺一家，之後是那些小輩，錦雲把事先準備好的禮物一一送出去，只有葉二夫人的女兒葉觀瑤看著那玉手鐲，隨手就賞賜給了貼身丫鬟！

錦雲挨圈地送完，也順帶認識了不少人；大房這兒除了葉連暮，還有二少爺葉連祈和大小姐葉姒瑤——是由大老爺的續弦衛氏所生。此外，尚有個庶出的二小姐葉文瑤。

二房除了嫡出的三小姐葉觀瑤之外，錦雲還認得三少爺葉連銘，不過這三少爺明明祝賀她與葉連暮百年好合，偏偏嘴角的笑欠扁得讓人想拿東西砸他臉上；至於三房這兒則由三夫人攙著一子一女，分別是四小姐葉雲瑤和五少爺葉連昭；四房的四夫人則帶著四少爺葉連琤出席。

等錦雲又認完了各房的庶出小姐後，一坐回原位，國公爺便站了起來。「認親就這樣吧，以後慢慢就熟了，沒事就都散了吧。暮兒回來，讓他來書房找我。」

錦雲福身恭送那些老爺出去，然後才出正廳回自己的逐雲軒。

半道上，谷竹噘了嘴。「小姐送那麼珍貴的瓷瓶，二夫人就給了張五十兩的銀票，三夫人給的比她……」

谷竹還在抱怨，儘管聲音壓得很低，張嬤嬤還是瞪了她兩眼，谷竹便不說了，她就是覺得葉二夫人處處針對她家小姐，不就送納采禮的時候丟了臉嗎？那也是蘇大夫人不給臉，關她家小姐什麼事？還是長輩呢，一點氣度都沒有。

錦雲也無語，這樣的手筆，她女兒還嫌棄她鐲子不夠好，極品了。不過錦雲也知道葉二夫人為何敵視她，永國公府大夫人可是她娘家兄嫂的表親，上官琬嫁進國公府做嫡長媳，對她來說是件好事，雖然這門親事被搞砸與她絲毫關係也沒有，可錦雲就擔著搶了人家未婚夫的惡名。

錦雲繼續朝逐雲軒走，只是走到一半，葉大夫人就差遣了丫鬟來喊她，錦雲只好去了東苑，出來時，手裡多了一本厚厚的家規，要她盡快熟讀。

熟讀也就罷了，還要她約束葉連暮，別讓他做離經叛道的事，錦雲除了齜牙還是齜牙。

回到逐雲軒，林嬤嬤就帶著丫鬟來聽錦雲安排逐雲軒事務，錦雲道：「不必了，逐雲軒一切照舊，我帶來的丫鬟服侍我就足夠了，妳們還像往常一般服侍爺，至於這間屋子，爺來，就由我的丫鬟服侍，其餘的地方我不管，沒事就都出去吧。」

林嬤嬤有些不懂，但是錦雲吩咐了，她不敢造次，可葉連暮的兩個貼身丫鬟柳雲和挽月變了臉色，這不是剝奪她們大丫鬟的權力嗎？哪有大丫鬟不在正屋伺候的？這是爺的屋子，爺要是住在這裡，她們不伺候在跟前，她們要做什麼？

柳雲沒把錦雲放在眼裡，直接道：「少爺由少奶奶的人伺候原也應當，只是少爺慣用了奴婢兩人，怕有些地方不周到，惹少爺不快，奴婢還是在屋子裡伺候。」

錦雲看著柳雲半晌，那冷淡的眸光讓柳雲有些不知所措。不是說蘇二小姐膽小木訥嗎？怎麼會有這樣嚇人的眼神？

柳雲硬挺著，因為她說得也沒錯，少爺不喜歡的東西不少，她們不一定知道。

「的確，這是妳們少爺的屋子，我不能委屈了他，我也不能一直占著不讓妳們近前伺候，林嬤嬤，這院子裡可有哪間比較僻靜些的住處？」錦雲問道。

「正屋後面有個小院子……」林嬤嬤回道。

「有就好，我喜歡安靜的住處，一會兒讓人去收拾，把正屋裡我帶來的陪嫁全部搬進去，以後我就住那兒了，沒廚房的話，給我砌一個。」

錦雲吩咐完，起身去了內屋，把鞋子一脫，就躺小榻上了，整個人很隨意。

林嬤嬤不敢照做，新媳婦進門第一天，就搬出了主屋去住小院，傳揚出去還不得以為是大家欺負她，忙去稟告了葉大夫人。

錦雲看書正愜意，林嬤嬤回來後，讓人把柳雲壓住，在院子裡打起了板子，啪啪聲很吵人，張嬤嬤看著錦雲。「少奶奶，柳雲頂撞了妳，也受了大夫人的罰，搬屋子的事就算了吧？」

錦雲隨手翻了一頁。「爭風吃醋的事我做不來，也不想這樣過一輩子。搬吧！遲早的事，趁現在還沒有對這屋子有多少感情。」

林嬤嬤回稟葉大夫人，葉大夫人說錦雲若是出來替柳雲求情，就別搬了，若是沒有，就照吩咐做。

柳雲喊著少奶奶饒命，林嬤嬤盯著錦雲的房門，結果錦雲不為所動，只有青竹出來道：「小院收拾妥當了沒有？一會兒少奶奶就要搬過去住，少奶奶雖然是新婦，但也別當少奶奶的話是耳邊風。」

葉連暮回來就聽到這句話，林嬤嬤問他的意思，他只丟下一句話。「她愛住哪隨她。」忙活了一個下午，錦雲終於住進了小院，還特地派了兩個丫鬟守著小院的門，未經准許，不許外人進入。

錦雲住到小院，還以為晚上用飯會有人叫她過去立規矩，結果沒有這回事，錦雲樂得清閒。

反倒是葉連暮，因為要擱錦雲的陪嫁，所以他之前的東西全部搬走了，他還不習慣，結果不到兩天，又變回來了，甚至連喜字都撤掉了，丫鬟還是原來的丫鬟，進門、出門都還是那些人，但是心裡總覺得怪怪的。

怎麼感覺他好像沒有成親過？

葉連暮有些煩躁地出了臥室，去了書房，一本書從頭翻到尾，什麼也沒看進去，最後把袖子裡的小木匣子打開，一看之下，眉頭蹙緊，半張小羊皮，上面還什麼東西都沒有。

他好奇地左右翻看著，這到底是什麼東西，還要叮囑她不許弄丟了？祖父到底想幹麼，被右相欺負慘了，還送東西給她？沒收！

錦雲悠閒地在小院晃蕩，什麼地方不滿意就指出來，讓人依照她的意思去布置，唯一的缺憾就是小院必須經過正院才能出府。

要是能開個小門就好了……錦雲這想法是非常好，可是不大可能實現，這不是擺明跟葉連暮是老死不相往來了嗎？

不過，這樣她已經很滿意了。

第一天沒立規矩，第二天依然沒立規矩，錦雲很高興。

葉大夫人她們也高興呢，可沒人逼她去小院，是她自己要去的，回頭右相追究起來也不是祁國公府的錯，就這樣，祁國公府的日子跟以前一樣，連逐雲軒也跟之前沒有什麼太大區別。

但是，祁國公府多了個孫媳婦，逐雲軒多了個女主子是事實，不是忽視就可以的，因為錦雲總要回門。

這一天，吃過早飯後，錦雲便出了小院，路過正院的時候，葉連暮也才剛剛吃完早飯出屋子，一把玉扇搖著，邁步就要走，林嬤嬤卻攔下他。「少爺，今兒是少奶奶三朝回門，按禮你該陪著的。」

葉連暮怔然，好像他成親是有三天了，想到要去給右相行禮，他的眉頭都能打結了，那不是湊上去找罵挨嗎？可要是不去，貌似又不行。

當葉連暮正猶豫要不要去右相跟前和媳婦裝裝恩愛，順帶氣氣他，發洩一下賜婚以來所受的窩囊氣，卻以餘光瞥見錦雲跟丫鬟有說有笑、拿帕子捂嘴笑著從一旁走過去，且這一眼就察覺到她的眼神唰的一下帶著怒氣，使他的大好心情就跟錦雲的眼神一樣瞬間煙消雲散了，真是莫名其妙。

林嬤嬤上前給錦雲行禮。「少奶奶，回門的事……」

錦雲頓住腳步。「回禮都準備好了，馬車也吩咐過了，我去給老夫人和大夫人請過安就回相府。」

林嬤嬤以為右相的女兒會蠻橫無理，可是少奶奶似乎很溫順，兩天不出屋子，也不吵不鬧，跟她想像的很不一樣。

林嬤嬤暗自打量了眼葉連暮，之前提回門的事，少爺沒拒絕，該是會陪著少奶奶回去的，可這會兒臉色差成這樣，怕是不願意去了，她望著錦雲。「那少爺他……」

「不用了，我要順便逛街置辦些東西，就不耽擱他時間了。」

說完，錦雲帶著青竹和南香走了，青竹嘟著嘴，欲言又止，小姐真是膽大，這麼多的下人瞧著呢，不給少爺行禮，回頭被人數落不懂規矩怎麼辦？

葉連暮滿腔怒氣地瞪著錦雲的背影，他一個大活人站在這裡，她也能無視個徹底，作為妻子該有的問候一句也沒有，竟然睨視了他一眼就直接走了，連個正臉都沒露過！

葉連暮一甩衣袍，轉身就出了院子，那女人從頭到尾都不可理喻，不用陪著正好，誰有那工夫陪她回門！

錦雲去了葉老夫人住的寧壽院，葉老夫人打量了錦雲幾眼。「聽說妳住不慣正屋，搬去小院住了，住得可安穩？」

錦雲恭謹回道：「錦雲出嫁前就習慣住在僻靜的地方，院子裡很安靜，錦雲住得很好，前兩日沒來給老夫人請安，是錦雲不孝。」

葉老夫人擺擺手。「新媳婦進門，有些不習慣很正常，暮兒呢，怎麼沒與妳一起？」

錦雲輕搖了下頭。「我瞧爺似乎有事出門的樣子，就沒讓他陪著了，我一個人回門。」

葉老夫人眉頭蹙緊，瞧了錦雲一眼，似乎沒有因為暮兒沒陪著回門而生氣，反倒表現得很寬厚大度。她可知道夫君不陪著回門，臉面上會無光，還是擔心暮兒和右相對上，所以乾脆不讓暮兒去右相府了？

葉老夫人也擔心這事呢，還想著一會兒叮囑葉連暮兩句，這會兒倒是不用了。「暮兒性子有些傲，前些日子被他岳父逼著，心裡受了氣，過些日子就好了，既是夫妻，該互相包容才是，沒事就多來陪我這老婆子聊聊天。」

錦雲一一應下，接著退出去，到東苑給葉大夫人請安，葉大夫人沒說什麼，錦雲畢竟後臺強硬，又是新媳婦，不好多加為難，再加上她忙著給自己兒子葉連祈挑媳婦，也沒多說兩句話，就讓錦雲回門了。

錦雲有自己的馬車，上了馬車就回右相府了。

錦雲新婚之夜沒有圓房的事，還有葉連暮在新房吐血的事，甚至是她搬去小院的事，蘇大夫人都一清二楚，對於這樣的結果，她高興到不行，就連蘇錦容都忍不住高興地翹起了嘴角，出嫁就成棄婦，真是第一人了！不過錦雲那不討喜的性子，有這樣的結果也是情理之中的事，只是可憐了人家葉大公子，即便是不喜歡也得守著她過一輩子。

沒有夫君陪著，這回門不夠正式，蘇大夫人沒放在心上，錦雲陪著蘇老夫人閒聊了兩句，然後便撒了個小謊，說去大昭寺祈福。蘇老夫人以為錦雲有事求菩薩，也知道她出門不易，便准許了，叮囑她別玩過了時辰。

錦雲在街上轉了一圈，覺得無趣後，還真的就去了大昭寺，順道在馬車裡換上了男裝，只有穿男裝的時候，錦雲才覺得沒有那麼多的拘束。

大昭寺坐落在半山腰上，從山腳就瞧見金燦燦的屋頂。山門古樸厚重，古柏青翠參天，四周肅靜安詳，來往的香客絡繹不絕，摩肩接踵，寺內鐘聲肅穆，木魚聲連綿不斷，還有正殿前那巨大的香爐和銅鼎，縷縷煙霧裊裊升起，有種神聖的寧靜悠遠，讓人肅然起敬，再慌亂的心似乎也能安寧下來，難怪遇到什麼煩惱或是不安，人們就想著來這兒求份安然平順。

大昭寺腳下，賣東西的小販還真是不少，大街上有的在這兒還真不難找到，尤其是女兒家喜歡的玩意兒，紙鳶、胭脂水粉、首飾，還有什麼開過光的佛玉珮、糖葫蘆、捏麵人和水果……應有盡有。

錦雲站在大昭寺前，扶著白玉雕欄，俯瞰而下，視野之開闊，讓人心情豁然開朗，她突然想吃糖人兒了，便讓南香去買。

人們除了來大昭寺上香，其實還有不少人是來欣賞風景的，其中就有認識錦雲的兩個少年走過來，作揖道：「蘇公子大才，在下敬仰不已，還請賜教當日之對子，也免了我等日夜苦思。」

南香拿著三串糖人兒回來，見有人搭訕她家小姐，警戒地看著他們，而那兩人瞧見錦雲接過糖人兒，撓著額頭直笑。「蘇公子童心未泯啊！」

錦雲倒是不好意思了，這兩人是蘇猛的同窗好友，所以才知道她姓蘇，錦雲便告知下聯，兩人琢磨了下，眸底都綻放出光來，一個勁兒要交錦雲這個朋友，還說叫了齋菜，讓錦雲一同去小酌兩杯。

錦雲大汗，她知道大昭寺的齋飯聞名，不少人為了吃齋飯特地來，可她不好跟兩個陌生男子去吃飯還喝酒吧？

錦雲忙道：「我約了朋友在這裡碰面，下次吧！下次再喝。」

兩位少年便作揖告辭，一路還在小聲討論著錦雲的對子，直道妙絕。

錦雲對著他們的身影搖頭，都快成書呆子了，出來玩還不忘記對子的事，倒是她，還真得小心了，一首對子而已，都有不少人認識她了，咳，兩個人不算少了。

青竹指著不遠處。「那裡有許願池，聽說很靈呢，要不我們去試試？」

錦雲也好奇，便啃著糖人兒過去了，果真是不少人背對著許願池雙手合十許願，把銅錢往後拋，有個小姑娘，穿戴不凡，許是第一次，扔的力道不夠，銅錢掉下來正好砸她自己腦袋上了，錦雲忍俊不禁笑出了聲。

那小姑娘才十二、三歲的模樣，聞見笑聲，撇頭瞧見有個年輕俊少年笑她，臉上嬌紅一片，瞋瞪了錦雲一眼，拎起裙襬一溜煙跑了，丫鬟緊緊地跟著，嚷著讓她跑慢點，仔細摔著。

南香抿唇看著錦雲。「少爺，妳不能對人家小姑娘笑，會認為妳成心輕薄人家。」

「……至於嗎？」

「萬一被誤認為是登徒子，被人追著打就慘了。」

錦雲無語。

許願池附近有不少珍貴的花，錦雲欣賞起來，走到一棵大樹下，她坐下來吹風，自從成親之日下了場雨後，天氣沒之前那麼熱了，天上有雲，遮住太陽的時候，還真是愜意。

錦雲眺目遠望，興致來了，便把帶著的玉簫拿出來，吹奏一曲，簫音裊裊，不知飄向何處。

此時，大昭寺台階處，趙琤、夏侯沂還有葉連暮三人正邁步而上，聽見簫聲，葉連暮眉頭蹙了下，那日在安府聽到的曲子就是這首。

幾人繼續邁步，才步上最後一階，那邊幾個少年過來，四下尋人。「怎麼不在了？蘇公子明明在這裡等人的，這才一會兒就走了？」

「莫不是成心糊弄我的吧？」

「絕對沒糊弄，真的是蘇公子，不然那對子我等怎麼對出來，你信嗎？」

「難不成真來了？那我們去尋尋，我不信他與蘇猛沒關係，都姓蘇呢。」

既是對子又是蘇公子，趙琤立馬就想到了蘇錦，不敢確定，便上前詢問，這幾人是認識趙琤的，忙道：「可不就是蘇公子嘛，才剛遇見沒多久，他應該還沒走，世子爺也找他？」

趙琤搖頭不語，那幾個原本還想留下來，可見到葉連暮一臉青黑，便不敢逗留。葉大公子的威名即便是離開瓊林書院兩年多了，還繼續流傳著呢！每個忤逆他的人都被打過，書院的夫子提起他既是讚嘆又是頭疼，這等人物，還是敬而遠之吧。

夏侯沂搖著扇子問趙琤。「每回葉兄聽到蘇公子都會變臉色，不是說蘇公子幫了他大忙嗎？怎麼像是有仇的樣子？」

趙琤瞥了葉連暮一眼，見他眼睛往四下張望，笑道：「你也知道連暮兄素來有仇必報，他把連暮兄打倒在地，還狠狠踩了好幾腳，讓連暮兄以後見到他繞道走，這豈是幫忙就能一筆勾銷的事？」

夏侯沂俊美的臉龐上閃過不可思議，還有一絲讚賞。真是不錯，他重重點頭，眸底閃過一抹趣味來。「值得結識，四下尋尋吧，找個人跟葉兄打一架，估計就沒那麼悶了，當初咱們和葉兄不也是不打不相識？」

咳咳！

「是迷暈在地，不是打倒，他不會武功。」

「……」夏侯沂無言。

第七章　身分揭露

葉連暮已經走遠了，循著簫聲找到了錦雲，還是那身熟悉的衣服，他見兩個小廝坐在石頭上，拿著木棍畫圈圈，畫得很入神，因為正在比誰畫得圓，輸的那個一會兒請吃蓮子糕，兩人都不敢分神。

對於錦雲的簫聲，在青竹和南香兩個丫鬟聽來，只是好聽而已，意境那東西，她們體會不到。

葉連暮腳步輕緩地走到錦雲身後，一掌拍在錦雲肩膀上，她嚇了一跳，手裡的玉簫就順著坡勢滾落懸崖，不見蹤影。

錦雲直拍胸口，驀然回頭，一瞧見葉連暮，她的火氣倏地往腦門上湧，俏臉都氣紅了，咬牙切齒地道：「大哥，麻煩你有點腳步聲好不好，人嚇人會嚇死人的！」

葉連暮拍人的手還伸著，滿臉窘紅，嘴角有些抽搐，被錦雲「啊」的一聲震到了，不比她從容到哪裡去。「不還好好地活著嗎？」

差點就被嚇破膽子了，還被嫌棄沒被嚇死！錦雲覺得自己要被氣死了，二話不說，掄起拳頭就打過去。

葉連暮站在那裡不動，在他眼中這蘇小兄弟的拳頭實在沒有什麼殺傷力，而且他方才是成心的，想試試這人會不會武功，他不信一個既會醫術，甚至免賦稅、免死金牌都敢開口要的人竟不會武功，便想出其不意地試探，看看這蘇小兄弟的本能反應；可是手抬到肩膀處了，人都沒反應，他就乾脆一掌拍了下去，然後就……被打完全是活該，所以甘心忍受了……

青竹和南香也嚇住了，忙丟了手裡的棍子走到錦雲身後，氣呼呼地瞪著葉連暮。在府裡不搭理她家小姐，好不容易出來散散心，他卻是湊上來了，不是成心找她家小姐的碴兒嗎?!

錦雲捶得手疼，再看葉連暮一點反應也沒有，她倒是受氣加受罪，越想越氣，最後忍不住罵了一句。「陰魂不散，出門就能遇見你，不是讓你看見我繞道走嗎？」

夏侯沂和趙琤兩個站在不遠處，兩人互望一眼。不會吧，稍一不留神就又鬧上了，就不能好好說話嗎？

那一句「陰魂不散」惹惱了葉連暮，他瞇起眼睛看著錦雲，眸底是一團小火苗，抓住錦雲的粉拳。「你還敢提繞道走?!上回是因為糧食，我沒找你算帳，你還真當我忘記這事了！」

錦雲重重哼了一聲，說了就是說了，她才不會否認，寧死不屈！錦雲努力抽回手，不得已，又準備動用牙齒了。

葉連暮瞪著錦雲，加重手上的力道。「你再敢咬我，我把你牙齒全給卸了！」

錦雲咬著唇瓣，清亮的眸子裡帶著倔強，晶瑩淚珠欲落不落，有種波光瀲灩的美，既沈靜又帶著委屈和怒氣，葉連暮看得心莫名一窒，有些挪不開眼睛，彷彿魂魄被吸引住了一般，滿心怒氣也慢慢地消失了，還想伸手去抹掉那眼淚，手才抬起來要碰到錦雲的臉，他身子一怔，忙鬆了拽著錦雲的手，有種避之唯恐不及的感覺。

這鬆手鬆得莫名其妙，錦雲揉著手腕，警惕地看著他，葉連暮望著她抬手，她自然沒有錯過，這廝也不知道想什麼，莫不是……

錦雲扯著嘴角，有種不敢置信地看著葉連暮，表情彆扭，音調怪異。「你不會是喜歡男人吧？」

「……」趙琤和夏侯沂無語了。

雖然方才葉兄的舉動有些奇怪，可也不至於喜歡男人吧？太噁心了，他還真敢說。

葉連暮臉一黑，要過來掐死錦雲了，她縮著脖子往後退，臉上仍表露出「若他不是又幹麼追著她不放」的表情，她現在可是男裝在身！

葉連暮指節握得喀喀作響，要不是出於好奇，就憑這人踩他好幾腳，沒揍得這人滿地找牙，已經是看在上回在安府商議借糧一事的情分上了。

趙琤忙過來，生怕連暮兄氣頭上把蘇小兄弟拽倒在地，或是揮拳頭。憑他那小身子骨兒怎麼承受得了？

不過，連暮兄不欺負手無縛雞之力的人，不然也不會忍他到現在了。

錦雲一臉悶氣。

你不繞道，我繞道成了吧?!惹不起，我躲得起！

她重重哼了一聲，轉身要走，這才想起滾落山下的玉簫，壓根兒就沒壓下去的火氣又冒了上來。「你還我的玉簫！」

青竹和南香兩個想捂耳朵了，即便是穿著男裝，小姐好歹顧忌點身分啊！心裡更是怕，姑爺的眼睛好嚇人，似乎想要活活吃了她們小姐一樣，兩人伸手扯錦雲的衣袖，心想：走吧，一支玉簫而已，回頭讓二少爺再送一支好了。

錦雲昂著脖子看著葉連暮，大有不還玉簫誓不甘休的架勢。葉連暮盯著錦雲半晌，倏然蹦出來一句。「我教你武功。」

話音未落，隨手一伸就把錦雲提了起來，往那邊懸崖空中一扔，這突如其來的一下，嚇住了趙琤和夏侯沂，青竹和南香乾脆嚇傻了，目瞪口呆。

錦雲更是嚇得啊啊啊地叫救命。去他姥姥的，誰要學武功，誰要他教了，誰學武功是被扔的？根本就是想害死她！

葉連暮嘴角彎起一抹邪惡的笑，一個縱身就踩著石雕欄杆一躍而下，衣袂飄飄，宛若神祇，而被扔下懸崖的錦雲，早嚇得臉都青了，有種即將粉身碎骨的感覺，背脊發涼。

葉連暮看著錦雲，嘴角翹起，伸手抓住錦雲的腰帶，輕飄飄地落在山下的一根樹枝上，就那麼看著她。

錦雲閉著眼睛，等了半天也沒覺察到痛楚，直到耳邊有輕輕的笑聲傳來。「方才感覺怎麼樣？」

葉連暮想揍這人很久了，只是讓他欺負個連還手之力都無的人，一點成就感也沒有，總不能他揮拳頭，人家用牙齒啃他吧？可要是不欺負一回，太不像他有仇必報的作風了，所以唯一的辦法就是先教這蘇小兄弟武功，好歹有能抓隻雞的力氣。

是那個讓人咬牙切齒的聲音，錦雲動了動身子，才感覺到腰帶被人抓著，身後卻沒有什麼依託，錦雲心一涼，緊緊抓住他的手，咬牙道：「我做鬼也不會放過你！」

葉連暮讓錦雲站在樹枝上，絲毫不懷疑這話，這人若是求饒，除非太陽打西邊出來。

「膽子變大了沒有？要是不夠，我再扔一回。」葉連暮俊美的臉上揚起妖冶笑意。

錦雲要瘋了，背脊涼颼颼的，方才那突然被扔的瞬間，她的心差點忘記跳了，他卻告訴她，方才是在幫她練膽子？

錦雲氣衝腦門，也不顧站在胳膊粗的樹枝上，直接朝葉連暮撲過去，邊撲邊罵。「練膽子？差點被你嚇得魂飛魄散，你說幫我練膽子，我跟你拚了！」

錦雲完全失去理智了，只記得自己出來散心，莫名其妙被嚇了兩回，只是才走一步，身子不平衡，腳下一滑，就往樹下栽，五、六米高的樹，枒杈橫生，掉下去，不死也得脫層皮。

葉連暮連忙縱身躍下去，抱住錦雲。之前把她扔下懸崖，他是有心理準備的，可以確保錦雲安然無恙，但方才錦雲那一下完全出乎他的意料，忙躍下去抓住她；可是，枒杈太多，錦雲胳膊撞到了大樹，頭上的玉冠也磕到了大樹上，玉冠掉落，三千青絲散開……

抓住錦雲的那一瞬間，葉連暮怔住了，眼看她就要撞上樹了，忙摟緊她，自己後背撞到樹枝，然後落到地面上。

錦雲眼睛一直睜著，一落地，就一把推開葉連暮。而葉連暮瞅著錦雲，有種腦袋被雷劈，空盪盪的感覺。

「他」怎麼能是姑娘呢？「他」做的那些事沒一件是姑娘做得出來的……

看著錦雲委屈地站在那裡，葉連暮想說些什麼，可是嘴巴張著，什麼話也說不出來了，支支吾吾地覺得自己有夠欠揍的。「我不知道『你』是姑娘……」

錦雲連番受驚嚇，再強的心性也抵不住了，眼淚決堤，朝葉連暮吼道：「你到底想怎麼樣?!」

「我只是想幫『你』練練膽子……」

葉連暮現在說什麼聲音都沒之前那般硬氣了。一個姑娘家，要那麼大的膽子和武功做什麼？方才他在氣頭上扔了她，肯定把她嚇壞了。葉連暮站到錦雲跟前，想勸慰她兩句，可始終開不了口，最後一把抓起她的手。「妳打我吧。」

錦雲努力抽回手，可他就是不鬆手。她深呼吸，用盡氣力咬了下去，即便是覺得口中有血腥味了，也不鬆開，而葉連暮疼得眉頭都皺緊了，卻依然忍著。

錦雲恨不得活剝了他，最後掏出銀針，直接就扎了下去，葉連暮壓根兒就沒料到她會出這招，直愣愣倒了下去。

趙琤和夏侯沂可被葉連暮將人扔下懸崖那一幕嚇住了，即便是教人武功也不用這麼嚇唬人家吧？回過神來，怕葉連暮還不知道要怎麼折磨人，便先安撫了青竹和南香兩句，縱身一躍也下來了。

兩人以輕功躍在半空中，就見到三千青絲披散的錦雲正抬腳惡狠狠地踩葉連暮，邊踩邊罵。「我讓你幫我練膽子，我讓你扔我，我讓你嚇唬我，我踩死你！」

錦雲那一腳本要踩在葉連暮的臉上，趙琤忙過來阻止。「蘇公……蘇姑娘……」

錦雲驀然回頭，三千青絲隨風飄揚，那一瞬，怔住了趙琤和夏侯沂。

「站住，別過來！」

趙琤果真就止步不前了，錦雲狠狠地踩了葉連暮一腳，把他頭上的髮冠取了下來，回頭看著趙琤。「別跟著我！」

錦雲今兒火氣是大了，拿著髮冠就朝另一邊走，走了兩步，火氣不減，回頭又狠狠地踩了葉連暮兩腳才走。趙琤和夏侯沂就那麼看著錦雲穿過叢林離開了，而葉連暮還躺在地上不省人事。

夏侯沂扯著嘴角。「連暮兄這回真惹怒蘇姑娘了，若不是我們兩個下來，他今兒說不定真會被踩死。」

趙琤沒想到錦雲會是個姑娘，居然能想出請災民出京的辦法，還有興修水利和糧食的事，這些即便是對男兒也困難的事，她輕輕鬆鬆就給解決了。一想到方才葉連暮扔人的那一幕，趙琤蹙緊眉頭。「我也想踩他兩腳了。」

此時，錦雲心裡將葉連暮徹底恨上了，恨得牙癢癢，她膽子小關他什麼事？氣死她了，她回頭看著那百米高的懸崖，若是真摔死了，自己會不會回去？去他的膽子大，惹毛了她，半夜去他窗前裝鬼，踩不死他也嚇死他！

錦雲重新整戴好髮冠，站在大路中間，不知道是上山好還是下山好，最後想起青竹和南香，這才抬步上山。

走了約莫幾十步，突然有一輛馬車衝下山來，不知道是什麼原因，趕車的車夫驚嚇道：「快讓開，馬瘋了，快讓讓、讓讓！」

錦雲趕緊避讓，回頭望去，只見紛紛避開的人群中，有輛奢華的馬車緩緩地駛上來……避無可避，下山的馬車往樹林中衝過去，車尾卻還是掃到上山的馬車，馬兒驚嚇地揚起蹄子，馬車朝一旁翻過去，四下全是驚慌失措的聲音。

馬兒脫韁，朝錦雲這邊衝過來，錦雲嚇得往後退，眼看要被馬兒撞上了，突然胳膊被人攬住，被抱著後退四、五米，錦雲腳步沒站穩就見一道天青色影子追上馬，躍上馬背，勒住韁繩，沒兩下就把馬制伏了。

一旁卻是有驚呼聲傳來。「少奶奶，妳怎麼了？來人啊！救命啊！」

錦雲忙跑了過去，就見一個額頭全是血的少婦倒在地上，她肚子很大，顯然是個孕婦。

錦雲忙蹲了下去，幫著把脈，一旁的丫鬟急得直哭，這名少婦昏迷前拉著錦雲的手，艱難道：「救我的孩子……」

說完，人就暈了。

「趕緊找人抬她去大昭寺。」

丫鬟見自家主子的裙襬上有血，哭道：「我家大少奶奶肚子裡的孩子會不會有事？」

「方才一嚇，已經動了胎氣，羊水也破了，她要盡快把孩子生下來。」錦雲據實以告。

「可我家少奶奶才七個月的身子，」丫鬟臉色蒼白。「沒有產婆，我上哪兒去找產婆？公子，你救救我家少奶奶……」

跟著轎子往前走了幾步，錦雲就瞧見方才救她一命的男子正翻身下馬，把韁繩甩給小廝，錦雲上前一步道謝。「方才多謝公子救命之恩。」

男子眉如墨畫，鬢若刀裁，一身天青色金織錦袍，腰間束著青玉帶，佩帶一塊麒麟玉珮壓袍，聞言輕笑。「舉手之勞，無須言謝。」

轎子走得飛快，很快就到了大昭寺，那些和尚聞訊都趕下來救人，還有小廝去喊有沒有產婆和大夫的，結果還真碰上了一位產婆和大夫。

錦雲邁步上台階，聽著四下的人議論著。「真是造孽啊，肚子都這般大了，不在家養著，怎麼跑寺裡來了？即便是求福也不用這麼急，這要是有個好歹，可如何是好？」

一旁的人聽了說道：「你不知道，齊家大少奶奶連生兩胎全是女兒，齊大少爺又是家中獨子，齊大少奶奶怕這一胎又是女娃子，便求菩薩來了，這倒楣事，誰事先知道會碰上？」

「早來幾個月也成啊……」

錦雲快步拾級而上，青竹和南香兩人紅著眼眶下台階，一人拽著錦雲一條胳膊。「嚇死奴婢了，還好小姐沒事。」

錦雲點點頭。「我沒事，我們去看看那夫人有事沒有。」

青竹方才也瞧見那渾身是血的少婦了，有些嚇人。「她是要生孩子，小姐去也幫不上忙，天色不早了，我們該回去了，不然晚了怕是要挨訓斥。」

錦雲擔心遇上的大夫不一定能保證孩子安然無恙地生下來，於是繼續邁步，原想上去關心兩句，要是沒事她就走，結果走了沒兩步，一個小廝衝下來，一瞧見錦雲，臉上一喜，立馬過來。「是公子你啊，遇上你那夫人就有救了，你快去救救她吧，再晚怕是來不及了。」

這小廝和錦雲有過一面之緣，上回幫她抓藥的就是他，他今兒是來送藥材給大昭寺的，沒想到遇上馬車翻覆的事。李大夫就在山腳下替人瞧病，他正要去喊，就瞧見了錦雲，想著上回李大夫對錦雲讚賞有加，還自嘆不如，便要拉著錦雲走了，青竹在他伸手抓過來之前，一把拍掉他的手。小姐身子豈是他能碰的？

錦雲也知道事情緊急，便不多耽擱了，抬腳就朝那邊走，走了二十來步，就瞧見葉連暮、趙琤和夏侯沂三個人。

葉連暮要上前與錦雲說話，沒想到錦雲臉一沈，哼了下鼻子，快步走過去。

此時，走在錦雲後頭僅幾步之遙的人，正是方才制止失控馬匹的男子——左相府大少爺桓宣，他見著她朝葉連暮哼鼻子，不由得挑了下眉頭，再看葉連暮衣裳亂糟糟的。

「你被人打劫了？」

夏侯沂掩嘴輕咳一聲，想起葉連暮被人踩在腳底下，那一幕他這輩子都不會忘記的，趙琤則是盯著錦雲走遠的方向。「她要去做什麼？」

見葉連暮邁步跟著錦雲走了，趙琤摸了下鼻子，心想：她的丫鬟嘴巴可真是緊，問是誰府上的就是不說，只拿眼睛瞪他們，這要不弄清楚，他心裡也怪怪的。

趙琤看著桓宣。「你怎麼也來了？」

桓宣想不到方才他救的人竟然與他們幾個都相識。「我來拿經書。」

另一廂，當錦雲走到小院的時候，產婆滿手是血的從屋子裡出來，急道：「快去請太醫來！」

兩個小丫鬟拽著產婆的手，跪下來求道：「求求妳救救我家少奶奶和肚子裡的孩子。」

產婆嘆道：「我若是有那本事，我還留著不用？趕緊去找太醫來，晚一分，危險就更多一分，孩子怕是難保住了，我儘量保住大人等太醫來！」

錦雲被堵在外面，小廝扯著嗓子喊道：「大夫來了，大夫來了！快讓讓！」

院子周邊不少香客，眉宇間都是擔憂之色，有替齊大少奶奶擔心的，有替她祈福的，還有不少小和尚來誦讀祈福經文，聽見大夫來了，忙把路讓開，錦雲這才進得小院內。

產婆瞧了錦雲一眼，暗自搖了搖頭，方才那中年大夫都搖頭說沒辦法治，這年輕後生還有辦法不成？不過現在也只能死馬當成活馬醫了。

屋子裡大夫正在收銀針，產婆看著他。「如何了？」

「我已經盡力了，剩下的只能聽天由命了。」

大夫捲起銀針出了屋子，錦雲坐到床榻旁，那產婆也沒指望錦雲，一個勁兒地催齊大少奶奶用力，齊大少奶奶搖頭。「不、不行了，我、我沒力氣了。」

產婆急了。「沒力氣也得使勁，總是三分希望，孩子妳真不要了？」

齊大少奶奶雙手捂著肚子，因為汗水，頭髮都沾在了一起，一旁的丫鬟哭道：「這幾日我家少奶奶壓根兒就沒吃什麼東西，心裡一直焦躁不安，所以才冒險來大昭寺，沒想到會被馬車給撞……」

幾天沒吃飯，怕是走段路都沒氣力，這如何生孩子？

丫鬟又跪下了，拽著產婆的腿，產婆滿臉無奈。「我倒是渾身氣力，可我也沒法替妳家少奶奶生孩子，妳趕緊去找些人參來幫著提提勁，有什麼吃的都拿來，能吃多少是多少……」

產婆搖頭，臨時抱佛腳也不是這般抱法。

錦雲幫著把脈，情況真的不妙，懷了身孕還如此，估計是沒料到自己七個月就生孩子，不然只怕吃不下也得往嘴裡塞，保證有生孩子的力氣。

寺裡有現成吃的，人參也有，可是在這樣的情況下，能吃幾口呢？

產婆盡她所能讓齊大少奶奶用力，可是根本就不管用，錦雲也沒說什麼，給手術刀消毒，並盡快備好一切等會兒手術需用的器材，然後對著齊大少奶奶道：「孩子妳是生不下來了，我只能幫妳取出來，一會兒我會用藥麻醉妳。」

齊大少奶奶估計是沒聽見錦雲說什麼了，眼睛迷迷糊糊的，錦雲先將她麻醉，然後叮囑丫鬟和產婆。「妳們怕就出去，若是留下，不許吭聲。」

產婆肯定是不走的，丫鬟也不敢走，錦雲怕麻醉效果不夠，又用銀針幫著提效，然後扯開齊大少奶奶的肚兜，丫鬟眼睛都瞪圓了，要不是錦雲是大夫身分，只怕要喊非禮了，再看錦雲手裡的刀就那樣在她家少奶奶肚子上劃開，丫鬟臉一白，就那麼倒下了。

還有那見慣了生死的產婆，嚇得轉身就跑，嘴裡還喊著：「殺人了、殺人了！」

錦雲抽了下嘴角，吩咐嚇得身子直哆嗦的青竹。「去守好門，半個時辰內，不許任何人進來。」

青竹趕緊轉身出去，產婆嚇得驚魂未定，把人的肚子劃開，把孩子取出來，這不是殺了齊大少奶奶嘛？孩子沒了可以再生，大人沒了可就什麼都沒了，況且齊大少奶奶連生了兩個女兒，就盼著生個兒子鞏固地位，即便兒子有了，她沒了，那還有什麼可期盼的？這不是害人嗎?!

青竹扠腰瞪眼。「吼什麼吼！我家少爺是在救人，雖然方法是特殊了點，妳再吼，吵著我們少爺，萬一出點什麼錯，妳負責嗎？」

產婆立即不叫了，青竹就站在門前面，不許任何人靠近一步，可是青竹自己還是嚇得滿頭是汗，南香小聲地問：「小姐真的把人家的肚子劃開了？」

青竹點點頭。「嚇死我了，小姐也真是大膽，萬一出什麼事，她怎麼跟人家交代？」

兩個丫鬟擔心錦雲，好一會兒後，突然一聲啼哭傳來，青竹面上一喜。「孩子生了！」

說完，又一陣啼哭聲，是兩個孩子，守在院子裡的丫鬟和小廝都高興地笑出眼淚來了，產婆卻是沈了臉。「肚子劃開，孩子是活了，你們少奶奶她……」

丫鬟和小廝臉上的笑意頓時僵住了。

葉連暮他們幾人就在隔壁屋子裡坐下，聽見產婆說錦雲是怎麼幫人家生孩子的，趙琤聽得是毛骨悚然，撇頭看著葉連暮。「從未聽過這樣的接生方法，那麼大的孩子，從肚子裡取出來……連暮兄，你還嫌棄人家膽子小嗎？我看即便是男子也沒幾個有她這般大膽的了。」

葉連暮嘴角微抽，他被踩根本就是活該！

兩盞茶飲盡，外面一陣鬧騰聲傳來，只見一個穿著不凡的男子帶著太醫疾步走過來，劍眉攏緊，一臉擔憂。「少奶奶如何了？孩子生下來沒有？」

小廝跪在地上，顫巍巍地道：「少奶奶生下兩個孩子，只是、只是少奶奶她……」

齊大少爺臉色一白。「少奶奶她怎麼了？太醫，快去救夫人！」

齊大少爺不問了，先讓太醫救人再說，趕到門前，卻被青竹和南香攔下。「不准進去打擾，我們少爺正在救人。」

齊大少爺臉色變了，卻也沒強行進去，聽丫鬟說是把肚子劃開才救了肚子裡的孩子，齊大少爺當即就暈倒了，太醫便在外面醫治他。

青竹輕噘了下嘴，小姐的膽子……從前是小得她們都看不上，現在只有仰望的分了。

屋內，錦雲忙得不可開交，沒人能幫把手，只能靠她一個了，好在忙活了大半個時辰，總算是圓滿了。

錦雲看著兩個孩子，眼底閃過一絲笑意，過去開門道：「可以進來了，不過病人的麻醉藥性還沒有退去，小聲點。」

傷心欲絕的齊大少爺見門開了，抬腳衝進屋內，幾名太醫也跟著，齊大少爺哪裡記得錦雲的叮囑，一個勁兒地喊。

錦雲蹙眉道：「都讓你別吵了，你聽不懂嗎?!你不會把你孩子抱出去，讓你老婆安穩睡一覺嗎?!」

老婆肚子這麼大，就算再忙也應該陪著，現在出了事才知道後悔有用嗎？這讓錦雲很生氣。

齊大少爺沈了眉頭，一旁的太醫有眼色地幫著把脈，輕聲道：「夫人沒事，只是身子虛弱，要多休息。」

幾個丫鬟也擠了進來，抱著孩子，欣喜道：「少奶奶生的是龍鳳胎呢，恭喜大少爺……」

丫鬟話到一半，便抿唇不語了，因為錦雲瞪著她，錦雲受不了這群不聽話的人，收拾了手術刀和銀針等器具，轉身走了。

等齊大少爺反應過來，是錦雲救了他媳婦和孩子的時候，忙追出來攔住錦雲的去路。「多謝公子救內子和我兒女的命，改日定登門拜謝，不知府上……」

錦雲看著天上的太陽，急死了。「完了，趕不回去了。」

看錦雲繞過他就走，還跑了起來，齊大少爺傻眼了，而青竹和南香也緊跟在後頭。

她們怎麼把回府的事給忘記了！

錦雲只顧著趕回家，沒注意到對面有小廝往這邊跑，這不，兩人就撞上了，錦雲身子直接往後倒，正心驚要倒地時，突然胳膊被人扶住。錦雲腰身後仰，抬眸正好見到一雙燦爛的眼眸，她臉色一沈，忙站直了。

「鬆手！」

錦雲現在看到葉連暮就一肚子火，葉連暮也自知是他理虧。「之前是我對不起妳……」

錦雲冷冷地看著他。「之前，現在，以後，你都對不起我！鬆手，別讓我更討厭你！」

葉連暮臉色更沈，非但不鬆手，反而拽得更緊。他算是怕了，這女人一消失，十天半個月都遇不上一回，他寧願挨幾個瞪眼也要弄清楚她是誰！

錦雲逼不得已，只得扯著嗓子喊。「非禮啊！非禮啊！」

「……」趙琤和夏侯沂無言了。

然後，一群見義勇為的小和尚過來了，手裡的棍棒對準了葉連暮，還有不少人被吸引了過來，全部對著葉連暮指指點點。

葉連暮嘴角亂抽。這女人，誰非禮她了?!

對於錦雲那聲非禮，青竹和南香表示很無力，都還穿著男裝呢，這讓人怎麼看姑爺？本來小姐喬裝的少爺就像小白臉了，這下更坐實了……兩個丫鬟捂臉，裝不認識錦雲。

這麼多人圍觀，葉連暮能不鬆手嗎？雖然他不願意，可是錦雲那癟著嘴、十分委屈的神色，明知道是裝出來博取同情的，他就是心軟了，手一鬆，錦雲立馬掙脫開來，撒腿就跑，葉連暮想追，結果一群小和尚把他攔下了。

趙琤掩嘴輕咳一聲，上前一步，說他們與剛那蘇小兄弟是認識的，結果小和尚不信，要是真認識怎麼會喊非禮？再說，人家方才救齊大少奶奶時明明就是一個人來的，一個少爺還誣衊他不成？而且拽著人家手腕不放是他們親眼所見！

無論他們說什麼，就是不許他們三個走，一定要他們等上兩刻鐘讓錦雲逃命去，葉連暮受不了正要揮拳的時候，齊大少爺過來了。

葉連暮撇頭看著齊大少爺，再看著那群小和尚，眉頭更皺了，趙琤怕他在大昭寺大打出手，臭名遠揚，忙道：「不是還要找玉簫嗎？找到了，下回也好賠罪。」

葉連暮一甩袖子。「準備禪房，本少爺今晚就住這兒了！」

錦雲上了馬車，立馬就吩咐車夫下山，然後把男裝換下來，氣得直罵葉連暮，真是剋星，出門遇上他就沒碰上好事過，要是回去受罰了，她準找他算帳！

錦雲猜得不錯，等她進二門的時候，丫鬟皮笑肉不笑地看著她，告訴她，葉老夫人等了她快一個時辰了。

寧壽院。

葉老夫人和四位夫人悠閒地啜著茶，見錦雲邁步進來，葉二夫人露出一貫的笑，陰陽怪氣的。「可算是回來了，今兒真長見識了，還有回門這麼晚才回來的，在外面玩得多盡興，難怪不要暮兒陪著回去了，嫌礙事呢！」

一屋子的人臉色都變了，都指責錦雲不應該。錦雲知道自己辯駁不了，因為回來晚了是事實，沒有可以逃避的藉口。

葉大夫人盯著錦雲，神情冷寒，有個如此不知禮的兒媳，她臉面上也無光。「妳去哪兒了?若只是回相府，我想相府不會不懂禮數到留妳這麼晚回來吧？」

「去逛了逛街……」

回門的日子，竟然及不上去逛街?!

一屋子人都站出來數落錦雲不懂禮數，葉老夫人有心饒過錦雲這一回，奈何無人替錦雲說句好話，最後只好罰錦雲去佛堂抄十篇家規。

點燈熬夜抄家規，錦雲也體驗了一次徹夜不眠的日子，哈欠連天還得馬不停蹄地抄，天邊布滿朝霞時，錦雲才剛抄好九篇家規，她伸了下胳膊，重新拿了張紙，繼續抄第一句。

一個多時辰後，她總算鬆了口氣，把寫好的家規整理好，正要起身，卻因跪坐了一晚上腿麻，手不小心撐到硯台上，把硯台打翻了，沾得錦雲滿手都是墨，裙襬也沾上了不少。

這些錦雲都顧不上，慶幸把家規先給了青竹，不然可白抄了。青竹去打了水來給錦雲淨手，提議她先回去換身衣裳，免得失了臉面，錦雲沒同意，這一路回去臉面也丟得差不多了，不差那麼一點。

寧壽院內，不少丫鬟在清掃落葉，瞧見錦雲一身墨汁地進來，都停下手裡的活兒，一眨不眨地看著她，原還以為大少爺會來替大少奶奶求情，結果大少爺一晚上沒回來。

屋內，葉老夫人正啜茶，錦雲上前行禮，把一大摞寫好的家規奉上。「老夫人，錦雲已經抄好十篇家規了，請過目。」

葉老夫人擺擺手，王嬤嬤就去接了家規，葉老夫人沒看一眼，放下手裡的茶盞道：「朝堂上的事我老婆子不懂，暮兒娶妳是委屈妳了，但皇上既是賜婚了，妳也嫁進了國公府，該守的規矩還是得遵守，下次出門記得早一個時辰回來，晚了，也是讓長輩替妳擔心。」

錦雲的心微暖，忙表態。「錦雲記下了，下次絕不再犯。」

葉老夫人滿意地點頭，想著錦雲還沒用早飯，正要開口讓錦雲回去，外面卻有腳步聲傳來。「祖母，您急急忙忙找我是有什麼……」

葉連暮邁步進來，話到一半，就瞧見了錦雲，腳下一滯，整個人就怔在了那裡，一臉「眾裡尋他千百度，驀然回首，那人卻在燈火闌珊處」的表情，愣怔半晌，他心頭浮起狂喜之色，真是得來全不費工夫，當下朝錦雲就過來了。

「妳怎麼跑到祁國公府來了，找我的？」

錦雲翻白眼，一臉你認錯人的表情，可惜，昨兒錦雲的樣子，就算是她化成了灰，葉連暮也不會認錯，昨夜宿在大昭寺，寢不能寐，腦海裡想的全是與她的那些糾葛矛盾，想不到一個女兒家竟能如此聰慧、大膽，簡直顛覆了他所認知的大家閨秀只會吟詩誦曲、嬌嬌弱弱的形象，心裡懊惱她一消失就不知道什麼時候能再見了，那種迫切想見到她的心情無法用言語形容，今兒回來的路上還打定主意，哪怕是掘地三尺也得把她找到。

葉老夫人很少急著找他，又碰上錦雲在，他狂喜驚訝之下理所應當地認為是錦雲找自己，然而，四下的丫鬟、婆子聽見葉連暮問的話，滿臉錯愕。

哪有相公問自己嫡妻怎麼來國公府的？大少奶奶不在這裡，那她該在哪裡？

錦雲極度想撫額，恨不得再把他扎暈，狠狠踩兩腳洩洩火氣才好，於是她朝葉老夫人欠身，退了出去。

見葉連暮轉身要追錦雲，老夫人皺著眉頭。「暮兒，祖母有話問你。」

「祖母，我有急事，一會兒再來給您請安。」

「你不會連自己媳婦是誰都不知道吧?!」

葉連暮一怔，領略了老夫人話裡的意思後，頓時有種被雷劈的感覺，比昨天知道錦雲是女兒身還來得震撼，呆愣、愕然、驚訝三種表情在俊美無儔的臉上輪番上演，半晌沒回過神來。

「她、她是……」

老夫人瞪了他好幾眼。「昨兒她回門，回來都過了吃晚飯的時辰，被罰跪在佛堂抄家規到現在才出來，昨晚你又去哪兒了？一個晚歸，一個經宿不歸，沒一個省心的。」

葉連暮的眸底閃過一絲疑惑，隨即了然，難怪昨天下午救了人，連齊大少爺謝救命之恩時都不等，就急著要走，原來是……

葉連暮心裡雀躍，葉老夫人說什麼他已經聽不見了，葉老夫人看他那走神兒的樣子，有些鬧不明白了，暮兒與錦雲之間似乎有些怪異？

葉老夫人又數落了葉連暮幾句，雖然皇上知道他與錦雲沒什麼情意，可畢竟下了聖旨，整個京都都知道他們是兩情相悅，回頭錦雲受冷落的消息傳揚出去，且不說右相生不生氣了，怕是京都人都要說他薄情寡義了。

葉連暮出了寧壽院，便直奔逐雲軒，半道上想到錦雲主動搬到小院去住，女扮男裝的時候還讓他見了她繞道的事，眉頭即皺了起來，臉上閃過不悅之色，再想到昨天扔她嚇壞了她，這眉頭都快皺得能夾死蚊子了。

擔憂歸擔憂，事情總要弄清楚。葉連暮直接就進了小院，青竹正從屋內退出來，順帶把門關好，轉身瞧見他，忙行禮。「奴婢給大少爺請安。」

「開門。」

「小姐她在……」

葉連暮眉頭一蹙，青竹立馬改口了。「少奶奶有事……」

張嬤嬤走過來把青竹拖走了，葉連暮眉頭依然皺著，推門就進去了，眼睛在屋裡掃了一圈，布置得挺雅致的。

葉連暮往裡走，聽見溫軟的說話聲。「青竹，一會兒掛個牌子在院門外，寫上『大少爺與狗不得入內』，聽見沒有？」

錦雲說的時候，在心裡還狠狠咒罵了他兩句，然後洗胳膊舒服得直哼哼，全然沒發覺屏風外站著一個滿臉青黑、怒氣沖天的男子，他二話不說，一把將屏風拉到一旁。「妳再說一遍試……」

葉連暮話還沒說完，就被眼前一幕驚住了，餘下的話也悉數噎了下去。

清水出芙蓉，天然去雕飾，撒了幾片月季的澡桶，錦雲坐在裡頭昂著頭，三千髮絲披散開來，長度及地，地上擱了條帕子免得弄髒了頭髮，白皙如玉的胳膊張開著，修長的腿伸著，兩腳之間還夾著一朵月季花，紅白對比分明。

「誰讓你進來的，你給我出去！」錦雲滿臉通紅，氣道。

看見如此香豔的一幕，葉連暮的臉也紅了，他沒想到錦雲在沐浴，聽見水聲也沒多想，正好又被錦雲的話給刺激到了，氣呼呼地就掀了屏風，就……

錦雲不但吼他出去，還拿毛巾護著胸前，恨不得整個人縮木桶裡去才好，葉連暮臉上的紅暈散去，但是耳根子臊紅猶在，於是轉了身。

錦雲見他背對著自己，正要起來，結果葉連暮鬱悶地想，為什麼自己要轉身，這裡不是他的院子嗎？她不是自己新娶的媳婦嗎？怎麼她好像在罵無恥之徒一般……某男越想越不對勁，尤其是錦雲之前掛牌子的話，壓根兒就沒將他放在眼裡……便成心作對又把身子轉了過來，這回不只耳根子，連脖子都紅了。

錦雲本來就警惕他，所以葉連暮一轉身，她就繼續蹲進木桶裡了，雙眼恨不得剜死他才好。

葉連暮瞪了她半晌，嘴角慢慢彎起一抹邪肆揶揄的笑意，圍著木桶打轉了起來。

錦雲盯著他。「你幹麼？」

「見到妳就繞道走，這不是妳要求的？」

「……你去死吧！」錦雲拿木桶裡的洗澡水潑他。

就沒見過這麼無恥的人，讓你繞道走，讓你繞道走！

葉連暮被潑了一臉的洗澡水，瞪著錦雲。「妳敢讓丫鬟掛什麼牌子，我就讓人把院子封起來！」

「麻煩您出去，成嗎?!」錦雲氣得磨牙，可是現在形勢對她不利，她除了屈服沒有第二條路可以走。

葉連暮果真轉了身，還順帶把屏風拉過來擋住了，不過他並沒有離開，反而在不遠處的小榻上躺了下來，突然發現日子不無聊了，整日想著抓回來折磨的人竟然就是他新娶的媳婦……他現在腦袋還有些暈乎乎的，怕自己作夢沒睡醒。

錦雲見沒有動靜，連忙從浴桶裡爬出來，胡亂擦拭了下，便把衣服穿好，出來見葉連暮躺在她的小榻上，吃著她的果子，心裡的火氣又冒出來了。「你怎麼還沒走?!」

葉連暮斜眼睨視了錦雲一眼，想起昨天的事有些心虛。「我為什麼要走？這裡是逐雲軒。」

「是嗎？你怕是忘記了，我可是奸相蘇勻堯的女兒、你口中的災禍，小心你離我太近，不知道什麼時候就被我給害死了。」

葉連暮盯著錦雲，哪壺不開提哪壺，她不提，他還真把她是右相女兒的事給忘記了，她怎麼會是那個傳聞中一無是處、膽小如鼠的蘇二小姐，是誰謬傳的！

錦雲嘴角譏笑。「想起來了？想起來就好，若是嫌棄我，逐雲軒沒我的位置，可以送我去莊子上住。」

錦雲說完，邁步就出去了，葉連暮緊緊地盯著錦雲的背影，直到她開門出去，消失在門口。

當葉連暮回到書房，心亂如麻，挽月端茶進門伺候，他問：「少奶奶為何搬去小院住？」

挽月愣住，少奶奶都搬去小院幾天了，少爺怎麼想起來問這事了？便把緣由說了一番，添點油、加點醋，務必替柳雲洗脫罪名，順帶讓葉連暮討厭錦雲。

葉連暮心裡不是滋味，她討厭他，不願意與他共處一室，所以才執意搬去小院住，若不是他發現了，她打算瞞他一輩子是嗎？她認為瞞得了嗎？葉連暮想起昨兒早上她還從自己身旁走過去，自己竟然沒有發現，是她故意用帕子遮住了半張臉！

葉連暮真懷疑，錦雲會做些什麼讓整個祁國公府的人都厭惡她，好讓她可以窩在小院裡過她自己的日子，沒事就女扮男裝出門散心。他還真是小瞧了右相的女兒，以木訥寡言之名糊弄了天下人，沒承想竟是個伶牙俐齒、膽大妄為的女子，其心更是玲瓏剔透。

葉連暮只要想起在安府書房，錦雲挑眉揚笑間就把借糧一事解決了，不但說服了他，還讓他心甘情願地去幫她說服皇上。這些日子來，在安府裡的談話每每都會浮現腦海，皇上一心想錦雲入朝為官，若是知道這才是右相嫡女的真性情……會不會責怪他替君分憂？

葉連暮把書擱下，出了書房，走在院子裡，突然發現什麼不對勁，便指著花壇問丫鬟。

「我記得這裡有兩盆牡丹，還有一盆去哪兒了？」

丫鬟忙行禮道：「少奶奶搬小院去了，少爺要看，奴婢去拿回來。」

「不必了。」

然後，他昂首闊步、理直氣壯地去小院了。

葉連暮走到放牡丹的地方，此時，錦雲製好藥丸，吩咐谷竹給安若溪送去，抬頭便見到葉連暮，錦雲眉頭攏起，這廝出去還沒一刻鐘，又跑來了！

「你怎麼又來了？」錦雲臉上寫滿了不歡迎。

這女人，說話就不能別帶刺？

葉連暮指著牡丹。「是妳讓人搬來的？」

他一臉只為牡丹而來，不是因為她。錦雲眼底冒火，氣死她了，不就一盆牡丹嘛！

「不知道是你喜歡的，我這就讓丫鬟給你送回去。冬兒，把這盆牡丹送回去，再去府外買十盆牡丹來。」

錦雲說完，轉身邁著步子就走了，冬兒小心守在一旁。「少爺，牡丹……」

「不用了。」

錦雲坐下呷茶，見葉連暮跟進來，不由得側目。這人真是奇怪，她都冷眼相待了，他竟然還來？

「你到底想怎麼樣？」

「昨天嚇壞了妳，我給妳賠禮道歉。」

「不敢當，我還沒謝謝你幫我練膽量呢，我現在膽子比之前大太多了，我得謝謝你才對！」

葉連暮眼皮直跳。這女人果真記仇了，不過嚇壞她的事可以之後再慢慢道歉，得先弄清楚她為什麼敵視他的事。「妳在記恨我害妳沒了皇后之位？」

錦雲纖長的睫毛輕眨，笑得格外出塵。「若我說是，你還能把皇后之位還給我？」

「不可能，皇上已經娶皇后了，即便未娶，那也不能。」葉連暮不假思索、斬釘截鐵地回道。要是把她還回去，他怎麼辦？

錦雲白了他一眼。「那你問這些有意義嗎？」

「……那妳為什麼第一次見面就砸我雞蛋？」

錦雲脖子一縮。「都說了不是故意的好不好，我那會兒還不認識你！要是我認識你，別說道歉了，我不砸死你，你就該謝天謝地了！」

葉連暮臉一黑。「妳說什麼？」

錦雲毫無懼色。「叫那麼大聲做什麼，我還怕你了不成？別忘記是你先招惹我的！你毀我清譽，請問葉大公子，我什麼時候與你兩情相悅、情投意合，還私相授受了？你說啊！」

葉連暮啞口無言，一張臉陰沈得如山雨欲來。「那也是妳爹把持朝政，強逼皇上娶妳在前……妳自己也說了我們相遇花前，情意綿綿，這我可沒有強逼妳。」

錦雲惱羞成怒，想不到那些胡謅的話也會傳到他耳朵裡來，去他的情意綿綿。

「我為什麼說那些？還不是因為你胡言亂語在前，你們自己太弱，欺軟怕硬，拿我爹沒辦法就欺負我，皇上想娶誰做皇后，有一千、一萬種辦法，你為什麼把我扯進去，連累我被人罵不知廉恥，還害我被罰抄《女誡》。」

葉連暮自己都被罰跪祠堂了，自然猜測到錦雲也被罰了，這事的確是他不對，可他不是把嫡妻之位搭進去了嗎？當時的她無才無德、膽小木訥，可是人盡皆知的。

錦雲喝了口茶，平復心裡的悶氣，想起自己逍遙山水的心願因為皇權之爭就夭折了，能不氣嗎？她只想過安穩的日子，銀子夠用了就好，誰要進深似海的侯門了？天天看人家冷眼，有事沒事挨人家挑刺！

不過錦雲也不是胡攪蠻纏、不講道理的人，若不嫁給他，她十有八九會嫁進宮，那日子沒準兒比現在更慘，好歹現在還能三不五時地出去玩玩，這一點錦雲感謝他，但是，他不喜歡她卻要娶她，錦雲無法忍受；然而退一萬步說，他們在右相的權勢逼迫下走投無路的無奈之舉，他也犧牲了自己，這樣的氣概拋開她是受害者的身分，錦雲還是很欣賞的。

只是他說得太過分了，他知道自己說的那些話對一個閨閣女子來說是多大的傷害？一個弄不好就會出人命的，他大可以說傾慕她，為了她茶不思、飯不想，日漸消瘦，即便說得可憐些，皇上也會同意賜婚，或是徵求問她的意思……幹麼無端把她無辜拖下水，還弄什麼兩情相悅出來？一想起來錦雲牙齒就磨得喀喀響，他以為長得漂亮、俊美一點，她就非他不嫁了?!現在已經攤牌了，不妨更徹底點吧！

「我想以我當時的名聲，想必你應該想過殺了我毀了這門親事吧？」

「……」葉連暮無言。

「我們為什麼成親，彼此都心知肚明，你毀了我爹的算計，我爹氣你，那是你與我爹的事，我沒有帶著什麼任務來國公府，也沒有要報復你、害你家破人亡。我爹是不許你違背聖旨，我想你要休了我，除非是皇上下旨，你盼著那一天，我也盼著，在這之前你真要納妾，我不會阻止的，但是她們別有事沒事找我聊天就成了；還有你那些叔叔嬸嬸，也別挑我的刺，我雖然是國公府的媳婦，但也不是任人欺負的，昨晚是最後一次。另外，我要自由出入國公府的權力，別逼我真掛著免死金牌出入國公府，還有以後沒事別來小院擾我清靜，有事也別來，你就當沒見過我吧！哪日皇上大權在握，你再重娶正妻。」

錦雲說完，眸子輕抬了下。「若是可以，請你把小院與正房互通的門封了，重新開一扇，我們就可以不用再見面了。再告訴國公爺，免死金牌我會好生收著，離開前會原樣還給他。」

錦雲這話算是恩斷義絕了，除了嫡妻之位暫時還不了之外，他做什麼她都不管，但是她的事他也別管，各過各的，最好是整個國公府都別管才好。

葉連暮盯著她。「然後呢，妳怎麼辦？」

「這不勞你擔心，離開國公府後，我自然會找個真正兩情相悅、情投意合的人嫁了，若是你准我占著你嫡妻的身分打著燈籠找未來夫君的話，我會很感激你的。」

葉連暮臉黑沈如墨，肩負他嫡妻的身分，竟說將來再嫁人還找夫君的話，他差點就要伸手掐死她了，從牙齒縫裡迸出來兩個字。「妄想！」

錦雲眸底瞬間染上怒火。「那你想怎麼樣？一個破嫡妻之位，你以為我稀罕呢，你最好別惹毛我，信不信我挖坑活埋了你，我再改嫁！」

這女人幾乎生來就是挑戰他怒氣的，葉連暮臉色沈凝，目光冷硬如冰，他站起身來。「即便妳不稀罕，這破嫡妻之位也是妳的，想改嫁，門兒都沒有！這想法，妳最好給我忘掉，不然誰敢招惹妳，我定滅了他！至於其餘的人，從你們要求免死金牌起，就注定妳與他們成了對立，要怨只能怨妳爹；此外隨意出入國公府的權力，其餘人如何，妳就如何，但是別讓我再發現妳穿著男裝出去糊弄人。還有來小院的事，我是妳夫君，還是新婚夫君，妳覺得不來可能嗎？」

錦雲氣得粉拳捏緊，一個字一個字從緊咬的牙關裡迸出來。「新婚夫君？昨天、前天，還有新婚夜那天，您老怎麼不來？」

葉連暮被問得額頭青筋一突一突直跳，錦雲昂著脖子。他之前沒來，以後都別來了，她就是這麼喜怒分明，眼裡容不得半粒沙子。

葉連暮忽而笑道：「娘子是怪我沒來冷落了妳，那為夫往後天天來陪妳。」

錦雲氣瘋了，這人怎麼能無恥到這樣的境界？她忍無可忍了。「明天我要進宮！」

「妳進宮做什麼？」

「我能幹麼？自然是去勾引皇上了，我等著你弒君！」

說了這麼多，該退讓的她都退讓了，難不成為了他們爭權奪利，她要把自己一輩子搭上不成？這不可能，若他想斷她後路，只好出此下策！

葉連暮幾乎是瞬間勃然變色，忍不住伸手掐著錦雲的脖子，聲音像是從冰窖裡穿過一般凍人。「把方才的話全部收回去！」

錦雲就任由他掐著。「有本事你就掐死我，有整個國公府給我陪葬，我不虧！」

葉連暮慢慢用力，錦雲眸色不變，死就死，她又不是沒死過，若是能回去，她還得謝謝他。「下手啊！」

錦雲一副慷慨赴義的模樣，讓他無可奈何了，他壓根兒就拿她沒辦法，但是就此縱容她、放任她，他絕對做不到，讓她去找另外一個男人做依靠？作夢！

葉連暮低頭朝錦雲那嬌豔欲滴的唇瓣重重咬下去，是這張嘴能言善辯惹怒了他，右相的事他不遷怒她這個人，但是該有的懲罰不能少了。

錦雲唇瓣吃痛，睜開眼睛，看到一張俊美無儔的臉近在咫尺，還有鼻尖的氣息噴在臉上，一想起他在幹什麼，錦雲的臉唰的一下紅了，心紊亂地跳動著，耳邊盡是怦怦聲。

錦雲右手一抬，就要打過去，結果被葉連暮抓住了。「以後要讓我再聽到這些惹怒我的話，我會咬得比今天更重。」

葉連暮說完，鬆了抓住錦雲的手，伸手抹去唇瓣上的嫣紅血跡，轉身走了，留下錦雲站在那裡，惡狠狠地擦拭著嘴角，還拿茶水漱口。

見葉連暮走了，青竹這才敢邁步進來，見錦雲在漱口，還有唇瓣的血跡，青竹臉頰緋紅。少爺是屬狗的嗎？竟然咬少奶奶，還咬那麼特殊的位置，哪有人這般吵架的，不該是摔茶盞、砸桌子嗎？

青竹瞅著桌子上精緻的茶盞，看來還是咬好一些……

第八章　入宮覲見

南香和珠雲端了午飯來，錦雲吃了兩口便沒了胃口，趴在床上裝死，準確說是氣得要死，想著是不是毒死葉連暮，讓她做個寡婦算了，總好過受他氣好。

錦雲才瞇眼，外面丫鬟進來稟告道：「少奶奶，少爺讓妳去伺候他吃午飯。」

伺候？這兩個字讓錦雲眉頭皺緊了，還真是會順著杆子往上爬，也不怕摔死他，有兩個嬌滴滴的丫鬟還不夠伺候他呢！

錦雲磨牙道：「告訴他，餓一頓、兩頓不會死人，他愛吃不吃隨便他！」

丫鬟愣然站在那裡不動，以為自己聽岔了。「少奶奶？」

錦雲一腔火氣，為什麼在這些丫鬟心裡，她總是低葉連暮一等，明明是她從相府帶來的丫鬟。「讓玉芙和月蘭去伺候他吃飯，就說我身子不適，痼疾難除，做不了伺候人的活兒。」

丫鬟瞅錦雲還是趴著不動，估計是真不適，畢竟昨兒抄了一宿的家規，青竹正要叮囑丫鬟說少奶奶身子不適，沒法去伺候，也別讓玉芙她們去，可守在外面的玉芙和月蘭已經聽見了，大喜過望，二話不說就直奔正屋伺候葉連暮吃飯去了。

另一廂，葉連暮正挾菜吃飯，玉芙和月蘭福身行禮，故作嬌怯道：「少奶奶身子不適，讓奴婢兩人來伺候少爺用膳。」

葉連暮長得俊美無儔，身分是國公府嫡孫已經不錯了，又是皇上表兄弟，將來前途無法估量，能做少爺的妾室，少奶奶又那樣的性子，恨不得把她們往少爺身上推，還怕將來沒舒心日子過嗎？兩個丫鬟膽大的桃花眼從進門起就沒斷過，沒直接撲過來還是挽月沈眉瞪眼的緣故。

挽月手裡的帕子扭緊，面色沈冷，少奶奶不伺候少爺用膳也就罷了，竟然還安排這樣兩個人來，什麼意思不言而喻；少奶奶怕得不到少爺的心，就讓兩個貌美丫鬟來呢！也不看她挑的人是什麼貨色，跟花癡沒兩樣，看著就添堵！

葉連暮臉色深沈。那女人真是沒把他的話放在心上，之前還只是說說，現在已經送人來了，是讓他納做妾室嗎？

葉連暮把筷子重重擱下，聲音裡不帶一絲一毫的感情。「轟出府去！」

聽到要賣掉錦雲的貼身丫鬟，挽月欣喜地去找錦雲拿賣身契，彼時錦雲正毫無一絲大家閨秀的樣子趴在那裡小憩，撇頭看著她。「進門前，妳通報了沒有？」

挽月愣住，錦雲坐起身來。「你們主子想進就進，我勉為其難忍了，一個丫鬟也敢不將我放在眼裡，來人，給我拖出去打，幫她長長記性。」

外面板子打得啪啪響，屋內，張嬤嬤憂心地看著錦雲。「少奶奶，少爺要賣了玉芙和月蘭，怎麼辦？」

蘇大夫人給的兩個丫鬟她本來就沒想過留著，他要賣了正合她的心意。

這一局，誰也沒贏，算是扯平了，但是逐雲軒其餘的丫鬟都戰戰兢兢了，少爺不顧少奶奶的臉面，成親才幾天就賣了少奶奶的兩個大丫鬟，而少奶奶不顧少爺的面子，打了少爺的貼身大丫鬟，旗鼓相當，針鋒相對，逐雲軒瀰漫著一股硝煙味。

挽月是被兩個小丫鬟扶著走出小院的，手裡拿著兩張賣身契，跪倒在葉連暮跟前，哭得梨花帶雨，我見猶憐，哭著求葉連暮給她作主。

可惜，挽月不知道錦雲與葉連暮之間的事，連葉連暮她都敢打敢罵，又豈會把他的丫鬟放在眼裡？葉連暮壓根兒就拿錦雲沒轍，若是他去小院說她做得不對，他敢保證，只會有兩個結果：一是一定要賣了挽月，踩著他找回她的面子；二就是給挽月賠禮道歉，然後讓他為挽月開臉、抬為妾，這是錦雲踩著她自己，給他面子。

那女人辦事行為永遠都走在極端，無論他選哪一個，最不痛快的都會是他，兩人的關係也會更加僵持不下。葉連暮揉著太陽穴，只能當做什麼都沒發生了。

院子裡，葉連暮坐在涼亭裡喝茶，趙琤手持玉扇走近，同情地看著他，成親才幾天，兩個大丫鬟相繼被打，讓趙琤好奇了。「嫂夫人脾氣很差？」

「你覺得蘇錦脾氣如何？」

趙琤想起昨天的非禮事件，嘴角抽了抽。「不算好，也不算差吧？」

「我若是娶了她？」

「連暮兄，這你就是妄想了，她肯定不會嫁給你的，你都有正妻了，人家還能給你做妾啊？倒是本世子，她好像還沒瞪過我，你說我要不要找到她，上門提親？」

趙琤自顧自地說著，手裡的玉扇搖著，全然沒發現對面的人臉色變了，趙琤最後又搖了搖頭。「今兒皇上還問及了她，讓我務必找到她，讓她負責興修水利的事，我一不小心說漏她是女兒身的事，我以為就此甘休了，結果皇上還讓我找她，可我上哪兒找她去？」

趙琤詢問時，葉連暮眼角都在跳，上午錦雲才當著他的面說要另找情投意合的夫君，下午就有人跟他說對他媳婦傾慕不已，要不是趙琤不知情又是從小玩到大的朋友，他肯定會揍得他眼冒金星。

葉連暮沈了臉。「以後別在我跟前提她，你也別妄想娶她了，她已經嫁人了。」

趙琤正在喝茶，聞言，重重咳嗽了起來。「她怎麼可能嫁人呢？昨兒她丫鬟明明喊她小姐的，算了算了，我不提她了，你之前嫌日子無聊，現在院子裡已經雞飛狗跳，不無聊了。哈哈，我走了。」

趙琤正要打著扇子幸災樂禍地走出涼亭，對面走來一個小廝，朝葉連暮行禮道：「大少爺，貴妃娘娘派人傳話來，明兒讓大少奶奶進宮說話。」

葉連暮握著茶盞的手一用力，吧嗒一下碎成一片片了。

趙琤瞅著他，這人今兒是怎麼了？怪怪的，不就進宮見貴妃嘛，一家姊妹，見面有什麼大不了的？還是現在聽到大少奶奶四個字就發飆了？蘇二小姐真厲害，能把人氣成這樣了，居然她還活著。

「告訴傳話的人，大少奶奶身子不適，不進宮了。」

「少爺，來人傳完話就回去了……」

這是不去不行了，葉連暮的臉又黑了三分。

趙琤回頭瞥了他一眼，搖搖頭，在心裡默唸了三遍「罪過」，然後就走了。

皇上在後宮周旋在皇后和貴妃之間，尚且遊刃有餘，連暮兄連個蘇二小姐都擺不平，太弱了……

錦雲躺在小榻上看書，一邊啃著水果，啃著啃著，突然發覺有些不對勁，今年夏天她還沒吃過西瓜呢，便擱下書，問青竹。「明兒讓人出去買兩個西瓜回來。」

青竹回頭瞅著錦雲。「西瓜？那是什麼東西？」

西瓜是什麼都不知道，難道是別名？

「就是外面皮是綠色的，裡面是紅色的果肉，還有黑色的種子。」

青竹輕搖了下頭，南香卻迫不及待地說：「奴婢知道，那個是寒瓜，以前奴婢賣進相府前，同行有個丫鬟姊姊就是因為在主子家打破了一個寒瓜，被打了三十下板子賣了的，那會兒她已經是一等丫鬟了呢。」

錦雲無力地翻著白眼。「也就是說我要吃這寒瓜，還得去找皇上要？」

南香搖頭。「奴婢不知道，反正皇上肯定有，少奶奶要吃，明兒讓婆子去街上尋尋。」

錦雲撫額，能作為賞賜給官員，那肯定不是隨便就能買到的，至少肯定不便宜了，真的是古代啊，西瓜都是奢侈品。

錦雲難得有喜歡吃的東西，青竹怎麼可能不放在心上？她去小廚房問，沒人知道，又去大廚房問，然後……錦雲想吃寒瓜的事就傳開了。

錦雲不過就是隨口一問，沒有也沒放在心上，沒想到半個時辰後，她就被葉大夫人找去了，一來是因為打了挽月，二來就是因為她要吃寒瓜的事。

葉二夫人乘機數落錦雲不懂禮，就知道吃。錦雲可不是什麼善類，三言兩句就氣得葉二夫人差點暈過去，幸好葉連暮及時趕來，主動擔下了所有過錯。

葉大夫人有氣撒不得，只得換了話題道：「你們成親也有幾天了，新婚之夜是暮兒身子不適，圓房的事不能再拖了。」

錦雲唰的一下臉紅得像滴血，葉連暮的耳根子也微微紅了。

「妳想吃寒瓜？」回去的路上，葉連暮笑問。

錦雲停下腳步，抬眸看著他。「你是不是也要笑話我就知道吃？」

葉連暮臉一沈，眸底染上怒火。「妳就不能好好跟我說話？」

「嫌我態度不好，就別搭理我！」

錦雲氣呼呼地轉了身，想不到她也會被人罵就知道吃，又不是什麼天仙靈果，一個西瓜而已啊！因為一個西瓜就揹上這名聲，錦雲怎麼想怎麼冤。

晚上時，葉大夫人還真讓人送了一方元帕來，錦雲低聲咒罵。

沒感情圓什麼房！

與此同時，在逐雲軒書房，丫鬟進去稟告道：「大少爺，大夫人給大少奶奶送了元帕去，讓你們今晚圓房，您別看書太晚了讓少奶奶等。」

她會等他？不用想也知道那是不可能的事。葉連暮擺手讓丫鬟出去，繼續看書，只是腦子裡總是錦雲瞪眼、一副「你要是敢來我就挖坑活埋了你」的表情。

葉連暮晃晃腦袋，把這些亂七八糟的想法甩走，繼續看書，只是明顯心不在焉，丫鬟就守在外面，每過半個時辰便進去請一次。

錦雲在小院裡，一臉幽怨，張嬤嬤苦口婆心地勸她。

錦雲眼皮快翻沒了，哈欠連天，丫鬟進來道：「少爺說等少奶奶及笄了再圓房。」

錦雲哀怨地看著張嬤嬤，張嬤嬤還能說什麼呢，少奶奶還要兩個月才及笄呢！

錦雲嘴角勾起一抹笑，直接趴床上了，他總算做了回好事。

丫鬟回去稟告時，葉連暮正好出書房。

「她什麼反應？」

「少奶奶一臉憂傷地睡了。」丫鬟把自己看到的據實以告，少奶奶可是等著少爺去呢，結果少爺說少奶奶尚未及笄，不得圓房，少奶奶失望至極。

葉連暮朝著錦雲的小院望了兩眼，她會因為他不去而憂傷？不可能吧。

錦雲是一夜好眠，連夢都沒作一個，反倒是葉連暮輾轉反側了好一會兒，也算是安眠了一宿。

用過早飯後，錦雲帶著青竹去寧壽院給葉老夫人請安。才走到屏風處，就聽見屋內有說話聲傳來。「還是大嫂會挑兒媳婦，瑞寧郡主才貌皆上等，祈兒又孝順懂事，乃是天作之合，瑞王妃同意了嗎？」

「這麼大的事哪能私底下不通通氣，瑞王妃對祈兒是滿意的。」

「那得趕緊娶回來才是，祈兒也是國公府的嫡子，想當初國公爺替暮兒求了永國公府嫡女，早娶回來什麼事都不會發生，這事就不能拖。」

葉二夫人話音才落，屋裡的葉四夫人就嘆息了。「靜兒也過十六了，我正琢磨著給他挑門親事，前兒跟他一提，他說要自己挑，跟他大哥學，硬是頂撞了他爹，若不是我攔著，差點就上板子了。」

葉二夫人笑道：「四弟妹就慣著靜兒，也不瞧瞧現在的逐雲軒，正妻不住正屋，跑小院窩著去了，三天兩頭鬧出事來，我昨兒說了她兩句，差點沒被氣死，妳說當初要是娶了上官小姐，以她的知書達禮，會有今天這些事嗎？」

錦雲邁步進去，屋子裡幾位夫人都在，錦雲掃了眼葉二夫人，葉二夫人倒是一點也不心虛，彷彿方才說的不是錦雲，其餘幾位夫人一臉瞧好戲的態度，各自啜茶不語。

錦雲當作什麼都沒聽見，福身行禮，葉老夫人只是詢問了錦雲幾句話，錦雲正要告退，外面幾位姑娘卻進來了，瞧見錦雲在，都圍了過來。「大嫂也在呢，正好我們要在院子裡作畫，大嫂也一起吧？」

說話的姑娘穿著一身玉色煙羅輕紗袖衣，繫著一條嫋嫋娜娜的淺橘色羅裙，體態輕盈，一顰一笑嫵媚盡顯，是祁國公府大小姐葉姒瑤。她身側跟著二小姐葉文瑤，穿著和頭飾都次了一等，眉間還帶著三分拘謹之色。

葉大夫人瞧見女兒，笑道：「妳大嫂是妳大哥親自相中的，差一點就是母儀天下的皇后，哪是妳那雕蟲小技能比得了？」

葉姒瑤嘟起了嘴。

一旁的三小姐葉觀瑤輕哼了下鼻子。蘇錦雲什麼貨色，早在賜婚的時候，國公府就傳遍了，是人都知道大哥罰跪娶回來的相府嫡女一無是處，她還找與右相府女兒相熟的閨秀問過，錦雲連門都沒出過兩回，怎麼會那些？當下笑道：「琬兒姊姊的才藝我們都見識過，大嫂可是比她還要厲害呢，就當是教教我們，大嫂不會不願意吧？」

一旁身著天藍色裙裳的四小姐葉雲瑤同情地看了眼錦雲，想說什麼，卻是抿了抿唇瓣，把頭低了下來，挪步到她娘葉三夫人身側去了。

葉觀瑤親暱地前來攬著錦雲的胳膊，然後道：「祖母，那我們去了，一會兒畫完了拿來給您瞧，畫得好您可得賞賜我們。」

院子裡，筆墨紙硯早準備好了，大家興致勃勃地商議畫些什麼，有畫牡丹、有畫翠竹、有畫芍藥……

既是比試，自然有時間限制。

兩盞茶時間為限。

錦雲先是磨墨，從荷包裡拿了顆小珍珠大的香丸擱硯台裡，用墨棒壓碎，然後攪和在一起。

碾碎香丸那一刻，一陣蘭花香撲鼻而來。

其餘人都在提筆作畫，只有錦雲還在繼續磨墨，專注到一旁的葉雲瑤都忍不住提醒了。

「大嫂，時間不多了。」

錦雲嫣然一笑，依舊磨墨。

葉連暮進來時就見錦雲手拂雲袖，一手磨墨，怡然恬靜。

「妳在這裡做什麼？換身衣裳，跟我走。」

葉姒瑤輕噘了下嘴。「大哥，有什麼事找大嫂這麼急，我們在作畫呢，再有半盞茶的工夫就結束了。」

半盞茶時間結束，錦雲還在磨墨，畫紙上空無一物，葉連暮眉頭輕蹙了下，正要幫錦雲解圍，就見她提筆蘸墨，兩、三筆就在紙上畫了株蘭花。

待錦雲收筆，那些人還沒畫完。

「你要帶我去哪兒？」錦雲一邊吹乾墨跡，一邊問。

葉連暮抓著錦雲的手，二話不說就拉她走，她手上的畫紙掉在地上，風一吹，就飛遠了。

遠處，幾隻蝴蝶振翅，慢慢地朝畫紙飛去，落在了蘭花上。

「快看啊，蝴蝶落在大少奶奶的畫上了！」有丫鬟驚道。

青竹張大了嘴巴，少奶奶說蘭香是最簡單的香了，那麼一小粒就能讓蝴蝶以為是蘭花了，要是稀罕的香，會是何種樣子？

葉連暮也愣了下，問錦雲。「妳在墨汁裡擱了什麼？」

錦雲還未回答，葉文瑤已經驚喜出聲。「大嫂的墨和我們的不同，有蘭花香！」

錦雲被葉連暮拖著走了，一路捶打他的手，她皺著眉頭。「你要帶我去哪兒？快鬆開手，我自己會走，你再不鬆手，就別怪我拿針扎你了！」

葉連暮回頭看著她。「妳真是右相的女兒，如此高超的醫術是誰教妳的？」

錦雲掃了他一眼，語氣不善。「你不覺得自己管得太寬了些？誰教我的，我為什麼要告訴你？有膽子你就去問我爹啊，看他樂不樂意自己辛苦養大的女兒毀你手裡了。」

葉連暮被錦雲頂撞得額頭青筋突起。「我是妳相公！」

錦雲眸底閃過一絲鄙夷。「還知道是我相公呢，連我會些什麼都不知道就敢娶我過門，現在才問我，你不會覺得羞愧或不好意思嗎？」

葉連暮險些暴走。「有什麼不好意思，多少人成親前都不曾見過面，不過就是打聽來的三言兩語，木訥寡言、無才無德還膽小，妳覺得妳是嗎？」

錦雲笑了。「都說龍生龍，鳳生鳳，右相權傾天下，他的女兒會偽裝有什麼好大驚小怪的？我騙過了所有人，最後還不是栽在你的手裡，還是你沒能如願娶個膽小的媳婦很後悔？」

葉連暮拳頭握得喀喀作響。「我真想活活撕了妳。」

錦雲柳眉倒豎。「可以鬆手了吧？大庭廣眾之下拉拉扯扯的，你不要臉我還要呢！」

葉連暮氣得倒抽口氣，伸手一點，錦雲嘴巴張著，卻是半個字都說不出來了，這下他笑了，捏捏她的臉。「這才乖。」

錦雲臉一紅，腳一抬就踹了過去。去你姥姥的，竟然點她啞穴！

葉連暮的注意力全在她的臉上，還真的挨了一腳，劍眉染上怒氣。「妳到底是不是女人！還是妳說的打是情、罵是愛？以後想親我就親，別用打的聽見沒有？」

葉連暮說完，在她臉頰上一親，錦雲的臉立即充血，不知紅成什麼樣子，可在心裡把某男罵個半死。

看見錦雲那氣得不行的樣子，葉連暮心情大好，不能總是他占下風嘛，怎麼說他也是個七尺男兒！

葉連暮拽著錦雲往前走，一路上丫鬟指指點點。大少奶奶膽子真大，竟然敢踹大少爺，大少爺非但不生氣還親大少奶奶呢，看來對大少奶奶是喜歡極了。

葉連暮原是想送她去換衣裳的，可是想想還是作罷，直接就出府了，外面小廝牽了匹馬來，他抱著錦雲就上了馬，把她緊緊地摟在懷裡。錦雲掙扎，伸手欲掏銀針。

「想說話就眨眼睛，妳要是還想拿銀針扎我，我就……」

葉連暮一時還沒想到有什麼是錦雲怕的，腦子裡想到什麼，嘴角彎起笑來。「我們今晚就圓房。」

錦雲鼓著嘴，牙齒磨得咯吱響，卻是不得不點頭。葉連暮還真說話算話解了她的穴位，她不敢亂動，因為葉連暮手抓著韁繩，馬兒跑得很快，要是掉下去一定會很慘。

風兒從耳邊拂過去，錦雲一臉憋屈地坐著，葉連暮卻是意氣風發，招搖過市，直奔皇宮。

看著皇宮的大門，錦雲眼睛輕眨。「你還真帶我進宮啊？」

葉連暮臉沉了，攬著她腰肢的胳膊緊了三分。「是貴妃要妳進宮的，妳要敢去勾引皇上，我不會輕饒了妳！」

錦雲哼了下鼻子。他說什麼就是什麼啊？她偏不，就是要氣死他。

她伸手做蘭花指，然後用胳膊肘推搡了下葉連暮，嬌聲軟軟地說：「皇上喜歡蘭花指不，怎麼樣，還不錯吧？」

葉連暮一巴掌拍過去。「醜死了！」

錦雲吃痛，磨牙道：「皇上喜歡就好了。」

「……妳！」葉連暮氣得頭頂冒青煙，看著錦雲白皙的玉頸，一口就咬了下去。

錦雲又氣又惱，縮著脖子，看著前面有太監，馬兒跑得又快，她嚇得驚叫。「要撞人了！」

葉連暮無動於衷，馬兒自己朝另外一邊跑了，錦雲氣得抓狂，抓起他的手狠狠咬著，身後是葉連暮的笑聲，笑著笑著嘴角就一抽一抽的了。

對面的夏侯沂騎馬過來，瞧見錦雲，眼睛倏然睜大。「蘇、蘇姑娘？你們兩個……」又鬧上了？

夏侯沂不知道說什麼好了。葉兄素來胡鬧成習慣了，可大庭廣眾之下，葉兄與她這般親密，這不是成心毀她清譽嗎？他就不怕被蘇二小姐和右相知道，到時候日子就不好過了。

錦雲像是看到救星般，朝著夏侯沂就喊道：「他綁架我、勒索我，救我！」

葉連暮嘴角狠狠地抽著，伸手捂住錦雲的嘴，頗帶著一絲無奈道：「娘子，別鬧了。」

「……」夏侯沂無言。

四下不少人望過來，還有侍衛圍了過來，黑壓壓一堆人，要不是她在葉連暮跟前坐著，只怕直接就刀架脖子上了。

錦雲趕緊把腦袋低下，有一下沒一下地摸著順滑的鬃毛，一副我方才什麼也沒說的表情，可是心裡早哀號不已，完了，把臉丟到皇宮裡來了，都怨他！

侍衛給葉連暮行禮，然後盯著錦雲。「葉大公子，這位是……」

葉連暮難得見錦雲這麼乖順啊，眸底都帶了些笑意。「內子胡鬧。」

內子？祁國公府大少奶奶？右相的女兒？差點成為皇后的那位？侍衛又瞄了錦雲兩眼，退後幾步，葉連暮夾了下馬肚，馬便跑了起來。

馬背上，葉連暮摟緊她，憋住笑，故意板起臉來。「這裡是皇宮，看妳還敢胡言亂語不，回頭侍衛把妳當成刺客抓了，我可不管妳。」

錦雲鼓著嘴。不管就不管，誰要他管了！她就不信，以她右相之女的身分，這些人真敢抓了她，她又不是不諳世事，嚇唬誰呢！

夏侯沂坐在馬背上，有種霧裡看花的感覺，蘇公子變成蘇姑娘已經夠震撼的了，怎麼轉眼又成葉兒的娘子了？蘇二小姐不是膽小木訥、無才無德嗎？

夏侯沂不回府了，這事不弄清楚他會坐立難安、如鯁在喉，便又調頭追了上來。彼時，錦雲四下亂瞄，欣賞起皇宮景致了。

雕梁畫棟，富麗堂皇，大氣磅礴又不失雅致古樸，蒼翠古松，亭臺樓閣，九曲迴廊，奇花異草更是數不勝數，有些難得一見的，錦雲手癢了，好想挖了回小院種上。

葉連暮勒住韁繩，抱著錦雲躍身下馬，一旁的公公過來牽馬，夏侯沂跟在後頭問：「葉兄，她真是右相的女兒？」

錦雲瞅著夏侯沂，眼簾輕眨。見葉連暮盯著自己，彷彿她在勾引夏侯沂一般，錦雲氣頭一上來。「你再盯著我看，我把你眼珠子挖出來！」

「……」夏侯沂無言。

葉連暮拽著錦雲就走，在一個分岔口，找了名公公給錦雲帶路，他則去了御書房，未料皇上已去貴妃那裡了，他二話不說又直奔貴妃住的宮殿了。他現在被錦雲弄得腦殼生疼，自己不看著點兒，她沒準兒真會說到做到。

領著錦雲的公公名喚小路子，兩人正朝蘇貴妃所在的長信宮走去，一路看著宮娥三五成群路過，偶爾有兩、三聲清脆的笑聲傳來。

錦雲四下打量，速度不減，突然腳一扭，差點朝前栽去，幸好穩住了身子，一旁的公公嚇住了，聽她說踩到石頭了，他張口就數落丫鬟打掃不盡心，等瞧清楚連累錦雲差點摔倒的罪魁禍首時，「呀」的一聲驚叫起來。「是十王爺的烏龜！」

那邊一個七、八歲大的男孩跑過來，穿戴精緻，胖嘟嘟的臉龐白裡透紅，後面跟著個小太監，一路四下瞄著追上來。「王爺，方才您就是在這兒翻了個跟斗，準是在這附近丟的。」

小路子瞧見男孩過來，忙蹲下來，要把錦雲踩翻倒的烏龜翻過來，他一彎腰，男孩正好望過來，瞧見自己的烏龜四仰八叉地倒在地上，忙跑了過來，清秀的眉頭帶著怒氣。

男孩身後的隨侍公公也奔了過來，把烏龜撿起來，然後訓斥道：「敢把十王爺的烏龜這樣放，你吃了熊心豹子膽不成！」

小路子嚇得身子一凜，忙跪了下去。「烏龜翻倒不關奴才的事，請王爺明鑑。」

那名隨侍公公把烏龜擦了擦，遞到男孩手裡，男孩摸著烏龜，眼睛看著錦雲。他來半天了，也沒見她請安，反倒揉著腳踝，小男孩眼睛一瞪。「妳是不是踩到了我的烏龜？」

錦雲揉著腳踝，看著小男孩，她記得皇宮裡只住著兩個男人，一個是皇上，另一個是皇上最小的幼弟——十皇子葉容頃，今年才七歲，因為年紀太小，所以沒有搬出宮。

錦雲掃視著他手裡的烏龜。「下回照看好牠，別再讓牠爬出來絆倒人了，知道不？」

兩個公公睜大了眼睛看著錦雲，十王爺的意思明顯是讓她給烏龜賠禮道歉啊，她怎麼反倒教訓起十王爺來了？

葉容頃的小俊臉更紅了，眸底有絲絲怒氣，一旁的公公忙道：「妳踩了我們王爺的烏龜，快給我們王爺賠禮道歉！」

錦雲聽得無語，憑什麼是她道歉，按理不是他為了烏龜的過失道歉嗎？自古皇宮出霸王，果然不假！

錦雲小心翼翼地站起來，腳踝已經不那麼疼了，小路子忙向十王爺道：「這位是祁國公府的大少奶奶。」

「她是右相的女兒，又是葉大少爺的家眷，王爺就不要追究了吧？」隨侍公公勸道。

不說右相的女兒還好，一說這話，十王爺眉頭更皺了。「妳就是蘇貴妃的妹妹？她才踢了我的烏龜沒兩天，妳就來踩我的烏龜，今天，妳必須給我道歉！」

小路子低聲道：「大少奶奶要不就說句軟話吧，上回蘇貴妃得罪了十王爺，皇上都讓她賠罪了。」

這是告訴錦雲，葉容頃在皇宮裡很得寵，若鬧大了，倒楣的是她，讓她忍忍也就過去了。

錦雲不想找麻煩，便行禮賠罪，結果他不接受。「哪有這麼輕易就饒過妳的，回頭每個人都來踩我的烏龜，豈不是要被活活踩死？」

錦雲磨牙，這小屁孩還真會為難人。「你想怎麼樣？」

葉容頃摸著烏龜道：「蘇貴妃隔三差五就跳舞給我王兄看，妳就跳舞給我看吧。」

錦雲額頭一突一突直跳，真想把這小屁孩抓起來吊樹上揍一頓才好，明知道她腿腳不便，還讓她跳舞，擺明是替他表哥刁難她，真是好表弟，好得她想咬牙了。

「我不會。」

「……妳怎麼能不會呢?!連暮表哥不是誇妳誇得像是天上有而地上無的，妳竟然不會跳舞？妳是不是看本王爺小，成心糊弄！」

天上有，地上無？錦雲撫額。「你不知道你的連暮表哥就喜歡我的無才無德嗎？不信，你可以去問他。」

聽錦雲這麼趾高氣揚地說自己無才無德，葉容頃都替她臉紅了，她簡直把連暮表哥說得有眼無珠一般，雖然他也是這麼覺得的。「本王爺不管，我聽連暮表哥說妳唱歌猶如天籟，今天妳必須唱給我聽，不然你們兩個就幫我將她扔湖裡去，什麼時候願意唱了，什麼時候出來。」

兩個公公覷著錦雲，四個人中，他們兩個奴才自是沒有說話的分，可是王爺畢竟是王爺，身分比她尊貴，她要是不照做，他們也只有聽吩咐的分。

小路子要哭了，這路可是他帶的，萬一鬧大了，他有失職之責，便求錦雲道：「大少奶奶就哼兩句吧？免得一會兒貴妃娘娘等著急了。」

錦雲頭疼了，今兒要是不唱怕是走不了，可是他不是喚葉連暮表哥嗎？好歹她也是表嫂啊，不顧及她的面子，好歹給葉連暮留點兒吧？

錦雲這一停頓，葉容頃就催促了，她深吸一口氣，唱就唱！沈思了兩秒，她清了清嗓子，便唱道——

「月光色，女子香；淚斷劍，情多長；有多痛，無字想，忘了你啊……孤單魂，隨風蕩，誰去笑，癡情郎；這紅塵的戰場，千軍萬馬有誰能稱王……」

歌聲裊裊動聽，錦雲唱完，盯著葉容頃，他也煞有介事地看著錦雲。

唱得不錯，不過誇獎的話他是不會說的，免得她得瑟。

「方才妳唱得亂七八糟，我都沒聽懂，換個我能聽得懂的。」

錦雲抬眸四十五度望天，努力深呼吸，告訴自己，對面的就是個小屁孩，還是王爺，不能發怒，不能一走了之，徒生是非。

葉容頃把玩著烏龜，頗為不耐煩地催促道：「快唱啊！」

錦雲忍不住磨牙了，低聲喃喃說：「小屁孩，別得寸進尺啊，這是最後一次了，不然我將你同你的烏龜一起扔湖裡餵魚去。」

另一廂，葉連暮怕錦雲真豁出去勾引皇帝，直奔長信宮，得知她還沒到，便要退出來時，卻讓葉容痕以為他有什麼急事找他，加上不想與蘇貴妃多待，二話不說就起身了。

兩人說著話就到了御花園，正好聽到錦雲唱〈月光〉，葉容痕聽得入神，便循著歌聲走了過來。

當他們遠遠瞧見錦雲的身影，就聽到歌聲如下——

「我們都是小青蛙呱呱呱呱呱，喜歡快樂的生活最愛說笑話；我們都是小青蛙呱呱呱呱呱，每天快樂地唱歌心中志氣大，不做懶惰之蛙，不做井底之蛙……」

錦雲越唱越投入，這是前世室友打掃環境時，最喜歡哼的曲子，久而久之，她就被帶溝裡去了，爬不起來了。

葉連暮聽她唱得投入，他滿臉黑線，多大的人了，竟然唱這樣的曲子……
他撇頭見到葉容痕眸底含笑，還帶著一絲玩味，不由得臉一沈，誰讓她在皇宮裡唱曲子的！
正當葉連暮邁步朝錦雲走過去時，另一邊大樹上跳下一名紅衣人，男子長得劍眉星眼，俊逸非凡，他邁步走到錦雲跟前，有種走馬輕風雪的美感，「吧嗒」一下把玉扇展開，點頭讚道：「唱得不錯。」
「七王兄，你什麼時候進宮的？你總算是回來了，二王兄他忙於政務，都沒空陪我玩，你再晚幾天回來，沒準兒我就被憋死了。」
錦雲見葉容頃走了，心下一喜，這小鬼頭很難纏，此時不走更待何時？她忙轉身要逃，只是一動，腳踝就一陣抽疼，才忍痛走了兩步，七王爺葉容軒便過來攔住錦雲了。「看見本王，不行禮就想走？」
葉容頃在錦雲跟前蹓躂，皇家氣派十足。「藐視皇族，按理要打妳十大板子，看在妳方才唱得不錯，小王聽得很高興的分上替妳求個情，妳再唱一遍算是賠罪了。」
錦雲無言了，小屁孩真夠無恥的，明明說好最後一次了，還敢提要求，且還這麼理直氣壯，她瞥了眼葉容軒，他一臉不贊同，一臉太便宜她的表情，怎麼樣也要唱到聽夠為止。
錦雲翻了個白眼，這要是一直想聽，一個理由接一個理由，她什麼時候才能見到蘇錦好？

錦雲沒理會那兩個人，邁步要走，葉容軒再次阻攔過來，她氣呼呼地正準備開罵，就見一臉青黑的葉連暮站在葉容軒身後，一把將他的手打了下來，然後拽著她往前走。

葉容軒眨巴眼睛，追上來攔住葉連暮，指著錦雲道：「她是我先看中的！」

錦雲撓著額頭，眼睛上看看天，下看看腳尖。

葉容頃站在葉容軒身後，扯著他的袖子。「七王兄，別惹連暮表哥了，不然一會兒挨打就丟臉了。」

葉容痕也走了過來，想不到在他的皇宮裡，還有爭奪美人的場景，他邁了兩步，那邊一位宮裝女子也笑著走過來。「方才的歌唱得不錯，怎麼不唱了？」

這女子正是當今的李皇后，她款步上前向葉容痕行禮。「臣妾給皇上請安。」

女子盈盈福身，腰上流蘇發出細微的碰撞之聲，清脆而優雅，錦雲撇頭望過去，這才瞧清女子容貌，明眸善睞，柳眉如煙，弗濃弗細，蘭薰桂馥，因著葉容痕去扶她，嬌嫩白皙的臉龐上染上一抹紅暈，真真是嫵媚纖弱。

葉容痕扶起皇后，便朝錦雲這邊走來，瞪了葉容軒。「回來了不去見朕，怎麼跑御花園來了？」

葉容軒行禮，嬉皮笑臉，抓耳撓腮。「王兄可是冤枉王弟了，王弟快馬加鞭回來，第一件事就去見王兄，是王兄自己不在御書房。咳！王弟怕去打擾王兄，就在御花園蹓躂了一圈。這秀女不錯，王兄看在王弟盡心盡力陪著皇祖母的分上，賞賜給我了吧？」

錦雲聽到秀女兩個字，眼睛眯起來，葉連暮回頭看著她，握著她的手加重力道，嘴角勾起一抹危險的笑。「看妳下回還敢不敢胡亂唱歌了，想踩他不？」

錦雲很想點頭，可是沒那個膽子。「還是你來吧。」

葉連暮氣煞了，這女人，估計就想踩他一個，回頭再收拾她。

李皇后看著錦雲，上下打量著。「怎麼之前沒見過妳？」

錦雲雖然出嫁了，卻尚未圓房，所以沒像一般出嫁婦女盤髮髻，這才有了誤會。李皇后看錦雲的模樣，難得葉容軒瞧中意了，倒是可以賜婚拉攏。

錦雲上前行禮。「錦雲今天是第一次進宮。」

一聽見她的名字，李皇后詫異地睜大了眼睛。

「娘子，下回要先給皇上行禮。」

錦雲聽話地向葉容痕行禮，葉容痕也驚訝住了，這就是右相的女兒，怎麼瞧著有兩分眼熟？

最訝異的莫過於葉容軒了，二話不說，轉身就跑，結果被某個小王爺抓了錦袍，葉容頃閃著雙狐狸眼睛。「七王兄，你上哪兒去？」

葉連暮鬆了抓著錦雲的手，身子一閃就到葉容軒跟前了，葉容軒忙道：「誤會，絕對是誤會，我瞧十王弟調戲她，以為是哪個秀女，想救她出苦海來著，我不知道是表嫂，我發誓。」

葉容頃氣急敗壞道：「誰調戲她了？七王兄，你太沒義氣了。連暮表哥，揍他！」

葉容頃站在葉連暮身後，搖旗吶喊，錦雲滿臉黑線，她要是被個七歲大的娃兒給調戲了，還不如買塊豆腐撞死算了，還有這娃兒忒有眼色了吧，識時務啊！錦雲真怕葉連暮打人，他們一群表兄弟打鬧沒事，可因為她打起來就有問題了，她可不想做什麼禍水紅顏。

「要不就算了吧？」錦雲說。

葉連暮反答。「那我之前的事也算了？」

「那不是一碼事好不好！」

「怎麼就不是了，不都是欺負？」他一臉她厚此薄彼、胳膊肘兒往外彎的表情。

錦雲一甩手裡的帕子，她與七王爺又不相識，替他求情做什麼？「我管你做什麼，我走了。」

錦雲一福身，轉身就要走，葉連暮忙拽住她的手，她「啊」的一聲傳來，錦雲恨不得活剮了葉連暮，好不容易才好些的腳踝，被他一弄，踩著裙襬又扭傷了！

葉連暮見錦雲腳疼，才想起來方才走的時候，她叫他走慢點。

「妳怎麼把腳給傷了？」

葉容頃眨巴兩眼，撒腿便跑，結果被七王爺拎了衣領子。「你心虛跑什麼？」

葉容頃在半空中張牙舞爪。「誰心虛了、誰心虛了！她腿扭傷了又不是我害的，我內急！」

葉容軒一臉我也內急的樣子，然後兩兄弟一溜煙跑了。皇上撫額，他這個王兄做得真是失敗，這幾個王弟不怕他，獨獨見了連暮，就跟老鼠見了貓似的。

李皇后卻是笑著，看來那些謠傳十有八九是真的，葉大公子是皇上祖母——太皇太后的心肝寶貝。

李皇后撇頭看著葉連暮，就聽見錦雲罵他。「還不是因為你，我都好了，結果你一拽我，我又把腳給扭傷了！」

「妳這女人怎麼蠻不講理，不就對不住妳一回，卻處處針對我，我怎麼知道妳跟柿子做的一般，碰一下就會受傷。」

「你才是柿子做的！」

「……現在怎麼辦，還能走嗎？」

「給我拿根枴杖來。」

「妳要枴杖做什麼，又想打我？」

「……」公公側目。

錦雲和葉連暮說得小聲，可葉容痕是習武之人，聽得是一清二楚，那個「又」字讓他蹙了眉頭，連暮被蘇二小姐打過？

李皇后看葉連暮對待錦雲的態度有些不明白了，不是說他是為了皇上才娶蘇二小姐，被右相整治得連多看蘇二小姐一眼都不願意，怎麼跟傳聞的不一樣，這哪裡是不願意？恨不得捧在手心裡了。她笑著上前，吩咐宮女道：「去找個輦來。」

錦雲搖頭拒絕道：「謝皇后娘娘的好意了，長信宮就在前面不遠，我……」

「都受傷了還去幹麼，有什麼話這麼著急要說？我先送妳回府。」

葉連暮朝皇后和葉容痕行禮，一把將錦雲抱起來，然後闊步便走。

錦雲掙扎。「我現在回去了，過兩日還得來呢。」

「那過兩日也不來就是了，別亂動，小心我把妳扔湖裡去！」

「誰讓你抱著我走的，這麼多人看著呢，很丟臉好不好，我自己會走！」

「抱一下怎麼了？妳本來就是我媳婦，我們倆兩情相悅、情投意合，如膠似漆一點很正常。」

「誰跟你如膠似漆，你擺明了就是狗皮膏藥！」

「……妳再說一句狗皮膏藥試試！」

「我不說難道你就不是了？」

「妳這個蠢女人，別忘了我是妳夫君！」

聲音越來越遠，葉容痕眉頭越來越皺，回頭問隨侍大太監常安。「朕是不是聽錯了、看錯了？」

常安搖頭。「奴才也覺得不對勁，昨兒安遠侯世子不還說蘇二小姐把逐雲軒攪和得雞飛狗跳，葉大公子苦惱不已，怎麼今兒就……」

難道是為了不讓皇上心裡愧疚，故意裝出來的恩愛？可是不像啊，別人聽不見，他和皇上是聽見那罵狗皮膏藥的話了，葉大公子不至於為了皇上這麼委屈自己吧？

常安看著皇上問：「皇上，還要賞賜兩個美人給葉大公子嗎？」

這事常安是不贊同的，這不是成心跟右相作對嗎？

葉容痕猶豫了下，擺手道：「過些時日再說。」

他轉身回御書房，李皇后福身相送。

走到半道上，葉容痕想到找葉連暮來是有要事商量的，昨天沒來，今天來了又跑了，覺得不對勁，尤其是錦雲，他確定自己之前沒有見過她，可她長得與蘇錦好並不相似。

葉容痕一路往御書房走，突然眉頭一抬，是她！

是蘇錦！

是那個女扮男裝想出解決災民問題、提出免賦稅，還用驚世駭俗之法替人接生的女子！

此時，錦雲被葉連暮抱著走得老遠，待到無人處，錦雲堅決要下來了。「夠了，這裡沒人了，不用裝恩愛情深了。」

葉連暮腳步停住，盯著懷裡瞪著自己的人。這女人嘴裡長了刺嗎？說出來的話能聽的壓根兒就找不到兩句。

「我不抱妳，妳是打算單腳蹦回去還是打算爬回去？」

錦雲氣得噎住。「給我一根枴杖。」

「沒有。有也不會給妳，堂堂國公府大少奶奶腿扭了，我這個夫君不送妳回去，讓妳一瘸一拐地回去，人家怎麼說我啊，為了為夫的名聲，只能委屈娘子妳了。」

見他一臉「抱妳是為了名聲而不是占妳便宜，別多想」的表情，錦雲氣得牙齒上下緊咬。算他狠成了吧！

錦雲坦然地被抱著，葉連暮瞧見她一臉憋屈、有氣撒不出來，只能扯著他衣袍上的圖案發火的樣子，心裡舒坦到不行。

錦雲瞅著葉連暮衣服上的圖案，想著這是用什麼針法繡出來的，半晌，抬眸就見到一張俊美無儔的臉，俊眉星目如點墨，雙目湛湛有神，稜角分明如刀刻，那若有還無的淺笑如春風，沐之清明，如置身於月色瑤華中……錦雲看著就挪不開眼睛了，心道：這張臉給他真是浪費了！

「為夫長得還能入眼？」

驀然，一道清冽如泉的聲音傳入耳，錦雲一怔，隨即臉頰染上嫣紅，故意梗著脖子，不屑道：「沒皇上好看。」

葉連暮嘴角的笑立馬僵硬，惡狠狠瞪著錦雲。「妳不氣我心裡就不舒服了是不是?!」

錦雲輕嘛了下嘴，小心翼翼地看著葉連暮，氣死人不償命地柔聲問道：「說實話也不行嗎？」

葉連暮氣得頭頂冒煙了，手一鬆，錦雲差點就掉了下來，幸好扒在他身上，不然真要摔落地了。

好不容易站穩腳，葉連暮甩袖就走了，錦雲吐了下舌頭。

看你還得瑟不得瑟了。

不過剛笑完她就難過了，腳踝腫了，四下又沒個丫鬟，連根棍子都找不到，她該怎麼回去啊？

錦雲認命地走起來，走了兩步就蹲坐在一旁的石頭上了，看著十幾步外的葉連暮，錦雲硬著頭皮。「相公，你的面子掉地上了，你不要我就踩了啊！」

葉連暮走在前面，幾次想回頭，可都忍住了，那女人不給點教訓不知道何謂夫綱。

他想著錦雲走不快，若是自己走太遠了，一會兒她要是求饒都聽不見了，未料，就聽見錦雲喊這話了，腳步一踉蹌險些栽到地上去。她這哪裡是求饒？分明就是把他的面子挖下來狠狠地砸地上去，幸好四下無人，再聽已經換了聲。「葉連暮，你的面子掉地上去了，你不要我就踩了啊！」

見他不理，錦雲繼續道：「葉大公子，你的面子掉地上去了，你不要我就真踩了啊！」

錦雲站起身來，走一步蹦一步，蹦了兩步，瞧見那邊有根棍子，毫不猶豫地就去撿了起來，然後拄著往前走，葉連暮就那麼看著她從他跟前路過，俊眉攏緊，鳳眸漆黑如夜，泛著星辰光澤，隨即閃過一抹笑意，跟在錦雲後頭，一聲不吭。

不疾不徐，葉連暮就在她身後三米處，走了半天距離也沒變，錦雲氣得牙關緊咬，要不是他忽然拽她一下，她不會兩次把腳給扭了，雪上加霜，偏偏身上又沒帶藥，又不能把鞋脫了自己揉，雖然天氣有些悶熱，可皇宮畢竟太大，總有宮女、太監照顧不到的地方，現在她是求救無門，早知道最後不去長信宮了，幹麼拂了皇后的好意？現在好了，苦她一個了，錦雲越想越窩火，罪魁禍首還幸災樂禍地走在後面，她不想離他太近，當即加快腳步，穿過小道，就看見一個俊美絕倫的男子走過來，錦雲毫不猶豫地招手。

葉連暮忍無可忍了，如鷹隼般的雙眸噴出怒火。「我真想宰了妳！」

說完，他將錦雲扛在肩上，大步流星地就走了，愣得那男子站在那裡，她張口就要叫救命，結果喊不出聲音來。

錦雲氣得直捶某男，葉連暮朝著她的屁股狠狠拍了兩下，她那張臉，一輩子也沒這麼紅過。

葉連暮真要被她逼瘋了，想將她吊樹上去掛三天才好，越想心裡越不順，朝著錦雲的屁股又狠狠地拍了兩下，錦雲臉紅得彷彿快滴出血來了，尤其這是大路，四下不少的宮女、太監都停下來指指點點，捂著嘴唇笑的都有。

錦雲不敢掙扎了，輕輕拍了拍葉連暮的後背，他沒理會，一路往前走，走了一刻鐘的樣子，她頭暈乎乎的，突然發現自己能說話了。

「放我下來，放我下來！」

「妳還想誰送妳回去？」葉連暮咬牙反問。

錦雲嘟著嘴。「你不送我，還不許我找別人送我不成？」

「我不是一直在妳後面跟著嗎？」

「你後腦勺上長眼睛，我可沒長。」

葉連暮氣得樂了，伶牙俐齒還跟他裝傻，那邊公公牽了馬來，葉連暮翻身上馬，然後盯著錦雲。「是跟我騎馬回去，還是妳自己回去？」

錦雲瞅著公公，那公公身子一凜，轉身跑了。葉連暮扛來的人，誰敢搭理啊！

「你明知道我回不去！」錦雲氣得磨牙。

葉連暮嘴角翹起，總算是知道服軟了。他把手伸出來，錦雲左右瞄瞄，就是看不見那隻手，他一把拎著她的胳膊提了起來。「自找苦吃，就沒見過妳這麼笨的女人。」

錦雲脖子一梗。「知道我笨，你還娶我！」

又提這事，葉連暮臉色也變了。「現在送妳回去，右相府的人會讓妳進門嗎？」

錦雲抿唇，讓她回去除非太陽打西邊出來，但是讓她就此屈服那也不可能，她被害得回不去還不是因為他！

兩人騎馬出宮，一路無話。

第九章　孤男寡女

他們才剛出宮門不久，天空烏雲密布，豆大的雨滴落而下，由於雨勢迅猛，兩人不得不找家客棧落腳。

葉連暮幫錦雲抹掉臉上的雨水，許是因為習武練劍的關係，指腹有繭，摸在她臉上時，錦雲感覺有些怪怪的，那輕柔的動作彷彿是在碰他最珍貴的東西一般，碰觸過的地方溫度格外高些。

看著葉連暮俊美絕倫的臉，錦雲的心漏跳了一拍，神情有些恍惚，不該是這樣啊，她說過不整死他不甘休的，他應該仇視她才對啊！

葉連暮抱著錦雲進同福客棧，店小二笑臉相迎。「不知兩位是要打尖還是住店？」

「開間上房，多送些吃的，另外再送碗薑湯。」

店小二忙上前帶路，葉連暮抱著錦雲進屋，將她擱在床上，等店小二出去關上門了，他就解腰帶脫衣服。

錦雲警惕地看著他。「你要幹麼？」

葉連暮兩、三下就把外袍脫了下來，瞥了錦雲一眼。「妳把外面那一件也脫了。」

錦雲連著搖頭，她身上沒沾兩滴雨，想起方才下雨那會兒，她基本是被他摟在懷裡的，頭上也用玉扇替她擋著，她心裡有些暖。

葉連暮卻坐到她身側，幫她脫鞋子。

錦雲一怔，忙把腳收回來，臉紅著，他不許她亂動，伸手幫她紅腫的腳踝揉起來，她掙扎了兩回，沒法掙脫後也就由著他了，想著這腳要不是因為他，也不會傷成這樣，便心安理得了。

揉了好一會兒，錦雲才低著聲音道：「可以了。」

外面店小二敲門，端來四菜一湯，還有兩碗米飯，兩人淨了手才入座，葉連暮把薑湯端給錦雲，她搖頭，那味道嗆鼻，她不喜歡，結果葉連暮扭著眉頭看著她。「喝完它。」

錦雲繼續搖頭。「我又沒有著涼，你忘記了，我自己就是大夫。」

葉連暮眸底有疑惑之色。「不是說妳在尚書府落水就病了半個月沒好嗎？」

錦雲語塞，即便偽裝得多好，可世上沒有不透風的牆，稍稍一打聽就知道有多少消息。她撓著額頭，吶吶道：「我那是不想去請安，裝病的。真的，我那是裝的，我原想裝一個月的，結果實在是躺不下去就爬起來了。」

葉連暮鳳眸微挑，他不信錦雲的話，她出嫁前院子裡才幾個丫鬟，再說陪著她女扮男裝出去玩的，必定都是心腹丫鬟，有必要在她們跟前也裝嗎？還有，右相府守衛森嚴，她是如何學得醫術的？右相有個如此玲瓏剔透的女兒，為何傳言那般不堪？這一切都透著怪異。

見他眸底露出探究之色，錦雲的心撲通跳著，她接過薑湯，咕嚕了兩口擱下，然後給自己挾菜吃。

葉連暮見錦雲喝了，雖然還剩下一半，也就不為難她了，於是將薑湯端起來，錦雲還以為他又要逼她，正要發飆時，結果看他自己喝了。

錦雲臉頰微紅，忙低頭吃飯。那是她喝剩的，幾時這麼親密到共喝一碗薑湯了……

葉連暮沒注意到她的異樣，拿出兩樣東西給她，一塊碎玉和一支白玉簫，錦雲疑惑地看著他，就聽他道：「妳那支簫我只找到這塊碎片了，這支是我賠給妳的。」

錦雲瞅著那碧玉碎片，她在這個世界的第一份禮物啊，結果就剩這麼點了，感覺好對不住二哥蘇猛的一番心意。

葉連暮給錦雲挾菜，瞥了眼碧玉碎片。「是妳二哥的吧？」

「你怎麼知道？」

「我曾不小心砸壞了他一支玉簫，把自己收藏的賠給他了。」碎片上有他親手雕刻的圖案，恰好留了一點，當時找到簫，他就想去找蘇猛，後來覺得沒那個必要了。

錦雲無言。她二哥什麼意思啊，把他賠的玉簫送給了她？

葉連暮挾菜吃飯，錦雲拿起白玉簫，玉質剔透，不比碧玉簫差，她把玉簫擱下，拿起筷子吃飯，這才發現碗堆得小山高了，對面的筷子直挾著菜遞過來。

錦雲忙阻攔道：「不用了，我都看不見飯了。」

葉連暮的筷子這才縮回去，然後他盯著錦雲，讓她摸不著頭腦，結果他的眼睛在菜上打轉，然後落在他碗上。

錦雲無語，說句話會死啊，害她猜半天才懂，原來是她沒給他挾菜！

錦雲真是服了他，看在他給自己挾了一大碗菜，她也不能吝嗇，果斷地每道菜挾了兩筷子，讓葉連暮高興地伸手捏著錦雲的臉。「以後就這麼對為夫，知道不？」

錦雲一把將他的手拍掉，一口一個為夫，叫得真順口。「別得寸進尺啊，我這是禮尚往來。」

禮尚往來？葉連暮皺眉頭，緊盯著錦雲。

「你盯著我，我怎麼吃啊？」

葉連暮目不斜視，等錦雲又給他挾菜後，他才挑眉笑，讓她想翻白眼。她怎麼覺得他怪怪的？

「我叫蘇錦雲，可不是蘇錦。」錦雲刻意又提及自己的身分。

葉連暮嘴角彎起抹笑來。「妳雖是右相的女兒，可妳也是安府的外孫女，安府能不眨眼就拿出五十萬石糧食，對皇上和朝廷的忠心不必懷疑，當初借糧時，我答應安老太爺和妳兩個舅舅，讓妳能有個兒子。」

錦雲無言，清亮若水的眸子裡盛滿了錯愕，嘴角一抽一抽的。「你不是開玩笑的吧？」

葉連暮臉一黑。「什麼開玩笑，安老太爺那麼疼妳，怕我冷落妳，我只有答應這個條件，他才與我談糧食生意，不信，妳可以去問他們。」

錦雲有種被雷劈的感覺，外祖父也太疼她了吧，連這都考慮到了。「你能當沒這回事嗎？」

葉連暮真慶幸自己答應了，這會兒完全是理直氣壯了。「君子一諾，豈是兒戲？」

錦雲咬著筷子，真想說「你生個給我不就好了」，可是她說不出來，別說葉連暮會瞪她了，就是外祖父知道了，不訓斥她才怪。錦雲覺得自己這輩子算是跟他綁上了，只好低頭吃飯。

錦雲吃得食不知味，他替皇上娶了她，又因為糧食答應和她生個兒子，問題是他倆要生兒子啊，若生女兒可不算數的，這人也真夠悲摧的。

錦雲好奇地看著他。「你為什麼要替皇上娶我，你是皇上的表兄，沒必要犧牲你吧？」

葉連暮也不知道如何回答了，當日是賭輸了才去御書房求賜婚的，當時覺得倒楣透頂了，但是此時此刻，他覺得最幸運的莫過於他了。

「自然是因為妳傳聞不堪，擔當不起母儀天下的責任，為夫既是祁國公府嫡孫，又是皇上表兄，換了旁人，誰能擋得了岳父大人的打擊？娘子，為夫娶妳差點就把命搭進去了，妳……」

「你那是活該！」錦雲齜牙咧嘴說。「我爹以殺伐決斷聞名，你私底下勾搭他女兒，他沒把你拖出去五馬分屍，我覺得我爹是好人，你覺得呢？」

他覺得？以前他覺得右相夠狠，現在跟他娘子一比，右相壓根兒就不夠瞧了。

錦雲見葉連暮一臉無可奈何的表情，嘴角緩緩勾起，食慾大開。

窗外的雨下得格外大，一點要停的意思也沒有，吃過飯後，錦雲就站在窗邊聽雨聲了，樓下有說話聲傳來。

「聽說了沒有，孫太僕寺卿府上大少爺的判決已經下來了，流放千里，三年之內不許回京呢。」

「真的假的，不過就是打死幾個沒權沒勢的百姓，真的判流放了？」

「我還騙你不成？方才官兵張貼告示，因為下雨，就匆忙趕回去了，不小心掉了張，官府印鑑在上面呢，錯不了。」

「那孫少爺仗著權大勢大，欺壓鄉里，魚肉百姓，總算是遭報應了，這回是誰懲治了他？」

「這我哪能知道的，不過抓他入獄的是李涉小將軍，這李小將軍可是個剛正不阿的人，一表人才，風流倜儻……」

漸漸的，底下人一邊倒，全是誇讚李小將軍的，順帶還有對比人物出現，錦雲啞然失笑，回頭看著葉連暮。「他作惡多端，怎麼沒殺了他？還有孫太僕什麼卿，他不是官拜侍郎嗎，被貶斥了？」

「出事第二天，岳父大人就在朝堂上奏請皇上貶斥了他。」

錦雲微張了嘴巴，一雙明亮如星辰般的美目含笑。「我爹還算不錯了，也沒有徇私廢公，為何你們都覺得他不好？」

葉連暮聽錦雲這麼問，真是哭笑不得，他該順著她的話說岳父大人好，還是說自己心裡的想法？

他瞅了錦雲兩眼，想著她在安府的所作所為，心裡就有了三分思量。「皇上登基四年了，該有自己的勢力，只是每回貶斥了人，岳父大人都會讓自己的人頂替上，以至於皇上沒有心腹重臣，行事決策時總是被岳父大人左右。」

她爹真是……一代權臣的代表啊！

「比如？」

葉連暮瞅著錦雲，覺得她不像個不問世事的人啊，怎麼會不知道右相那些事蹟？

「就拿為夫來說，皇上一早就想給為夫個將軍職位，岳父大人就一直壓著。」

錦雲上下瞄著葉連暮。「雖說內舉不失親，可是你一沒建樹，二沒功績，傳聞不學無術，封你將軍職位，的確難以服眾。」

不愧是右相的女兒，連說的話都一模一樣，皇上手裡沒兵權，又沒有可以信服的人，他不得上去湊個數嗎？

「看來娘子對朝政頗有研究，妳覺得以皇上現在的處境，該如何奪取兵權？」

錦雲瞅著葉連暮。「你不是開玩笑吧，皇上視我爹為仇敵，你卻問我他該怎麼奪取兵權，你這不是讓我挖我爹的牆腳嗎？」

葉連暮汗顏了，為什麼他總忘記她是右相的女兒。「然後呢？」

錦雲翻了個白眼。「你那皇帝表弟想太多了，現在他要想的是怎樣做好一個皇帝，他手底下壓根兒就沒幾個可用的人，現在就想要兵權，即便是給你了，你能握得住嗎？別從我爹手裡搶來了，回頭被別人給搶去了，要拿就得十拿九穩。」

「妳不反對皇上奪妳爹的兵權？」葉連暮詫異。

錦雲嗤笑一聲。「我爹是右相，是文官，兵權怎麼在我爹手裡？明明就在那些將軍們的手裡，只是我爹有能力拉攏他們罷了，那些本該效力皇上聽他吩咐的人，為什麼聽我爹的？說明皇上個人魅力不夠唄！等皇上強大了，那些將軍自然會靠著他的，這就要看誰更強大了，不是我反對不反對就能改變什麼的，不過你們只想奪我爹的兵權會不會有失公允啊？不能只把眼睛盯著我爹啊，誰有兵權，都一人拿一半唄！」

錦雲說得有些孩子氣了，不過葉連暮卻是聽出來些什麼，現在朝堂上兵權三分，右相手裡一分，李大將軍手裡一分，剩下的一部分在沐太后手裡。

葉連暮說這些給錦雲聽，她聽得挑眉。「太后手裡也有兵權？」

「太后的兄長就是威遠大將軍。」

「難怪，若不是太后並非皇上的親娘，不然皇上早當政了，你那皇上表弟根本就活在夾縫裡嘛！」

葉連暮哭笑不得。「別把皇帝說得那麼可憐。」

「難道不是嗎？現在的處境對皇上是最有利的，我爹和太后制衡著，李大將軍又保持中立，沒人會去搶，也搶不到他的位置，在這樣的好機會下，他要培養自己的勢力去搶他們的勢力，保持平衡地去搶，削弱敵人，自己強大。如果把眼睛盯著我爹一個，我要是我爹，我肯定也不高興了，還有是誰出的餿主意，讓皇上娶李大將軍的女兒做皇后的？我大姊性子傲，肯定會跟她對上，這不是成心讓我爹對抗李大將軍嗎？兩敗俱傷下，誰會是坐收漁翁之利的那個人？」

肯定是太后！

「現在呢，該怎麼辦？」

錦雲格格地笑著，帶著三分幸災樂禍。「還能怎麼辦？讓皇上繼續娶唄。」

錦雲一提點，葉連暮就懂了，只有後宮裡多了太后的人，貴妃才不會和皇后互鬥，不致演變成「鷸蚌相爭，漁人獲利」的局面，反而形成三方勢力互相傾軋，後宮在爭，朝堂也在爭，保持局面不變。

葉連暮盯著錦雲，她真不像一般的女子，三言兩語就將朝堂之事分析得如此透澈，她若是登上后位，情況會如何？

葉連暮好奇地問道：「皇上若是真娶了妳，情況該如何？」

「你這假設會不會太假了，皇上壓根兒就沒想過娶我好不好，不然會跟你狼狽為奸？」

當初他們是對她的那些傳言深信不疑，再者，皇上也不想右相把持了朝政，還牽制後宮，才有了他們這一齣。

葉連暮握著錦雲的手，問出心裡最讓他忐忑的問題。「妳真想過進宮做皇后？」

「沒想過。」她壓根兒就沒想過嫁人這回事好不好，她才多大啊？十五歲都不到，前世活到二十四歲都沒談過戀愛呢，著什麼急啊！「這事哪是我想就成的，最後還不是落在你挖的坑裡。」

最後一句葉連暮聽得眉頭舒展，微露喜色，就聽她輕聲嘟囔。「還得再費力爬出去。」

葉連暮重重一握錦雲的手，心想自己不會給她爬出去的機會。「既然沒想過做皇后，就別再說進宮勾引皇上的話了，妳勾引為夫吧！為夫心性不定，很容易上鉤的。」

這人腦子沒毛病吧？錦雲煞有介事地看著他，伸出手指輕輕勾了勾。

葉連暮滿臉黑線，哭笑不得，伸手抓住她的手指。「已經在鉤上面了。」

錦雲覺得腦袋上空有烏鴉成群結隊地飛過去，還得瑟地嘎嘎嘎叫著，她紅著臉收回手，轉移話題道：「雨不停，我們怎麼回去啊？」

葉連暮很喜歡這場雨，不然回國公府，她不一定讓他去小院。

他往床上一躺。「今晚就住這兒了。」

「不行，我才抄家規說不晚歸了，下回還不定罰我抄幾十遍了，我不想手廢了。」

「妳怎麼不告訴祖母，妳在大昭寺救了人所以才晚歸的，為夫可以替妳作證。」

「她們會信我才怪呢，我是穿著男裝出去的，不還是犯了家規，你真會幫我？」

葉連暮想了想，的確不大相信。「這回不一樣，是為夫帶妳進宮的，妳跟我在一起，她們不會找妳麻煩的。」

錦雲把窗戶關上，回頭瞅著葉連暮，俊美無儔的臉龐，雙眸緊閉，肌膚上隱隱有光澤流動，姿態慵懶愜意。

錦雲眼睛在屋子裡掃了一圈，除了張桌子，就這一張床能睡人，現在被他占了，她要怎麼睡？

她要不要去找掌櫃的在隔壁再開間房，可惜身上沒錢……錦雲把眼睛盯上葉連暮，要不，先借點？

錦雲邁著小碎步走到床榻邊，猶豫著要不要推醒他，結果葉連暮往床內躺，拍拍外面的床榻，示意她躺下睡覺，動作行雲流水，眼睛卻沒睜開一下。

錦雲才不會躺下，孤男寡女共處一室本來就危險了，再同睡一張床，那怎麼行？她寧願忍著。

錦雲轉身要走，結果胳膊被拽住，下一秒就天旋地轉地撲倒在溫暖而健碩的胸膛上，抬眸就見到一雙山水似可倒流的璀璨鳳眸，裡面滿是笑意。「別想找掌櫃的換房睡，要是還有空房間，就不會有那麼多人坐樓下了。」

錦雲滿臉窘紅，掙扎著起來，嗔怒道：「你裝睡！」

葉連暮摟緊她，緊緊地桎梏住她。「我只是閉上了眼睛而已，妳不睡下，我不敢睡。」

她不睡關他什麼事？謬論！

可是男女力量本來就懸殊，葉連暮又是習武之人，錦雲壓根兒連動彈的氣力都沒有，掙扎了一會兒，就放棄了。「你鬆開我，這樣趴著，我怎麼睡？」

葉連暮不想鬆手的，可是錦雲瞪著一雙清洌眸子看著他，他便把手鬆了，她麻利地躺下，然後把小薄被裹在身上，背對著他，把眼睛閉上。

對於錦雲的防備，葉連暮一臉鬱悶，他是自作自受，要是洞房花燭夜自己卸下她的鳳冠，不就知道她是自己滿京都找的人？成親幾天都冷著她，活該現在被冷著了。

他長臂一攬，連著被子將她整個人抱在懷裡，鼻尖傳來一抹若有還無的女兒香，讓他有些心猿意馬起來。

錦雲臉紅通通的，動了兩下，就聽身後人沙啞著嗓子道：「別亂動。」

她嘟著嘴生悶氣。「你這樣，我動不了，會難受。」他就不能正常點睡覺嗎？這擺明是占她便宜！

「妳把被子全裹住了，我不抱著妳，我冷。」

錦雲輕咬唇瓣。「那我把被子給你，你鬆開我。」

葉連暮睜開眼睛，看著她雪白的玉頸，下意識把懷裡人摟緊了，閉眼道：「換來換去的麻煩，就這樣睡吧。」

睡了一會兒，錦雲是被餓醒的，醒來時見到一張美到極致的俊臉在眼前無限放大，她先是瞧愣住了，等葉連暮眉頭微蹙，才立馬回過神來，忙要起身，只是被他緊緊地抱著，她壓根兒就動彈不了，倒是葉連暮睜開眼睛，沒有錯過她臉上的紅暈和眸底的慌亂，他早醒了，只是不想起來。

錦雲羞紅著臉。「快鬆開我！」

葉連暮很聽話地鬆開她。「幸好我睡在裡邊，不然妳還不得把人家客棧的牆壁給鑽個大洞出來。」

言外之意，不是他要抱著她的，是她自己往他懷裡鑽，而且極有可能沒他擋著、抱著，她會鑽牆裡面去。

錦雲聽得又是惱又是羞，臉紅一片，突然一陣內急，她蹙了眉頭，古代的客棧就是麻煩。她起身整理了下裙襬便要出門。

葉連暮看著錦雲。「妳要去哪兒？」

「出去走走，一會兒就回來。」

「我陪妳去。」

「別，」錦雲微紅了臉拒絕道：「我自己去。」

錦雲逃也似地出了客棧，生怕葉連暮追出來，她上茅廁，他守在外面算什麼回事嘛！

只不過錦雲作夢也沒想到，她本是出來小解，沒想到也會給人做替死鬼，被當做刺客給抓了，而且不是抓到大牢，是風月閣，任她一個勁兒地說自己是右相嫡女，官兵除了譏笑就是沒一個放在心上。

錦雲真是欲哭無淚，她真的是右相嫡女，祁國公府大少奶奶好不好！

房門被打開，一雙手猛地把錦雲往裡一推，她險些跌倒在地，穩住身子後，她就看見屋子裡坐著三個男子，其中一個還面熟。

桓禮一見到錦雲，眸底就怒火沖天，二話不說就走了過來，伸手抓著錦雲的下顎。「就是妳吃了熊心豹子膽要刺殺我哥？」

錦雲努力掙扎，氣得咬牙。「麻煩你看清楚點好不好，我不是刺客！」

「妳說自己不是刺客就不是？」

錦雲噎住。「那你還想怎麼樣？我再說一遍，我真不是刺客，我只是在同福客棧住了半天而已，你們趕緊放了我，我還要回客棧！」

官兵上前對桓禮道：「二少爺，待小的將她帶回牢裡，刑具一上，諒她不敢不招。」

桓禮頓了一秒，見錦雲昂著脖子一臉不屈服還帶著怒火瞪著他，立刻火氣一上來，這女人刺殺他哥還死不認罪，就得嚴刑逼問。他正要擺手讓官兵帶錦雲走，一旁的大少爺桓宣卻是撇頭看著錦雲，忽地想起為何覺得錦雲眼熟了。

「妳與祁國公府大少爺有什麼恩怨？」

錦雲抿唇不說話。私人恩怨，不能鬧得人盡皆知。

一旁的官兵哼笑道：「這不知死活的說她是右相的女兒，祁國公府大少奶奶。」

原先坐在一旁沈默不語的溫王世子被一口茶嗆著，連著咳嗽起來。這女人還真有膽子冒充。「你們真是在同福客棧抓她的？」

官兵連著點頭，這還能有假？

桓禮打著扇子看著錦雲，蘇二小姐傳言膽小不堪，她膽子可是不小，被抓到這裡來了，臉上也沒懼色。

錦雲被他們幾個的反應弄得哭笑不得，她怎麼就不能是右相的女兒了，怎麼就不能是葉連暮新娶的媳婦了？「就當我不是行了吧，上回你還在大昭寺救了我一命，我連馬都躲不過去，有那個本事刺殺你嗎？」

桓宣笑笑不語，桓禮看著大哥，還不知道兄長竟然救過她，怎麼他不知道有這回事？當即瞪著那些官兵。「你們怎麼抓人的，抓錯了人都不知道！」

官兵低頭，她明明就是那個刺客，怎麼就成熟識的人了？

「那我們送她回客棧。」

錦雲氣得渾身直哆嗦。「莫名其妙地抓了我，害我淋了一身的雨，送我回去就算了？」

官兵知道自己抓錯了人，沒在左相府兩位少爺和溫王世子跟前立功，心裡已經很抑鬱了，再聽錦雲說這話，更氣悶了，要不是她引開他們的視線，準逮住刺客了。

「就算妳不是刺客，妳也是刺客的同黨，否則怎麼會那麼巧！」

這是一定要往她腦門安上罪名了？

錦雲牙齒磨得咯咯響，一旁的溫王世子笑道：「要不送個信給連暮兄，讓他來領她回去？」

此時，門被叩響，一個婀娜多姿的姑娘走進來，是風月閣的花魁柳飄香，她方才還替桓宣擋了一劍，劃傷了胳膊。

聽到溫王世子這麼說，柳飄香嘴角溢出一絲笑意。「堂堂國公府大少奶奶怎麼會在客棧？」

錦雲有種跳進黃河也洗不清的感覺，客棧怎麼了？客棧規定了不許她住嗎？偏這些理由他們都認為是理所當然，誰讓這個朝代的大家閨秀不輕易出門，更別提那三教九流會進去的客棧了。

跟著柳飄香身側的丫鬟湊到她耳邊嘀咕了兩句，柳飄香輕點了下頭，丫鬟便退了出去。

錦雲雙手依然被綁著，自己掙脫不開來，偏不死心地扭著，桓宣搖頭輕笑了聲，起身幫她解開繩子。「下回換個人冒充比較好，妳與她性格差太多了。」

錦雲無言，她這是栽她自己手裡了嗎？

桓宣幫錦雲解開繩子，一旁的柳飄香眉頭蹙緊，清亮的眸底閃過一抹不悅，上前道：「這等小事還是飄香來吧。」

門外，丫鬟領了個滿臉堆笑、喜不自勝的男子邁步進來，丫鬟指著錦雲道：「蘇二少爺，你瞧瞧這位姑娘可是前幾日才嫁進祁國公府的蘇二小姐？」

蘇二少爺？錦雲聽得一愣，撇頭望過去，就見到一個長得還算過得去的男子，他也正抬眸望過來，故作瀟灑地搧著玉扇，上下打量，不過看得不是錦雲，而是柳飄香。

柳飄香壓根兒就沒給錦雲解開繩子，不過就是做個樣子罷了，見蘇二少爺走過來，目光一直盯在她身上，眼底閃過一抹不悅，往後退一步，行禮道：「蘇少爺是蘇二小姐的堂兄，應該認得她，這位姑娘是嗎？」

蘇嶸本想說不認識錦雲的，可是轉念一想，堂兄連堂妹都不認識，說出去不是讓人笑話了，何況還是在飄香姑娘跟前丟臉，萬不可能。「她怎麼會是我堂妹，老實交代，誰指使妳冒充我堂妹壞她名聲的？」

錦雲無語，官兵挺直了腰板。「妳就是刺客的同黨，不然怎麼會無緣無故冒充祁國公府大少奶奶壞人聲名！」

「人證物證俱在了，妳還有何話可說？」桓禮哼了鼻子道。

這人真是欠揍，說了又不信，還問她做什麼？錦雲盯著地板不說話。

桓禮氣衝腦門，她那什麼眼神？感覺看他就像看白癡似地。他托住錦雲的下顎，讓錦雲抬眸看著自己。「本少爺問妳話呢！」

錦雲撇過頭，不讓自己的下巴受痛。「他算什麼人證，你就篤定他一定認識蘇二小姐本人？」

桓禮撇頭看著蘇嶸，蘇嶸臉色那叫一個難看。「冒充被抓，竟還在這裡叫囂，還不趕緊拖出去！」

官兵立馬上來拉錦雲走，還連著保證一定會從錦雲嘴裡問出同黨和背後的指使者。錦雲這回是真急了，氣得頭頂冒煙。

桓宣蹙了下眉頭。「先放開她，問清楚了再抓也不遲。」他轉頭問錦雲。「府上在哪兒？」

錦雲抬眸四十五度望著天花板。「我真的是右相的女兒，不信，你送我去相府，總有人認識我。」

柳飄香拿帕子輕抹鼻子。「蘇二小姐已經出嫁有幾日了，怎麼還會梳著女兒家的髮髻？妳冒充蘇二小姐罪名可是不小，還是從實交代了吧，妳為何要刺殺桓大少爺？」

錦雲嬌美的臉龐染上一抹不悅。「我像是吃飽了撐著，放著自己不做、去冒充別人的人嗎？我與他無冤無仇，我為什麼要刺殺他？」

錦雲毫不留情面的話讓柳飄香面子掛不住了，在風月閣上到老鴇嬤嬤，下到天潢貴胄，還沒哪個這般不給面子的。她不由得扭緊手裡的繡帕，怯怯地往桓宣背後躲，活像錦雲會衝過去把她怎麼樣一般。

蘇嶸臉色一變，瞪了官兵道：「還傻愣在這裡做什麼？不論是冒充還是刺殺，給我審問清楚了，拖出去！」

錦雲頂撞柳飄香，那幾個官兵臉色早難看了，哪須蘇嶸吩咐，一把抓過繩子，就將錦雲往外面拖，沒想到她嘴裡還罵著，死不悔改，回頭看她骨頭有多硬！

此時，滿臉青黑怒氣的葉連暮邁步從門口跨進來，妖冶的鳳眸看著錦雲，眸底火氣噔噔地跳著。「妳不是說出去走走嗎，怎麼會被人給抓來這裡了？」

葉連暮真是拿錦雲一點轍也沒有，出去散散步，半天沒回來，他要不是等不及下樓找她，碰到了店小二，還不知道她被當成刺客給抓了。

錦雲本來就受委屈了，他還數落她，忍不住瞪了葉連暮，氣道：「我怎麼知道，我說了我是祁國公府大少奶奶，他們非但不信，還說我是冒充的，我能有什麼辦法，快給我解開繩子。」

葉連暮看著錦雲雙手被綁著，兩、三下就把繩子給解開了，看著那被綁住的地方有瘀青了，心裡閃過疼惜，於是用冰寒冷冽的眼睛盯著官兵，那官兵早嚇得六神無主了，跪下來就求饒。

葉連暮拎起他的衣領子，直接就扔窗戶外面去了，另外兩個一人賞了一腳，直接踹到風月閣一樓表演臺上，樓下頓時慌成了一團，老鴇哭喊著求饒。

「葉大哥，她怎麼會是大嫂呢？」桓禮眼珠子差點瞪出來了。

就是桓宣都怔住了，一時反應不過來，在大昭寺他知道錦雲與葉連暮有恩怨，方才官兵說她自稱是葉連暮嫡妻，他怎麼也是不信的。連暮兄就算再不喜歡蘇二小姐，也不至於不認識她，還縱容她穿著男裝出府，將他踩得一身腳印吧？

蘇嶸也張大了嘴巴，看到溫王世子投過來詢問的眼神，一臉尷尬。「我可能喝多了，我們有半年沒見過……女大十八變……」

溫王世子滿頭黑線，蘇嶸竟然也不認得蘇二小姐？

錦雲撇頭望過來，眸底的怒氣不掩。「二堂兄這回可得記清楚了堂妹的容貌，你隨便一句不認識，堂妹的小命可能就葬送了。」

蘇嶸的臉青紅紫輪流變換，真想找個地洞鑽進去，溫王世子嘴角掠過一絲笑意，出來打圓場。「官兵誤將她當成了刺客抓來這兒，剛好我們幾個也不認識她，這才有了這齣鬧劇。她怎麼會在客棧？」

溫王世子解釋了一番，葉連暮的火氣小了不少。「出宮碰上下雨，我就帶她在客棧歇了一會兒。」

錦雲暗翻白眼，今兒一天就沒順過，扭了兩回腳，還被當成刺客抓了，她突然鼻子一癢，一個噴嚏打了出來。

葉連暮伸手摸她的手。「怎麼這麼涼？」

「被綁著冒雨走了一路能不涼嗎？鞋都濕透了。」

「我說陪妳，妳不讓，後悔了吧。」

錦雲掃了他一眼，然後撇頭看了眼桓宣，瞪向桓禮。她說不是刺客，他還要她找證據證明不是？現在證據擺著了，看他還有何話說！

桓禮被錦雲瞪得滿臉通紅，吶吶聲說：「明明蘇二小姐就是……」

「傳言不可盡信，你不知道嗎？」錦雲鄙夷道。

桓禮啞口無言，尷尬得臉紅，幾個人趕忙向錦雲賠罪，個個表情怪異。

柳飄香關心地看著錦雲。「大少奶奶怕是感染了風寒，飄香讓丫鬟去請個大夫來給她瞧瞧？」

「不用。」錦雲還沒說話，葉連暮已經替她答話了，然後拉著錦雲就走。

錦雲一步一個濕腳印。「喂，好不容易來一趟呢，能不能……」

「別想些亂七八糟的，這地方不是妳能來的。」

「不能來，我不還是來了？你再來晚一點，回頭就得去牢裡接我了，我還記得你說要帶我來這裡呢，有沒有哪個姑娘是你相好的？」

葉連暮氣得臉都青了，回頭惡狠狠地瞪著錦雲，錦雲聳著肩膀，一臉對風月閣好奇打量的神情，樓下的看客對她是指指點點，她的臉耷拉了。

「這回不是我的錯，回去你要幫我頂著。」

回到客棧後，葉連暮抱著錦雲就上了樓，一邊吩咐店小二準備熱水，錦雲脫了鞋襪坐在床上，摸著身上潮濕的衣服，一會兒泡過澡後穿這衣服不得難受死？

葉連暮也發現了，起身道：「我去給妳買。」

錦雲泡了個舒服的熱水澡，舒服地直哼哼，可是等了半天葉連暮也沒回來，而澡桶裡的水就要冷了，她又不能喊店小二進來。

錦雲等了好一會兒，實在等不下去了，站起來去拿衣服，先穿上褻衣進被窩暖暖再說，結果她一站起來，窗戶被推開，葉連暮跳了進來，兩人再次撞上，四目相對。

錦雲「啊」的一聲驚叫，葉連暮先是一怔，隨即臉大紅，忙轉過身子。

她滿臉通紅地待在水裡。「誰讓你爬窗戶的，門不讓你走嗎？」

葉連暮不是騎馬回來的，是直接用輕功從人家屋頂上趕回來的，就怕錦雲等不及了，忘記這浴桶就在窗戶旁，忙關了窗戶，再背著身子把包袱遞給錦雲，聲音裡都帶著窘迫。「妳的衣服。」

葉連暮這會兒是真窘迫了，耳根子都紅得像滴血似的，沒好意思跟昨天一樣故意氣錦雲繞著浴桶走，好不容易才緩了那麼一丁點的關係，別又讓他弄沒了。

錦雲一把抓過包袱，葉連暮轉身走到屏風外面去。錦雲氣煞了，這第二回了！

錦雲把身子擦乾淨，打開包袱，瞅著那衣服，怔了下，這不就是她的衣服嗎？壓下疑慮，她把衣服換好，出來問他。「你回國公府了？」

「一時間買不到合適妳穿的衣服，就回去取了。」

錦雲輕嘟了下紅唇，直接送她回去不就好了，來來回回的跑也不嫌麻煩，方才差點被看光，他根本就是故意的！

錦雲坐到床邊，突然感到肚子一陣飢餓，便喊店小二把洗澡水抬出去，然後送晚飯來。因為方才的意外，錦雲沒說話，葉連暮也沒說話，給她挾菜也沒要她一定得挾給他。

錦雲低頭吃菜，突然想到他衣服剛淋到雨也沒換，可是抬眸見他衣服除了有些縐褶外，根本一點濕的痕跡也沒有。「你衣服怎麼沒濕？」

錦雲這麼問，葉連暮的嘴角彎起一抹笑來，她還是關心他的。「用內力烘乾了。」

錦雲發現自己有些白癡，忘記這個世界還有內力這回事，她咬著筷子。「你說過教我武功的，還算話嗎？」

葉連暮眉頭一皺。「以前說的渾話，我全部收回來。」

這算是變相的賠罪？

「可我想學。」

葉連暮眉頭扭成一團，她已經會的夠多了，現在又要學武？他是堅決不會教的，可又怕當面拒絕，她會頂撞他。畢竟之前說要教她武功，還扔了她一回，是他理虧。

葉連暮放下筷子，眸底閃過一抹笑意，幾不可察。「妳真吃得了那個苦？每日天未亮就得起來紮馬步一個多時辰，三年如一日。」

見她眸底有了退意，葉連暮伸手招呼道：「過來讓為夫摸摸，看看妳的筋骨適不適合習武，要是適合的話，明兒一早為夫就親自教妳。」

摸骨這事錦雲知道點，一聽要讓他摸骨，她臉紅了。「我不學了。」

「真不學了？」

錦雲又動搖了，腦袋裡閃過N部武俠劇裡廢材練成絕世神功的傳奇經歷，不由得盯著葉連暮。「要不，你把內力分我一半，一半的一半也成啊？」

葉連暮哭笑不得，誰告訴她這些亂七八糟的事？

「娘子要打誰，為夫代勞便是。」

錦雲嘟著嘴，拿起筷子挾菜，那嘟囔聲小得像蚊子哼一般，她自己聽不見，葉連暮聽得是一清二楚。「你幫我，我要打你，你倒是出手幫啊！」

葉連暮那叫一個憋屈，明明聽見了還得裝傻。他就知道，她學武沒好事，最後還是用在他身上，她到底有沒有一點是他娘子的覺悟啊？

葉連暮給她挾了塊豆腐，錦雲吃著飯，想到什麼，抬眸看著他，笑得怪異。「風月閣氣氛不錯，去那兒就能找到你，去那兒的人十之八九都喜歡飄香姑娘，你也喜歡她？」

葉連暮險些咬到舌頭，有種被錦雲逼問的感覺，還有她那鄙夷的眼神，葉連暮微沈了眉頭，他實在不知道怎麼回答。風月閣他的確去過不少回，可他只是喝喝酒、聽聽曲子而已，又沒做過什麼見不得人的事。

錦雲見他不說話，臉色更是臭了，竟然還真喜歡柳飄香？

葉連暮被她看得背脊發涼。「我沒喜歡她！」

屋子裡靜謐異常，葉連暮突然來這麼一句，嚇了錦雲一跳，她回過神來，拿筷子戳碗裡的飯菜，心裡納悶著，他喜歡誰關她什麼事，自己幹麼不高興？肯定是因為自己不喜歡柳飄香的緣故……

錦雲抬了眉頭。「愛美之心，人皆有之，她長得漂亮，性情又溫柔，你喜歡她也沒錯。」

「娘子這麼中意她，是不是打算替為夫納她做妾？」葉連暮幽深如潭的眸底閃出危險的光來。

錦雲嗤笑。「我是想，可是我沒那個本事，我怕被國公府一群夫人罵死，不過，若是相公堅持，我倒是可以賢慧地幫你說兩句好話，再多的，你也別奢望了。」

「為夫以後都不去風月閣了。」葉連暮眸底的危險之色散去三分，她要是真替他納妾，他真的會忍不住想掐死她。

葉連暮盯著錦雲的眼睛一字一句說，可錦雲嚼著飯菜，一臉「你愛去就去」的表情，葉連暮氣不打一處來。「妳這女人就不能有點表示？」

錦雲茫然看著他。「什麼表示？」

「我都說了我以後不去風月閣了！」

「我也表示了啊，你愛去不去！」

「妳！」

「妳什麼妳，有句話你沒聽說過嗎？男人的話能信，母豬都能上樹。」

「……妳！」葉連暮要瘋了，他怎麼就娶了她？右相是怎麼教女兒的，他看著錦雲，想鑽進她腦袋裡看看她究竟是怎樣想的。

門，被人叩響。

店小二推門進來，肩膀上還搭著塊巾子，微欠著身子上前，行禮道：「今兒下雨，兩位客官急著上樓，也沒交定錢，掌櫃的讓小的來取下，你們看？」

錦雲撇頭看著葉連暮，他伸手去腰間取荷包，可是什麼也沒有，然後又往懷裡掏，拿出來一個荷包，錦雲看得眼睛都瞇了起來。「你偷我荷包！」

葉連暮瞪著錦雲。「誰偷妳荷包了？是妳自己落在地上，我想扔給妳，可妳扭頭瞪我就走了，我自然就沒收了。」

錦雲嘟著嘴，瞪他是她理虧。「可是……後來幾次見面，你為什麼不還我？」

「誰讓妳每回都瞪我，妳要不瞪我，我早還妳了。」

店小二站在一旁看著兩人你來我往，直撓額頭。不是夫妻嗎？怎麼感覺不像，可是這公子穿戴不凡，這夫人穿得也不差，應該是大戶人家，怎麼感覺怪怪的？

店小二重重咳嗽了一聲，錦雲這才接過他遞來的荷包，拿出幾個銀錠子給小二。「夠了嗎？」

「夠了。」

小二笑逐顏開地退出去，把門關好。錦雲把荷包塞進袖子裡，方才看了下，銀子沒少，估計是一直帶在身上想還給她的。

屋子裡點了燈，錦雲就靠在窗戶旁，恨不得天一下就到半夜了。她回頭，卻見原本坐在小榻上的葉連暮，不知道幾時拿了本書翻了起來。

錦雲眼睛在屋子裡掃了一圈，看見有筆墨，便走了過去。

葉連暮原本專心看書的，見錦雲趴在那裡畫些什麼，便走了過去，他瞧著畫像，眉頭蹙攏。「妳認識？」

「柳飄香的貼身丫鬟。」

錦雲有些明白柳飄香為何替桓宣擋劍了，因為這根本是設計好的。那時在風月閣，眾人目光都關注在她這名疑犯身上時，她卻觀察到柳飄香身旁的一個丫鬟走路腳步輕盈，應是身負武功，還真是出人意料。

無聊就容易犯睏，錦雲打著哈欠上床睡覺了，可是上了床，錦雲反而睡不著了，屋子裡有兩個人，卻只有一張床，這床她只能占一半啊！

即便心裡有準備，可一會兒他躺上床，這溫暖的軀體躺在身側，錦雲的心還是不自主地跳快了些，縮成一團不敢動。

看著錦雲緊張成那樣，呼吸一下重一下輕，葉連暮輕笑出聲。「別裝睡了。」

錦雲的心莫名安定了下來，轉過身來。「誰裝睡了，我就喜歡這樣睡，你有意見？」

葉連暮一時語塞，錦雲拽了被子繼續面對牆壁打哈欠，他默默地在外側躺下，伸手去拽被子。「分我一點兒。」
「不給，你去找小二再拿一床被子。」
「剛才問了，沒多餘的被子。」
「怎麼可能沒被子？你騙誰呢！」
「沒騙妳，不信，妳可以去問。」
葉連暮已經把被子搶過去一半了，修長的胳膊一把將她摟在懷裡，抱了一下午，他喜歡上抱著她睡了。
錦雲一張臉紅通通的，扭動掙扎了一會兒，感覺到有東西抵著她的大腿，當即不敢再動，暗地罵無恥。錦雲依然背對著他，閉著眼睛睡覺，可是她根本就睡不著，又不敢亂動，身體都僵硬了。
突然，隔壁有動靜傳來。
「小妖精，小爺花了三百兩銀子贖妳出來，妳可得伺候好小爺。」
緊接著是個柔媚的聲音。「爺，你不是說你在城北有個院子嗎？怎麼不帶我去那兒，這客棧破破爛爛的，還沒我住的地方好呢。」
「答應妳的事哪能忘記了，今兒太晚了，明兒再去，過來，爺幫妳把衣服脫了。」
「爺，你好壞，不許摸，別……」
砰的兩聲傳來，再接著就是窸窸窣窣的脫衣服聲，然後就是嬌吟喘氣聲。「爺，慢點，慢點……」

「妳個小妖精，這樣行了吧？」

「別、別折磨我……」

隔壁的床搖得嘎吱響又只隔了一道牆壁，什麼聲音錦雲聽得一清二楚，那臉火辣辣的燒著，大腿處原本抵著她的東西變得更加明顯了，讓她有種想死的衝動，結果葉連暮把她摟得更緊了，隔壁的活春宮，他們聽得清清楚楚，叫他怎麼忍得住？

「娘子，我們是不是也……」

錦雲腦袋嗡嗡響，突然一腳踹了牆壁，吼道：「還讓不讓人睡了！」

「……」葉連暮無言。

隔壁安靜了，錦雲又往內側挪了挪，沈了聲音道：「趕緊睡覺。」

錦雲緊緊地閉著眼睛，天知道她是有多緊張，方才吼完後，腦袋都暈乎乎的，隔壁的男子不會被嚇得不舉吧？不過她才不會愧疚，明明有院子，忍一晚上會死啊，還把她身邊的人帶壞了，她一個弱女子得多危險，一定要給個教訓。

錦雲還在想著，突然門被砰砰敲響，葉連暮滿臉黑線。「妳可真有本事，躺著也能惹事。」

「是誰敲的牆？」男子粗暴地進來，火冒三丈。

錦雲本要爬出去，葉連暮撫額，人家都闖進門了，她出去有什麼用？

葉連暮把錦雲摁住，掀開床幔，只露出一顆腦袋，男子就變得唯唯諾諾的了。「葉大公子？」

京都紈袴子弟中不認識他葉連暮的人很少，只要露張臉就足夠了。「有事？」

「方才有個姑娘踹牆……啊，誤會，誤會，打擾了，我這就出去……」男子眼睛往床幔裡瞄，心下有三分了然。

男子麻溜地退出去，然後把門關好，葉連暮回頭看著錦雲，她噘了嘴，一聲不吭。

直到隔壁有說話聲傳來。「爺，教訓她了沒有？」

「別亂說話，睡覺。」

「爺，人家難受，心口悶得慌，你給我揉揉……」

葉連暮看著錦雲，嘴角一絲笑意。「妳要不要再踹一腳？」

「……我腳疼。」

「那我給妳揉揉。」

第二天，錦雲是被隔壁的吵鬧聲給吵醒的。

「這什麼床，硬成這樣，一覺睡醒，肩膀、胳膊渾身都疼。」

「不是趕著去小院嗎？還不起來收拾一番。」

「這麼早就去嗎？人家不要，爺還沒陪人家逛逛街呢，你上回許諾給人家的手鐲，人家可沒忘記呢。」

聲音嬌媚入骨，聽得人心癢癢，不過她說得對，這床板真硬，肩膀還真疼，錦雲想抽回胳膊，這才發現自己兩隻胳膊緊緊地抱著葉連暮，而葉連暮此刻正用一雙怨恨的眼神看著她，錦雲立馬抽回胳膊，突地一下起床，重心不穩，抓著床幔跌了下去。

啪的一聲，整個床幔都被錦雲抓了下來。

隔壁又有抱怨聲了。「別的不許做，說說話也不成了嗎？爺，他們欺人太甚了！」

男子揉著太陽穴。葉大公子是怎麼忍受這樣的女子，要是換成是他，早一巴掌搧窗外去了。「收拾好了沒有？」

「收拾好了，爺，隔壁住的是誰？」

「不該問的少問！」

錦雲和葉連暮兩個從床幔裡鑽出來，錦雲實在沒臉見葉連暮了。

「你沒事吧？」

方才她倒下來，正好跪在他胸膛上，葉連暮都悶哼出聲了，揉著心口道：「被妳砸出內傷了，疼死了，妳先給我揉揉。」

錦雲去床側的小几上拿了銀針來。「傷哪兒了，我給你扎兩針。」

葉連暮真想去撞牆，找了個地兒躺下來，沒讓錦雲施針，讓她幫自己揉揉。不過就是在客棧睡了一覺，先是被抓，又是被人踹門，現在又是床幔，以後都不住客棧了。

錦雲看他疼得悶哼，沒好意思拒絕，這一揉就是半天，葉連暮舒服地閉著眼睛，錦雲看著他眼睛底下的黑眼圈，嘴角彎起笑來。

吃過早飯，兩人便出了客棧去逛街，她看到喜歡的就下手買，葉連暮渾然淪落成小廝了。

葉連暮第一次見到錦雲的大手筆，半刻鐘之內買了三千兩銀子的東西，不是綾羅綢緞，也不是玉石頭飾，而是一堆在他看來只是有些香味的木材。

錦雲身上沒帶夠銀子，葉連暮也拿不了太多東西，便讓掌櫃的送祁國公府，然後繼續逛街，買了些糕點，稍晚，祁國公府就有人把馬牽來了，是個身材高大的男子，沒什麼表情，彷彿面癱了一般，行禮道：「奴才趙章見過少奶奶。」

錦雲有些詫異，用眼神詢問葉連暮，感覺他不像是個奴才。

葉連暮抱著錦雲躍身上馬，笑道：「這是祖父給我挑的陪練，也是專門保護我的。」

陪練？保護？

「他是你的暗衛？」

「嗯。」

「專門保護你、幫你打架？」

「……打架這樣的小事，為夫向來都是親力親為，從不假手於人。」

「……就一個嗎？」

「還有三個，趙擴、趙構和趙行。」

「只有四個？你手底下可用的人是不是少了些，你不是幫皇上奪權嗎，手底下就沒點自己的人？」

葉連暮盯著錦雲的後腦勺，眸光輕閃，錦雲追問道：「到底有沒有啊？」

「有一些，還在訓練當中。」

錦雲面上一喜，那高興來得莫名其妙，讓葉連暮的心咯噔一下跳著，就聽她道：「你賣十個給我吧，那些培訓用的銀子我給你。」

葉連暮只覺得額頭上黑線成堆地往下掉，嘴角抽個不停。「妳要他們做什麼？」

「我有用，行不行？」

「這些人的存在皇上知道得一清二楚。」

葉連暮搖頭，錦雲嘟著嘴拽著他的衣袖。「別那麼小氣嘛，你跟皇上說說，別人就算了，那四個不是你的暗衛嗎？你給我一個，讓他給我培養一批出來好不好？」

方才還是十個，現在又是一批了，葉連暮的心顫了一下，雙拳難敵四手。趙章本事如何，他知道，回頭被圍毆，他可能逃不掉，因此堅決不同意，態度之堅定令錦雲側目。

「為什麼啊，你幫皇上就行，幫我為什麼不可以？」

「我怕妳叫他們打我。」

「……你想太多了，我保證不讓他們打你還不行嗎？」

乞求的眼神，這是錦雲第一次正經八百地求他，葉連暮還真不好拒絕，沈思了下，點頭道：「趙章給妳肯定不行，妳要多少人，我讓他一併幫妳調教了。」

錦雲想了想，問道：「培養到像趙章一半強要多久？」

「快則兩年，慢則三年。」

這麼久？錦雲很不滿意。「你這是要培養暗衛吧，是不是中途不合適的就不要了？」

「嗯。」

錦雲聽得大喜。「那些不要的，我全要了。」

葉連暮勒緊韁繩，馬兒嘶鳴，錦雲嚇得抓緊他的胳膊。

「妳不是開玩笑吧？十個人中都不一定培養出來一個暗衛，那些不要的妳全部要？妳想要多少人？」

不至於吧，十個人中培養不出來一個？錦雲抿了抿唇瓣。「太差的我也是不要的，你們培養的方法不是兩兩決鬥，只能有一個人活著吧？」

葉連暮看著錦雲的眼神又變了些，她到底有什麼是不知道的？

錦雲只是聽說了古代如何培養死士的，沒想到真被她料中。她抓了他的衣袖子，輕咳一聲。「你能不能讓他們點到為止，輸的那個就給我？」

葉連暮哭笑不得，她怎麼把這麼嚴肅的事弄得跟兒戲一般。「妳到底要他們幹麼？」

錦雲神情飄忽。「反正就是有用，你給我就是了，行不行嘛？點到為止，又不會妨礙你什麼事，給我有大用。」
錦雲難得一見地撒嬌，卻見葉連暮不為所動，她抿了唇瓣道：「皇上私底下培養暗衛，應該缺銀子吧？只要你答應我這個要求，回頭那些暗衛的日常開銷，我全部包了。」
葉連暮無言了。
他慎重地看著錦雲。「妳確定要做這筆生意？妳知道皇上培養的暗衛有多少人嗎？」
錦雲眨巴眼睛，扇貝般的睫毛像蝴蝶振翅。「總不會超過兩百個吧？」
葉連暮連著咳嗽起來，趙章原本面無表情的臉也破功了。少奶奶猜得還真準，正好兩百個。
錦雲皺眉了。「十個人裡培養出一個暗衛，兩百個就是兩千人了，培養更多，死的人也多，是不是太殘忍了？」
暗衛本來就不是誰都能做的，但也沒有她說得那麼誇張。「正好兩百個，每年的花費至少是三萬兩銀子，妳真要跟為夫做這筆生意？」
錦雲沈思了一會兒。「我答應你，但是我有個條件，這些暗衛跟了我之後，可就不再聽你和皇上的了，我怕他們胳膊肘兒往外撇。」
葉連暮捏了捏錦雲的臉。「不聽皇上的可以，但是不聽為夫的肯定不行。」
「你這人怎麼能這樣！那我的銀子要減半，我只給一萬五千兩銀子，剩下的一半你來付好了。」

她哪來那麼多錢給皇上用？不坑皇上就不錯了。葉連暮有些鬱悶，懷裡坐著的是自己的妻子，他幫著皇上坑她，是不是不應該？

葉連暮更納悶的是，他怎麼都不懷疑懷裡的這個人心懷不軌，或許就是右相派來的奸細呢！自己什麼都跟她說，她更是絕，連他們與右相鬥爭的事都不記得，不知道避諱點兒也就算了，竟然直接就要要走大部分的暗衛。

葉連暮覺得頭疼了，錦雲卻是用手肘推搡他。「同意不同意啊？」

他擰緊眉頭。「皇上肯定不會同意的，新一批暗衛培養到現在已經花了一年多的時間了，輕易就答應給妳，還只聽妳一個的，可能嗎？」

培養一年多了，錦雲更滿意了，既然是暗衛，皇上又急著用，訓練的強度可想而知，她開出的條件，葉連暮擺明是動搖了。

錦雲笑道：「我要最後一批對決的失敗暗衛，也就是兩百人。我可以讓他們聽你的，除了我之外只聽你的啊，那兩百個暗衛日常開銷的銀子，我也付，這筆買賣皇上怎麼都划算。」

葉連暮皺眉頭。「妳哪來那麼多銀子？」

錦雲笑得胸有成竹。「現在是沒有，不過有了兩百個暗衛，我就有了，放心，我不會讓他們去打家劫舍的，這一點你和皇上完全可以放心，而且那兩百個暗衛在我的吩咐之餘也可以幫你做事，比殺了他們划算多了。」

葉連暮猶豫了一會兒，最後道：「一會兒我進宮跟皇上提議下。」

錦雲嘟嘴。「就不能直接答應嗎？那兩百個暗衛是你執掌還是給皇上的？若是給皇上的話，我可不會一直支付下去，我只付兩年的，兩年足夠我培養兩百個可用之人了，我可不會做虧本的事。」

葉連暮抬眸望天，趙章卻是看著錦雲。少奶奶這是幫少爺要勢力嗎？用銀子牽制皇上？

趙章難得上前一步。「暗衛只聽皇上和少爺的。」

這樣啊，錦雲皺緊的眉頭舒展開。「那我答應了。」

「皇上還沒答應呢！」葉連暮失笑道。

「皇上為什麼不答應？這可是天上掉餡餅的好事，他那麼放心你，連這樣的事都交給你去辦，我那兩百個暗衛又受你制約，他有什麼不同意的？如果有一天皇上撤掉了你指使暗衛的權力，我也就不再付銀子了，我可不做冤大頭。」

「妳這是要把皇上的暗衛變成我們自己的？」

錦雲脖子一昂。「有何不可？他要是收走，你再培養一批出來就是，反正有銀子。」

「為夫可不像娘子這般財大氣粗。」葉連暮已無話可說了，她料準皇上沒銀子，直接用銀子把暗衛拉攏過來，這女人……太狠了。

「你就諷刺我吧，得了便宜還賣乖，什麼時候我能拿到暗衛？就不能盡快分出勝負嗎？我的暗衛不需要武功太高，有足夠的時間給他們慢慢練，沒準兒將來比皇上的暗衛還要厲害。」

葉連暮伸手戳錦雲的腦門。「妳就不能別那麼急切？最晚三天給妳答覆。」

「這還差不多。」錦雲笑得眉飛色舞，之前一直擔心無人可用，這不就解決了？還是暗衛呢，死士的忠心程度無須懷疑，他選出來幫皇上辦事的，能力自然不差，她有種天上掉餡餅剛剛好掉她頭上的感覺，快分不清東南西北了。

兩人回到祁國公府，才剛跨過二門，就有丫鬟急急忙忙奔近前，說葉老夫人急著找大少奶奶。

錦雲以為是昨晚沒回來的緣故，要葉連暮保證幫她頂著，沒想到是因為她花了三千兩買香木的事，那些香木被送到了葉大夫人手裡，葉大夫人掏了三千兩銀子，心裡火氣很大，幾位夫人都見不得錦雲這麼敗壞國公府，更不許她這樣立威。

怕錦雲挨罵，葉連暮乾脆說是逐雲軒買的，沒想到馬蜂窩越捅越大。

「逐雲軒買的？逐雲軒這些年能有多少銀子？就算皇上平素賞賜得多些，也不夠她這麼花的。暮兒，你就這麼由著她，進門這麼些天了，她幾時管過逐雲軒的事了？」

錦雲揉著太陽穴，正好瞧見青竹和南香來接她，當下吩咐道：「把這木箱子抬回去，再從我的私房裡拿三千兩銀子送來。」

「誰要妳拿銀子了！我知道妳陪嫁豐厚，可也不是這麼花的。」見錦雲輕描淡寫地讓丫鬟拿錢，葉大夫人心裡的火氣更大了，以為她是在顯擺錢多。

錦雲算是聽明白了，這是不許她買香木呢！買些什麼她們也管，手伸得還真遠，她嘴角一勾。「不要我這麼花，那要怎麼花？」

葉大夫人語塞，一旁葉三夫人不冷不熱地開口。「人家身上有銀子，愛買什麼都成，我們這些做長輩的還是少操心為妙，免得管得太多討人嫌。」

從寧壽院出來，半道上，葉連暮道：「銀子一會兒妳去書房拿。」

錦雲齜了下牙，把葉大夫人訓斥自己的話拿出來。「逐雲軒這些年能有多少銀子？就算皇上平素賞賜得多些，也不夠我這麼花的。」

葉連暮滿臉無語，她卻捂著嘴笑起來。「今天揀了個大便宜，我就不跟她們一般見識了，那箱子香木，她們知道值多少銀子嗎？」

「我怎麼覺得香木鋪子老闆一臉揀了便宜的樣子？」葉連暮挑眉。

「他看走眼了，也有可能他不認識，我拿的那四塊香木，其中有兩塊價值百兩黃金，還都不一定買得到，稀世罕見。」

葉連暮有些汗顏了，那掌櫃的和香木打了半輩子交道了，結果他娘子說人家看走眼了，還可能不認識，要是掌櫃的知道不氣死才怪。

走了一會兒，一個小廝走了過來，行禮道：「大少爺，國公爺找您有事。」

小廝瞅了錦雲一眼，又挨近葉連暮。「國公爺不知道從哪裡聽說少爺在大昭寺非禮誰家公子，外面都在傳少爺有龍陽之癖，國公爺發怒了，您趕緊去，慢了更要挨罵。」

葉連暮一臉青黑，錦雲憋笑，用怪異的眼神瞅著他。葉連暮狠狠地瞪了她一眼，這女人惹了禍還沾沾自喜，回頭再收拾她！

第十章　廣開門路

錦雲回到逐雲軒，直奔小院，卻發現小院內空空如也，她所有的陪嫁都被搬回正屋了。

葉連暮一回到正屋，錦雲就瞪著他。「誰讓你把我的東西搬來正屋的?!」

「它們本來就是在這裡的。為夫不過就是讓它們物歸原處而已，為夫因為妳白白擔了龍陽之好的臭名，妳怎麼報答我？」

「我想暴打你一頓！」錦雲悶氣道：「我不管，我要住小院！」

葉連暮坐下來，給自己倒茶。「妳住這兒，小院歸了妳，不過妳要是搬去小院，我就一把火將它燒了，妳還是得住這兒。」

總之，錦雲就是住正屋的命，她氣得腮幫子都疼，能有什麼辦法？他要燒了小院，她能殺了他還是宰了他？

「你到底想幹麼？」

「我怕妳住小院久了忘記自己的身分。」

會忘記自己的身分才怪，只要人在國公府，她就不會忘記！

錦雲掃了眼屋子。「那你睡哪兒，書房？」

葉連暮臉黑了。「我們自然是睡一起了。」

錦雲臉紅了，說得這麼大聲，誰要跟他一起睡了！「我睡床上，你睡地上。」

葉連暮臉又黑了三分。「這裡是我的院子。」

錦雲昂起脖子。「院子是你的怎麼樣，床是我的，我就能作主。」

「……來人，將我之前的床換回來！」

錦雲牙齒磨得咯吱響。「算你狠！」

她瞪著葉連暮，懷疑他是不是吃錯藥了，他卻躺床上去了。「我這輩子都不會休妻，妳就死了出國公府的心吧。」

錦雲哼道：「你才多大，就敢許下輩子。」

「許諾跟年紀大小沒關係！」

「一般人都比較健忘，說過的話轉身就給忘記了，我怎麼知道你是不是？」

葉連暮手腳無力，他承認不少人說話不算話，可他沒有。「要怎麼樣妳才肯相信？」

「現在我們被聖旨和我爹綁著，但我不會輕易就接受你的，我明白地告訴你，我是不許我未來相公納妾、收通房的，若是你做不到就別來招惹我，萬一你許諾我再負我，後果我承受不起，你也承受不起。」其實她要的不多，但她知道他給不起，習慣三妻四妾的古代人能做到一心一意嗎？

錦雲說得很清楚，她現在根本沒當葉連暮是她相公，所以她要求的是未來相公，此人一定要遵守她的要求，她寧願不要不專一的現任相公，也要等到那個人，或是想方設法離開國公府，而不是委曲求全。

葉連暮睜大了眼睛看著錦雲，還沒聽說有誰這麼要求夫君不許納妾的，這不是擺明是妒婦嗎？為什麼從她嘴裡說出來那麼理所當然？

葉連暮看著錦雲，唇瓣勾起。「只是不許納妾這一條嗎？沒別的了？」

「也別想養外室和逛青樓，龍陽之癖就更不准有了。」

「……就是只有妳一個女人就是了。」

「你明白就好，這話說得簡單，可是不容易做到。」

「我答應妳，不過到時候娘子妳受不了，可別怨為夫。」葉連暮勾唇一笑。

錦雲一臉茫然。「什麼意思？」

葉連暮妖冶的鳳眸裡滿是笑意。「為夫這輩子只能有妳一個女人，到時候祖父、祖母要抱多少個重孫兒，就全靠娘子妳了。」

錦雲滿臉緋霞，轉頭去拿筆墨紙硯來。「寫下來吧！就寫休書，什麼名頭你自己想，加上一條，從納妾、收通房之日起生效。」

葉連暮瞪著錦雲，眸底是席捲一切的怒氣。「妳就這麼不信我?!回頭妳幫我納妾，拿著休書就跑了，我怎麼辦？」

錦雲無語，怎麼感覺他像個小孩子似的。「你不放心我，你自己寫上好了。」

葉連暮對錦雲是咬牙切齒，還真的寫上了，撇頭盯著她。「妳不會還想著將來離開國公府嫁人的事吧？」

「……方才沒想，你一提，我就有些後悔了。」葉連暮把筆擱下，一把將錦雲拽了過去，狠狠抱緊。「真想把妳活活勒死，不然總有一天要被妳給氣死。」

錦雲求饒道：「我沒想，我才認識這麼幾個人，十根指頭都數得過來。放心吧！我會努力喜歡你的。」

「努力喜歡？這麼說妳還沒喜歡上我？妳這女人什麼眼光，本少爺風度翩翩、一表人才，妳竟然沒喜歡上我！」葉連暮滿臉怒氣地瞪著她。

錦雲額頭直跳。「你未免也太自戀了吧？你也不是在我一個人跟前風度翩翩，難不成所有人都得喜歡上你？做人要有自知之明。」

「別人我管不著，妳必須喜歡我！」

「己所不欲，勿施於人，你都沒喜歡上我，憑什麼要我喜歡你啊？」

「妳這蠢女人，我若是不喜歡妳，就憑妳幾次三番惹怒我，還能活到現在？」

「你才蠢，我是右相的女兒，你敢把我怎麼樣嗎？」錦雲紅著臉罵道：「你要是不惹我，我定不會惹怒你，從一開始就是你先惹我生氣的，別忘了，因為你，我可是抄了好些天的《女誡》。」

「我打了好些天的噴嚏，準是妳邊抄《女誡》邊罵我的。妳就那麼確信自己不會惹怒我？妳明明不認識我，不還是砸了我一腦門的雞蛋？」

「那也是你活該，如果不是你害我抄《女誡》沒法提前出門，我會遇上小偷嗎？就算遇上小偷，一定會碰上你嗎？」

葉連暮把下顎抵在錦雲的肩膀處。「這一切都是為夫的錯，以前的事還請娘子高抬貴手，既往不咎了？」

錦雲輕噘了下嘴。「你趕緊進宮去吧，我還等著暗衛用呢！」

葉連暮微挑劍眉。「我怎麼感覺今兒要是沒有暗衛的事，妳不會對我高抬貴手？」

的確，若是沒暗衛，她才不會對他說那些話，他明知道她是右相的女兒，還跟她說暗衛的事，甚至先替皇上答應她把暗衛給她了，這也算是以誠相待了，她自然投桃報李。若他支支吾吾地隱瞞錦雲，顧忌她是右相的女兒，她不會多看他一眼，因為他在意的是她的身分而不是她這個人。

見錦雲推著自己出去，葉連暮很是不滿。「還有小半個時辰就吃午飯了，我吃過飯再去。」

「御膳多好吃啊，你幫皇上辦事，就要蹭他的飯。」錦雲仍繼續推他出去。

葉連暮無語。還能怎麼辦？娘子不給吃的，只能去蹭皇上的飯了。

錦雲回屋坐下，張嬤嬤跟了進去，苦口婆心地勸道：「少奶奶，少爺畢竟是少爺，他退了一步將少奶奶從小院接了出來，咱們也退一步吧，別太苛待少爺了，這院子裡到底還是少爺的人多，回頭傳遍國公府，那些人還不知道怎麼說少奶奶妳了。」

錦雲知道張嬤嬤是關心她，輕點頭道：「我知道嬤嬤的意思，我不是一點分寸都沒有的人，我知道自己在做什麼，之前讓嬤嬤幫我察看的陪嫁丫鬟和婆子，如何了？」

說及正事，張嬤嬤這才正了神色。「蘇大夫人應該只把期望放在玉芙和月蘭身上，其餘的在相府裡都不怎麼討大夫人喜歡，那四個丫鬟也都乖巧，應該不是大夫人的人。」

現在玉芙和月蘭都已經被賣了，隱患算是解決了，想來對於她，蘇大夫人還不屑多加盯著，錦雲端起茶啜著。「一會兒找人牙子來，我要挑些丫鬟。」

張嬤嬤愕然看著錦雲，錦雲笑道：「別擔心她們說我奢侈浪費，我花自己的銀子不礙她們什麼事，再說了，爺賣了我兩個大丫鬟，我怎麼也要添上不是？」

張嬤嬤想起那三千兩銀子就肉疼，又把錦雲勸說一頓，錦雲連著點頭，又說起挖地窖的事，張嬤嬤真是拿她沒辦法了。

「去看看我手裡頭還有多少可用的銀子。」等張嬤嬤走後，錦雲說道。

谷竹張口就道：「小姐手裡現銀原本是一萬五千八百兩，花了三千兩，還剩下一萬兩千八百兩銀子。」

才這麼點兒？銀子還真是不經用，買製香丫鬟、鋪子裝修、找香木貨源……這預算花下來，不知得要多少錢？

錦雲邁步去書房，正要推門進去，柳雲便阻攔道：「少奶奶，少爺的書房未經他許可，不許人進去。」

錦雲眉頭微斂，谷竹呵斥道：「旁人不許，少奶奶也不許嗎？」

「奴婢也不知道可不可以，少爺之前就是這麼吩咐的。」

錦雲嘴角彎起一抹笑意，看得柳雲背脊發涼。

錦雲卻轉身了，吩咐谷竹道：「把筆墨紙硯拿來。」

錦雲坐在屋內小榻上候著，等谷竹端了筆墨，青竹搬了小几，錦雲就在小几上估算起來，看見得花近三萬兩的預算時，錦雲嘴巴噘了起來，缺錢了。

不知道他有沒有？錦雲很不厚道地把主意打到某男身上了。

買丫鬟的事容易，但是挖地窨就不容易了，葉大夫人覺得府裡有地窨了，不許她挖，還把她找去訓斥了一頓。

地窨是必須要的，錦雲不會因為婆婆不許就放棄了，等葉連暮回來後，便求他，葉連暮擺了好一會兒架子才答應。

看錦雲畫的地窨圖紙，葉連暮驚嘆她的心思。「妳把地窨裝修得這麼好，不會是想住地窨裡吧？」

「胡說八道，地窨這麼小，怎麼住人？你要想住，回頭我幫你畫個大的，夏天住肯定很涼快。」錦雲露齒笑。「皇上答應了沒有？」

葉連暮捏住錦雲的鼻子。「皇上答應是答應了，不過只給妳一百個，自己留三百個。」

錦雲一把將他的手扒拉下來，嬌顏含怒。「才一百個？我不同意，之前的事就當我沒說過好了，你給我出去。」

錦雲拖著葉連暮出去了。一點小事求他幫忙，竟然就給她一百個人，太黑心了！

這女人有求於他就百般殷勤，一不高興就翻臉不認人，好歹剛剛幫她解決了地窖的事。

葉連暮坐在那裡，錦雲哪裡推得動，她氣呼呼的。「就沒見過你們這樣的，一百個人就想打發我，三萬兩銀子足夠我去招募多少高手了！」

葉連暮滿臉黑線，跟皇上搶人還這麼理直氣壯。「為夫話還沒說完呢，妳急什麼？」

錦雲挑了下眉頭，乖乖地坐著不動。「然後呢？」

「為夫以性命擔保，皇上才勉強答應給妳兩百個。」葉連暮盯著錦雲，似是邀功般看著她。

錦雲翻了翻白眼。「下回說重點，答應了就好，沒別的要求了吧？」

葉連暮拿她無可奈何。「皇上要知道餘下兩百個暗衛到底用在何處，這個要求，為夫暫時還沒有答覆他。」

不是不答覆，而是他也不知道。

「那兩百個暗衛自然是用來看家護院、自保用的，我既不謀反，又有你看著，他擔心什麼，什麼時候我能看到他們？」

「過幾天。等分出一、二等，就能給妳了。」

「別把我的人打得缺胳膊、斷腿，不然我要求換人的。」

錦雲繼續忙活，外面一陣腳步聲，透過窗戶就見林嬤嬤領著七、八個小廝進來，錦雲咧了嘴笑，那高興的樣子讓葉連暮看怔了眼，她眼睛輕眨。「還有事？」

葉連暮瞪著錦雲，沒事就不能在屋裡了？這女人真是有夠欠揍的。

外面，青竹掀了珠簾進來，手裡端著托盤，上面是切好的寒瓜，笑得眉眼彎彎地上前。

「少奶奶，這是少爺帶回來的。」

錦雲把紙收拾好，遞給青竹。「紙上這些字，今晚讓那些丫鬟認完，暫時可以不會寫，但是必須要認識。」

青竹拿著紙張福身退出去，葉連暮已經自己吃起寒瓜了。

「只拿了兩個回來，給祖母送去了一個，回頭妳還要，我自己去摘。」

錦雲也不客氣，拿了張紙裝寒瓜籽就吃起來，問道：「能不能給我弄到寒瓜種子，我自己種。」

葉連暮嗆住了喉嚨，詫異地看著錦雲。「妳還會種這個？」

錦雲輕眨了眼睛，她能說自己看過別人種，然後照葫蘆畫瓢嗎？她乾咳了一聲。「我試試，能弄到嗎？」

「應該可以。」

錦雲瞅著這寒瓜籽，這個似乎也成，只是成果差了些，不過留著不是壞事，吃完了就讓青竹把寒瓜籽收拾好，自己則趴在那裡寫東西，葉連暮看她那樣子，真替她難受。「怎麼不去書房？」

「你大少爺的書房有專人把守，我可進不去。」她一臉醋味。

谷竹忙將柳雲攔住大少奶奶不給進的事說了，葉連暮好笑地看著錦雲。「她不讓妳進妳就不進了，妳在我跟前可沒這麼聽話過。」

錦雲鼓著腮幫子瞪著他。「你跟她能一樣嗎？她奉你的命守著書房，我要是硬闖，她要是跪下來哭，我肯定要被找去說話了。」

錦雲嘴角含笑地看著葉連暮，葉連暮頭皮一發麻，拉著她就去書房。

柳雲守在書房外，福身行禮，葉連暮擺手道：「以後少奶奶想進便進。」

然後，柳雲忙跪下來為之前擋住錦雲不給進書房的事賠禮道歉。

錦雲嘴角一抹冷笑，這個丫鬟可真是不一般，她賠罪了，她還真不能拿她怎麼樣，便擺手道：「妳也是聽吩咐辦事，起來吧。」

書房內，錦雲四下打量，葉連暮躺小榻上，指著書桌道：「抽屜裡的小匣子是給妳的。」

錦雲打開抽屜，拿出小匣子，打開瞅見是塊碎羊皮，她眉頭扭了。「你要我呢？」

葉連暮望著那羊皮。「不是我要妳，這木匣子是妳敬茶那天祖父讓我給妳的。」

「……國公爺他給我這東西做什麼？」

「祖父沒說，只是讓妳好生收著。」

錦雲對羊皮不感興趣，塞回木匣子裡。「不知道是什麼重要東西，你自己收著吧，萬一被我弄丟了，我可賠不起。」

葉連暮瞪了錦雲一眼，錦雲只得乖乖地拿起來，想著估計真是什麼重要東西，難不成跟免死金牌有關？不管有沒有關係，放一起就是了，丟了哪個，她都吃不了兜著走。

錦雲拿了木匣子和書就回自己的屋子，不過剛剛看著木匣子，她突然想到那些香膏是要用東西裝的，目前還不能用木材的，因為木材本身有香味，還有濕氣，得用金盒、銀盒、玉盒，一想到此，她頭疼了，伸手輕揉。

青竹擔憂地看著錦雲。「少奶奶，可是頭疼了？」

錦雲擺擺手。「缺錢。」

「……」青竹不語。

她的鋪子僅憑她自己是開不起來的，錦雲清楚認知到這一點。她從羅漢床上下來，灰溜溜地跑書房找葉連暮了。

葉連暮正在那裡看書，瞧見錦雲去而復返，有些詫異。錦雲輕咳了一聲，慎重其事地看著他。「我跟你做生意如何？」

葉連暮妖冶的鳳眸閃過一抹疑惑，錦雲輕嘶了下嘴，水眸真切地看著他。「做不做？」

他把書放下，雙手環胸，眸底閃過些笑意，難得見錦雲像個小媳婦樣兒呢！

「先說說看？」

錦雲扭著手裡的帕子。「我要開間鋪子，賣些藥丸和香。」

葉連暮點點頭，隨即挑眉。「只是開間鋪子，用不到那麼多的暗衛吧？」

這人腦筋轉得真快，錦雲點頭，眉間略帶沮喪。「一間鋪子自然是用不到，問題是現在連一間鋪子我都開不起來。」

葉連暮瞪大了眼睛看著錦雲，這女人一間鋪子都開不起來，還敢信口開河許諾支付暗衛的銀子？他有些後悔讓錦雲胡鬧了，眉頭才皺起就挑了下，思及她陪嫁的鋪子就不少，不至於開不起來啊……

「妳真是賣藥和香？怎麼會開不起來呢？」

錦雲點點頭。「我不騙你，我方才算了下，從開鋪子到買香木藥材，以及專門製作的院子，還有請工人製作包裝，前前後後要三萬兩銀子，我不夠。」

三萬兩銀子，就為了開間鋪子？葉連暮以為自己聽錯了。「妳真沒騙我？」

錦雲臉龐清秀雪白，寫滿了真誠，水盈盈的雙眸清澈淡然，蔥白玉指伸出三根，嬌唇輕啟，吐氣如蘭。「我發誓沒有騙你，我缺錢，你若是不想跟我合作，那我就去找外祖父。」

葉連暮聽著錦雲最後一句，毫不猶豫瞪了她一眼，他起身把掛在牆壁上的畫掀開，輕輕一摁，從暗格裡拿出一個木盒子遞給她。「這裡有兩萬，夠不夠？」

二萬兩銀子再加上她那裡的，足夠了。錦雲沒料到他這麼爽快就把錢給她，也不怕她捲銀子直接跑了？後來她想，自己拿到錢，兩人也算正式確定合作關係了，便不跟他客氣了，反正也從沒客氣過，從要兩百個暗衛開始，她做什麼就瞞不了他，再說白點，她從右相府嫁到人家眼皮子底下了，如何隱瞞？

錦雲道：「丫鬟已經買了，差不多半個月就能調教好，現在是鋪子的問題，明天我要出府，你去不去？」

此時，門被叩響，南香輕喚道：「少爺、少奶奶，該用晚飯了。」

淨了手，兩人入座用飯，葉連暮這才道：「買鋪子這麼小的事，我讓趙章幫妳去辦。」

錦雲挾菜的手頓住。趙章不是忙著訓練暗衛嗎？難不成他想將趙章找回來幫她辦事？

錦雲心有些暖暖的，二萬兩銀子可不是點小數目，沒準兒是他全部的家當，說給她就給了，按理應該順著他的，但這是她在這個世上第一間鋪子，她想親力親為。「我想自己去選。」

葉連暮瞅著錦雲，看著她一臉想出去的樣子，蹙了下眉頭。「明天上午我沒空陪妳。」

錦雲一聽這話就知道他不反對她出府了，忙道：「我帶著丫鬟去就可以了。」

葉連暮給錦雲挾了塊魚。「明天下午我陪妳去挑鋪子，往後沒我的允許，妳不許出門。」

「為什麼沒你的允許，我就不能出門，這跟禁足有什麼兩樣？」

葉連暮瞪著錦雲道：「住個客棧都能被人當成刺客抓去風月閣，我敢讓妳出門嗎？外面認識妳的人太少，妳又與傳聞相差太大，妳出門我不放心，我是為妳好。」

錦雲臉都紅了。「那只是意外，我不出門，外人認識我的就更少了，反正你不許將我禁足，明天我等你一起出門，但是別太晚回來啊，不然我就不等你了。」

錦雲睨視著葉連暮，見他輕點了下頭，這才放心地吃飯。

吃過晚飯後，錦雲蹓躂著去了小院，半途中，谷竹道：「地窖挖好小半了，明天上午就能挖得差不多，再依照少奶奶的意思裝修，後天下午估計才能弄好。」

錦雲輕點了下頭，直接前往成了香藥房的小院，有些香現在就要製了，再說珍貴稀罕的香不是一時半刻就能製好，不能臨到鋪子開張了，手忙腳亂砸了自己的招牌。

此時，谷竹教丫鬟識字去了，青竹帶著南香及四個小丫鬟在香藥室裡忙活，珠雲則留在正屋，以防葉連暮沒人伺候。

青竹看著錦雲，有些興奮地問道：「少奶奶，我們今兒製什麼？」

錦雲把袖子裡的香方拿出來，一邊吩咐道：「今兒製香膏，先把蜂蠟隔水加熱，把裡面的渣滓和小蜜蜂去除乾淨，多濾兩遍。」

葉連暮從書房回到臥室沒見到錦雲，瞧見珠雲在，料到錦雲在小院忙活，便等著，可是過去半個時辰了，錦雲還沒有回來，他不由得蹙眉了。待他沐浴完，錦雲仍沒回來，這眉頭蹙得更深了，再看看時辰，已經是戌時末、亥時初了，他眉頭更皺了。

「去喊少奶奶回來睡覺。」

珠雲聽得臉微微紅，可是卻沒有動。「少奶奶調香製藥的時候不許人去打擾她，少奶奶要是製好了就會回來，若是沒製好，奴婢去喊，她也不會回來，就是張嬤嬤去，少奶奶都不一定會聽。」

珠雲的回答讓葉連暮一臉不悅。

另一廂的香藥房，青竹也在催錦雲走。「少奶奶，都亥時一刻了，奴婢打聽過了，平素少爺就是亥時入睡的。」

亥時就睡，跟現代人比起來睡得也太早了些吧！她可不習慣這麼早睡，錦雲沒理會青竹的話，繼續用刀把木材劃成碎片。

門嘎吱一聲被推開，錦雲撇頭望去，就見夜幕下，一身天青色錦袍的葉連暮出現在門口，俊美無儔的臉上泛著淡淡微弱的月光，有種朦朧的魅惑感。

錦雲眨巴眼睛。「你不是睡了嗎？」

錦雲掃了青竹一眼，一臉「妳打聽的消息有誤」的表情。青竹無力地望著腳下，少爺都等不及親自來喊少奶奶了，少奶奶還一點自覺都沒有。

屋子裡瀰漫著一股清香味，葉連暮直接走到錦雲身側，把她手裡的刀拿下來，牽著她就往外走。

錦雲有些懵了。「你幹麼？我事還沒做完呢。」

「明天做不行嗎？」

「明天要挖地窖，我來小院不方便，而且下午我要去街上，沒空。」

「不是還有丫鬟，她們不能做？」

「她們還不熟練，那些香木又珍貴，不能有絲毫的浪費……喂，鬆手啊，你幹麼啊，有話不能直接說嗎？」

葉連暮沈眉。「都這麼晚了，妳還忙活，妳打算什麼時候睡？」

錦雲輕嘟了下嘴。「我又不睏，睏了自然會睡，天太黑了，你走慢點兒，我看不見路。」

話音才落，忽然身子一輕，被抱了起來，錦雲的臉色幸好是在夜裡瞧不清楚，待看得清楚了些，她就嚷著要下來。

葉連暮邁步上台階，屋裡兩個婆子手裡拎著木桶出來，避讓行禮。

熱水一直備著，錦雲直接進屋美美地泡了個澡，舒服得直哼曲子，好半天她才出來。

錦雲沐浴後出來見葉連暮還在看書，忍不住感慨這人真愛看書，不過古代晚上不看書能幹麼呢？可是，他將她喊回來睡覺，自己卻點燈看書，是不是太過分了？不過她可沒氣衝腦門到走過去把他的書拿下來扔掉，喊他睡覺，這不是自找尷尬嘛！

錦雲輕聳了下肩膀，自己上床蓋了薄被就睡了。

葉連暮坐在那裡乾瞪眼，他把書擱下，走到錦雲跟前。「妳怎麼不喊我睡？」

錦雲一時無語，這像是一個快十八歲的人說的話嗎？

「你多大了，睡覺也要人喊？」

這回輪到葉連暮臉紅了，他不是這個意思，而是禮節、禮節。算了！跟這女人說這些就和廢話一般。

葉連暮把鞋脫了鑽被子裡去，錦雲忙往裡面給他挪位置。待葉連暮躺下後，見錦雲背對著自己，他眉頭又皺了，直接把她扳過來，緊緊地抱在懷裡，把被子一搭。

錦雲也習慣了，糾結下去也還是這麼個結果。她打著哈欠在他懷裡挪了挪，正要閉眼時，結果身子一激靈，她一雙眼睛倏然睜大，還沒反應過來，方才印在額頭上的吻已經挪到眼睛上了。

錦雲嘴巴微張，正要說話，結果溫潤的觸感襲來，唇瓣有些吃痛，她的臉唰的一下紅透，伸手去推他，可是葉連暮伸手抓住了她的手，一個俯身把她壓住了。

唇瓣相依的感覺，讓錦雲身子麻麻的，只覺得呼吸不夠了，葉連暮這才鬆開她嬌豔欲滴的唇瓣，轉而去親她圓潤的耳垂。

錦雲搖晃著腦袋，耳垂被吻帶來的異樣感覺，嚇得她直接拿腦袋去撞他下顎。

葉連暮鬆了輕握錦雲的手，揉著下巴，不滿地看著錦雲，彷彿她做了什麼十惡不赦的事一般。

錦雲伸手去推他，結果推不動，她抓狂了。「你無恥！」

葉連暮蹙緊眉頭，看著錦雲濃淡合宜的黛眉，清澈如水含帶嗔怒的明眸，挺直秀美的巧鼻，飽滿小巧的朱唇，白皙細膩布滿紅暈的臉頰，只覺得喉嚨直冒火，還有頂著他心口的手讓他很不痛快，不由得反聲質問道：「我怎麼無恥了？」

「你說過等我及笄了再圓房的，你言而無信！」

葉連暮盯著錦雲，眸底的熾熱沒有褪去，嗓音微啞。「我也說過，以前說的渾話全部收回來，包括這一句。」

錦雲粉拳握緊，氣呼呼的。「不包括、不包括，你下去，你壓疼我了。」

葉連暮鬱悶地看著她。「怎麼就不包括了，妳不覺得自己挺混的嗎？」

新婚之夜新郎不圓房，還不與正妻同宿，這是駁了她的面子，近乎讓她顏面掃地的事。

錦雲要哭了，誰要在這上面自我反省的，混不混，不是她說了算嗎？她推他下去。「本來就該及笄才出嫁的，所以你說得有理。」

葉連暮看著錦雲那清澈明麗的眼睛，還有那嬌豔欲滴的唇瓣，心裡直癢癢，總覺得方才沒有吃夠，忍不住又俯身親了下去，細細品嚐了起來。

錦雲氣得抓狂，臉和脖子的溫度節節攀升，心撲通跳個不停，感覺自己要迷失在他的親吻中，不辨方向。

好半天，葉連暮才翻身下來，哀怨地看著錦雲，長臂一攬，把她抱在懷裡。

錦雲抿著唇瓣，感覺上面還有他的氣息，她舒服地動了動，感覺臀部下有東西。

葉連暮沙啞地阻止她。「別亂動。」

錦雲感覺到有熾熱抵著她，跟昨晚的一樣，不由得臉紅得發紫了。「你先鬆開我，床上有東西。」

葉連暮微鬆了錦雲，錦雲腰身微側，從下面拿出來一方元帕，她那臉色，又羞又惱，緊緊盯著葉連暮。

葉連暮耳根微窘，摟緊錦雲。「林嬤嬤說妳是姑娘家，臉皮薄，讓我主動點。」

錦雲想哭了，可是主動也不是他這樣主動的。「你答應過等我及笄的，你不能言而無信。」

「就不能把那話收回來嗎？」葉連暮鬱悶地問，早知道他就不說了，軟玉溫香在懷，卻什麼都不能做。

錦雲聽得手腳無力，虧他問得出口，這是多希望圓房啊？她咕噥回道：「君子一諾，豈是兒戲？」

聽著這話，葉連暮眉頭挑了下，怎麼感覺這麼耳熟。

錦雲哼著鼻子道：「覺得耳熟吧？這可是你自己說的。」

葉連暮想起來了，他答應安老太爺讓她生個兒子時說的話。葉連暮眉毛輕抖，無話可說了，他又栽自己手裡了，現下都不敢隨便說話，難保下一句不會成為她拿來堵自己的話。

葉連暮閉著眼睛，暗自生悶氣。錦雲挑眉看著他，嘴角緩緩彎起，就方才親的那兩回，她發現他似乎還是個生手，還常去風月閣呢，也不知道看著別人學兩招。

葉連暮感覺到懷裡的人兒似乎很高興，瞥眼望過去，正好捕捉到錦雲嘴角的笑。「妳笑什麼？」

錦雲立馬繃緊臉皮，一副「你看錯眼」的表情，葉連暮瞇起鳳眼，眸底帶了絲警告，彷彿錦雲不老實，他要下手懲治。

「嗯？」

錦雲眨巴眼睛。「是你要問的啊，不是我非要說的，但是我說了，你就得老實回答。」

「除了我，你還親過哪個姑娘？」

「……睡覺！」

葉連暮把錦雲的腦袋摁在他胸前，不許她再說話，看著屋子裡閃爍的燭光，手一揮，悉數盡滅。

最後一剎那，錦雲瞧見某男暈紅的雙頰，更是樂不可支，結果下一秒就樂極生悲了，葉連暮一個翻身把她壓住，無論錦雲怎麼求饒，他就是裝睡不動，她嘟著嘴，氣得不行。

「小氣鬼，是你自己問的，說了又生氣，我不過就是比你多了一、兩次經歷而已。」

葉連暮突然把頭抬起來，黑暗下閃著危險的光芒，有細碎的流火在竄動，彷彿看中獵物的豹子，呼出口的氣體像是寒風颳在錦雲的臉上。「誰親妳的?!」

「你不是睡了嗎？」

「誰親妳的?!」

這回換錦雲裝死不說話了，無論葉連暮怎麼問就是不說，唇瓣抿得緊緊的，惱得他恨不得撬開她的嘴。

好半天，葉連暮才反應過來，還是錦雲忍不住悶笑出聲提醒了他。「妳騙我！」

錦雲眸底閃過狡笑，理直氣壯地道：「你都睡著了，我自說自話不行啊，我又沒讓你搭理我。」

葉連暮盯著錦雲，有些不確定。「真沒有別人了？」

錦雲瞪著他，生氣道：「不然呢，一旦我與別人有了肌膚之親，我還會嫁給你？」

「那妳怎麼知道我……第一次親妳？」

「沒吃過豬肉也見過豬走路啊。」

「粗俗！」

錦雲立時語塞，狠狠地捶葉連暮幾下。「嫌我粗俗就別跟我說話！」

推開葉連暮，錦雲轉身面對著牆，氣得肩膀一抽一抽的。葉連暮望著床幔，悄悄地伸手攬過去，不抱著錦雲他難受。

當錦雲伸手推搡他時，葉連暮悶笑出聲。「妳從哪兒見到過豬走路了？」

錦雲再次語塞，這回是真臉紅了，不是因為葉連暮的話，而是因為非禮勿視四個字，她連人家怎麼接吻的都知道，這得離得有多近，感覺有點變態了，讓她恨不得把舌頭咬了，只得硬著頭皮道：「書上看到的。」

錦雲說完，故意打了個大哈欠，自然而然轉了身往葉連暮懷裡靠，等回過神來，自己都愣住了，無奈一笑，習慣這東西，養成起來還真是快，反正最後還是這樣，就這樣睡吧。

葉連暮嘴角翹起，隨即皺眉頭，對錦雲看些亂七八糟的書頗為不滿，可又沒法將她看過的全部拔除，想著自己得惡補才是。上回成親前趙章拿給他的春宮圖放在哪裡？好像是在……葉連暮眼睛倏然睜大，要爬起來，結果錦雲抱緊他。「你幹麼去？睡覺了。」

葉連暮太陽穴直跳，哭笑不得，他出去又能如何，又不能深夜翻箱倒櫃。他鬱悶地閉上雙眼，半晌才安睡。

第二天錦雲醒來時，床上已經不見葉連暮的身影了，谷竹端著銅盆走進來，青竹上前幫錦雲揭了床幔，扶她下床，一邊拿鞋子給錦雲一邊道：「少爺半個時辰前就起床練武去了。」

起這麼早？錦雲微微汗顏。

待她穿好衣服去洗漱，葉連暮從外面進來，好奇地問錦雲。「那牙膏也是妳製的？」

錦雲得瑟地挑了下眉頭。「怎麼樣，比竹鹽好用吧？牙刷是不是也比你之前用的順手些？」

是不錯，那牙膏用過後還有一股淡淡的清香味，似乎還有竹葉香。「也加了竹鹽在裡面？」

錦雲點點頭。「竹鹽刷牙對身體有助消化排泄的功效，只是太貴重了，一般人家都用不起，但是我這個就不同了，效果比竹鹽好多了，除去竹鹽外，價格要降低不少，京都絕大部分人都能用得起，這生意可做吧？」

這生意豈止是可做，有了這個，誰還想用竹鹽刷牙？

外面南香端了早飯進來，冬兒拎了個圓食盒進來。「少奶奶，香膏已經凝固了，您看是不是這樣？」

錦雲看著食盒，再看著葉連暮，妙計上心頭來，忙讓冬兒打開，自己瞧了瞧色澤，又嗅了嗅味道，雖然是古代，製作的器具沒有現代精良，可這些材料全部都是天然的，香味格外純正。

錦雲很滿意，親自遞到葉連暮跟前。「你聞聞怎麼樣，喜不喜歡？」

葉連暮眉頭緊攏，沒有接，錦雲又遞上前一分。他哪敢啊！他可沒忘記，上回她給他聞香包，人直接暈倒了。

此時錦雲也想起來了，不由得汗顏，手正往回縮時，結果葉連暮接了，細細聞了聞，點頭。「很不錯。」

錦雲又嗅了嗅另外三種，最後全部塞葉連暮手裡。「一會兒你進宮，把這個拿給皇上，讓他賞賜給後宮妃子。」

「妳要做皇家的生意？」

錦雲搖搖頭，她可沒有這樣的打算，與皇宮打交道那不是件輕鬆的事，安府就是個活生生擺在眼前的例子，若是一味依靠皇商的稱號活著，一旦失去，心就會大亂，只要自己東西好，何懼賣不出去？

葉連暮瞅著香膏又瞧向錦雲，心裡浮起震撼之感，點頭答應幫她這個忙。不過錦雲也有自己的遺憾，當初買這個銀盒的時候，沒有想太多，現在看有些虧了，若是在銀盒之下印上店鋪的名字，到時候傳遍京都的可不僅僅只是一個香膏，而是店鋪名了，品牌還是很重要的。

想到什麼，錦雲吩咐南香道：「去將我的玫瑰香水拿來。」

沒一會兒，南香就把一小白玉瓶子拿來，錦雲擱到葉連暮跟前。「皇上既是想讓威遠大將軍的女兒進宮平衡局面，把這個送給她。」

葉連暮瞅著那一小瓶子，眸光輕動，錦雲不捨道：「別看瓶子小，這價值可是香膏的百倍之上，我好不容易才得這麼一小瓶呢。」

葉連暮妖冶的鳳眸閃過笑意。「怎麼不自己留著？」

「物盡其用，它在我手裡的價值遠小於在皇上手裡的價值。」

用過早飯後，葉連暮便帶著東西進宮了，而錦雲則是帶著谷竹去向葉老夫人請安。

屋子裡一團喜氣，葉老夫人更是眉眼含笑，二少爺葉連祈求娶瑞寧郡主的事定下了。

葉大夫人慎重其事，為了表示對這門親事的看重，今日特別請寧王妃——老夫人的女兒去瑞王府商議送禮、下聘事宜。

錦雲上前請安，葉大夫人看見錦雲嘴角的笑意頓時掩去了三分，四夫人用茶盞蓋撥動茶片，三夫人沒什麼表情，唯有二夫人一臉瞧好戲的模樣。

葉老夫人難得開口詢問道：「小院挖地窖真是暮兒要求的？」

「挖地窖是錦雲的意思，只是娘不同意，讓錦雲有東西都送府裡的地窖去，錦雲嫌麻煩了，就說服相公答應了。」

挖地窖可不算多大點事，錦雲也不瞞著，因為事實如此，也順帶告訴自家婆婆，她雖然人微言輕，但她想做的事，誰也攔不住，以後別再攔著她。

葉老夫人聽出錦雲話裡的意味了，眸底輕動，對葉大夫人道：「以後逐雲軒這樣的小事，讓錦雲自己作主就成了。」

葉大夫人臉色一變，忙站了起來。「娘，不是我多管逐雲軒的閒事，這些年我對逐雲軒哪敢有絲毫慢待？可是錦雲一進門，逐雲軒就沒安生過，我要是撒手不管了，到時候出點什麼事……」

葉大夫人說不下去了，拿帕子抹眼睛，好似誰給她委屈受了一般，一旁的葉三夫人卻是笑道：「大嫂，老夫人這是心疼妳呢，偌大個國公府都交由妳打理，妳還要操心逐雲軒，回頭累著了，老夫人可是要心疼的。暮兒不小了，媳婦也娶了，將來過得是好是壞，總不能讓妳一直擔著不是？」

葉大夫人聽得微怔，隨即把眼淚抹乾淨。「三弟妹這麼說，倒是我的錯了，罷了，以後逐雲軒我都不管了，回頭她愛挖多少個地窖我都隨她。」

葉二夫人眸底閃過一抹冷笑。三弟妹幾時也成了大嫂的幫手了？大嫂可就盼著不管理這逐雲軒呢，若是出了什麼事，國公爺和老夫人定不會饒了她，現在甩手丟給錦雲，將來出了什麼事，也責怪不到她頭上，全是錦雲的錯，估計這地窖是成心不讓她挖的吧？

地窖的事才揭過，葉二夫人又挑起錦雲買丫鬟的事，橫豎說錦雲奢侈，壞了國公府的規制，錦雲不想多糾纏，就說是買了送偏院去的，誰想被幾位夫人說她不懂事，偏院的丫鬟就直接讓下人在偏院買就是了，最後被錦雲一句話給堵得啞口無言。「也沒規定說我不許在國公府買啊！」

幾位夫人暗氣不已，卻奈何錦雲不了。

外面一陣嬉笑聲傳來，大小姐葉姒瑤率先邁步進來，嬌唇輕嘟。「大姑姑和纖依怎麼還沒到呢，我們都快望穿秋水了。」

葉大夫人瞋瞪了她一眼，數落她說：「就這麼一會兒都等不及了？去繡兩針，時間一會兒就打發了。」

葉姒瑤噘著嘴上前乖乖地行禮，三小姐葉觀瑤瞧見錦雲也在，眸底掠過一絲怪異的笑意，挨著到葉老夫人身邊坐下。「祖母，方才觀瑤聽說了一件大事呢，連娘親都不知道。」

「什麼事是妳知道而我不知道的？」葉二夫人笑問。

葉觀瑤笑得格外得意。「方才我聽三哥說的，三哥說前兒大嫂被當成刺客抓到風月閣去了。」

葉老夫人端著茶水的手一滯，茶溢出來幾滴，幾位夫人臉色都變了。風月閣那地方是大家閨秀能去的嗎？看著錦雲的臉色就更布滿了寒霜，尤其是葉二夫人，臉上幸災樂禍都不加遮掩。

錦雲抽了下嘴角，跟著她來的谷竹眼珠子都差點瞪出來了。怎麼會？少奶奶怎麼會被當成刺客抓到風月閣去呢？

葉老夫人對錦雲沒有什麼不滿，但是這關乎國公府的聲譽，臉色也變了。「到底怎麼回事？」

錦雲一臉委屈。「前兒相公帶錦雲進宮見貴妃娘娘，出宮的時候碰上下雨，相公就帶錦雲住客棧，那時，站在窗戶邊看雨，不小心帕子掉了，就去撿，不料有刺客闖進後院，那人跑得快，官兵進來就把我當成是那人給抓了……」

錦雲沒好意思說是下樓小解，就說是帕子掉了，撿帕子好歹面子上好看些。錦雲越說越委屈，葉老夫人眉頭卻皺了，堂堂祁國公府大少奶奶，竟然被抓了？

四小姐葉雲瑤咕噥道：「大嫂好可憐，聽說戶部尚書府上的蘇二公子出來作證，他竟然也不認識大嫂呢，還說大嫂是冒充的，要不是大哥趕到，大嫂估計還得入獄。」

葉觀瑤卻是有別的話說。「現在外面都傳遍了，蘇二公子可是大嫂的堂兄，他竟然不認得大嫂，大家都懷疑大嫂是假冒的。」

錦雲愣然抬眸，眼角直抽。

幾位夫人上下打量起錦雲來，目露懷疑，傳聞蘇二小姐膽小木訥，完全不像是她，難不成真是假冒的？

「閨閣女子，不認識堂兄的大有人在，不算什麼新鮮事。」葉老夫人擺手道，她不信權傾天下的右相會玩這樣的小把戲。

錦雲輕抿嬌唇。「二堂兄喝得醉眼矇矓，聽說錦雲是在客棧被抓的，想也不想便認為不可能是錦雲，二堂兄已經為自己認錯道過歉了。」

蘇嶸道歉過了，她們還在妄自揣測，可就是懷疑她爹居心叵測了？她爹被誣衊一事，將來若查證屬實，祁國公府吃不了兜著走，何況她若是假的，糊弄的可不僅僅是國公府，還有皇上呢，她可是差一點就成皇后了。

珠簾晃動，外面有丫鬟進來稟告道：「寧王妃和纖依郡主到了。」

二門外，遠遠的就見到一個身著華貴的夫人從容邁步走來，她身側跟著個姑娘，年方十四，面似芙蓉眉如柳，與她娘有四、五分相似，絲綢般墨色的秀髮隨意飄散在腰間，身材纖細，蠻腰羸弱，舉手投足，楚楚動人。

晚輩們福身行禮，寧王妃溫和地點頭，纖依郡主親暱地喚著表姊、表妹。

進屋後，寧王妃送給錦雲一個錦盒，是補送給她的新婚禮物，錦雲成親的時候，寧王身子不適，她沒能來。

寧王妃送的見面禮不輕，是一套精美的頭飾，錦雲受之有愧，想了想，讓谷竹給纖依郡主送了盒香膏。

一上午，錦雲看了幾次時辰，眼看就要吃午飯了，葉連暮還沒回來，她要不要等他？

錦雲拿出葉連暮給她的木盒，一打開，赫然三個大字出現在眼前——

春宮圖。

書面上還畫著一男一女，相擁陶醉的神色，下面還有小字——

「三十六式，蝕骨知味，極盡銷魂。」

錦雲的臉轟的一下炸開了，紅得似血。她忙合上木盒子，坐到床邊，把春宮圖拿出來時原本想直接扔了的，可是忍不住好奇瞥了幾眼，因為這個版本跟張嬤嬤當日拿給她的不一樣，這個精美得多。錦雲看了兩眼，忍不住嘟嘴，連這個都分檔次！

錦雲把書拿出來，便看見一大摞銀票，足有十幾張，她取了銀票，把春宮圖放回去，木匣子就放在床頭櫃上，她從容自若地數起銀票來。

剛剛好二萬兩銀子，錦雲揣懷裡後，吩咐青竹道：「吃過午飯，妳隨我出府，馬車讓他們盡早準備好。」

「不等少爺了嗎？」

「吃完午飯他還不回來，就不等他了。」

安靜地用完午飯，依然不見葉連暮回來，錦雲帶著丫鬟出門，結果珠簾外的柳雲撲通一下跪在她跟前。「少奶奶，奴婢知錯了，奴婢不該占著自己是少爺的貼身丫鬟就慢待少奶奶，還請少奶奶責罰奴婢。」

錦雲輕挑眉頭看著她，眉間有抹不耐煩。什麼時候找她不行，偏在她急著出門的時候。「有什麼話就直接說。」

柳雲跪在那裡，字字鏗鏘卻又含羞帶怯。「少爺習慣了卯時二刻就起床練武，奴婢不是責怪少奶奶的丫鬟慢待了少爺，可是今兒早上，少爺起床穿戴好了，丫鬟才進屋伺候。」

錦雲撇頭看著青竹和谷竹，青竹眼睛倏然睜大，院子裡的丫鬟明明就說是卯時三刻的，怎麼……

兩個丫鬟撲通跪下。「少奶奶，奴婢知錯，下次再也不敢了，請少奶奶責罰。」

錦雲看青竹那詫異的神色，就知道裡面有問題，怕是被人算計了，當著這麼多人的面，她也不能偏頗，便罰青竹和谷竹。「妳們兩個罰一個月的月例，至於柳雲，妳以後就在屋內伺候少爺。」

柳雲嘴角彎起笑來，之前青竹打聽葉連暮起居作息時間時，是她在背後使眼色，故意讓丫鬟說晚一刻鐘，只要少奶奶的丫鬟慢待了少爺，她們就能進屋內伺候，柳雲謝完又道：「挽月她……」

「她也可以，除了妳們兩個，妳們幾個也行。」錦雲眼睛掃過門外瞧熱鬧的丫鬟，那四個二等丫鬟高興壞了。

錦雲說完，轉而問青竹。「是誰告訴妳少爺錯誤的起床時辰？」

「是冬菊，奴婢問她少爺幾時起床，她說少爺卯時三刻起床的。」她們卯時三刻端著洗漱的水進屋沒見到人，還以為是少爺睡不著，起早了片刻，沒想到根本是自己起晚了，還好少爺看在少奶奶的面子上沒有責怪她們，她們也沒將這事放在心上。

冬菊背脊一涼，低頭便拜。「少奶奶，奴婢甚少伺候少爺起床，不大清楚。」

錦雲眸光淡淡瞥了她一眼。「妳在院子裡伺候也有段時間了吧，少爺幾時起床，妳就算沒伺候過也該清楚，青竹受妳誤導，我罰她月例，是因為她問錯了人。至於妳，來人，給我拖下去打二十板子，貶為三等丫鬟。」

錦雲說完，看著冬菊向柳雲求救的眼神，錦雲還以為她會說出來，結果沒有。

院子裡其餘的小丫鬟和婆子都縮著腦袋，方才她們還覺得少奶奶霸道，不許少爺的丫鬟進屋伺候，結果自己還慢待少爺，沒想到峰迴路轉，竟是少爺的丫鬟說誤了時辰，那最後錯的還是少爺的丫鬟，心思不正，活該受罰。

青竹跟在錦雲身後，愧疚的眼淚都快出來了，錦雲嗔笑道：「好了，別哭了，一點小事而已，那些丫鬟想進屋伺候，是攔不住的。」

誰讓葉連暮在逐雲軒基本只在兩個地方待著，書房和正屋，少了這兩個地方，接觸他的機會就大大減少了，她們能不急？

上了馬車，錦雲興致高昂，什麼糟心事全拋諸腦後了。

看著馬車跑遠，趙章望天，少爺料得真準，少奶奶果真不等他便自己逛起街了，想起自家主子吩咐他時那咬牙切齒的表情，趙章冷峻的面容終於有了些表情。

少爺吩咐三米之內不許有男子靠近少奶奶，這是逛街，三尺尚可……趙章一夾馬肚子，追上馬車。

錦雲在馬車內換好男裝後，掀了車簾一路查看街上的樓宇，規模太小的壓根兒不瞧，門庭若市如醉香樓，錦雲也不會去看，因為人家十有八九不願意賣，即便願意，她要付出的代價也太大。

可是一圈轉下來，錦雲悲摧地發現，那些她看中的鋪子，生意好得不行。也是，在鬧市裡，店鋪又那麼大，若是生意太差，肯定會被人買走了，哪裡還會輪到她呢？

錦雲連連碰壁，腦袋有些暈乎乎的，當她邁步出吉祥酒樓時，葉連暮騎著馬到她跟前，鳳眸精湛含笑。「談得如何了？」

錦雲一個瞪眼掃過去。「我要學騎馬！」

葉連暮愣了兩秒，不是說鋪子的事嗎？怎麼突然就跳到騎馬上面去了。「妳這身打扮我可不敢教妳，下次吧！這回，去哪個酒樓？」

青竹忍不住道：「少奶奶看中的四間酒樓都不賣，其餘的少奶奶又不喜歡。」

葉連暮輕搖了下頭，暗自輕笑，能在遍地權貴的京都開起一間像模像樣的酒樓，又豈會半點權勢也沒有？京都經商有銀子的人可不在少數。

「最喜歡哪一間？」

「醉香樓。」

青竹盯著錦雲，之前她問的時候，少奶奶明明說醉香樓買不起啊！

葉連暮輕蹙了下眉頭，想買醉香樓，那是遂寧公府的產業，不少天潢貴胄都入了股，去年二叔還想摻和一腳，被祖父給訓斥了，沒有足夠的利益，他們不會同意的。

葉連暮搖頭道：「醉香樓怕是不行，身後的勢力太多、太複雜了。」

錦雲輕噘了下嘴，就知道是這樣的結果，她邁步往前面走。

葉連暮從馬背上跳下來，錦雲回頭看著他。「你不騎馬？」

他輕點了下頭，錦雲立馬笑道：「那我騎你的馬。」

葉連暮的神色是一個錯愕，慢慢變青變黑。一旁的青竹肩膀直抖，少奶奶真乃神人，少爺陪她走路，她倒好，棄少爺騎馬，少爺不發飆才怪呢！

錦雲正要去抓韁繩時，葉連暮擺擺手，馬嘶叫一聲，轉身跑了，臨走前牠還瞥了錦雲一眼。

錦雲那臉色通紅，回頭惡狠狠地看著葉連暮。「你這什麼馬，牠鄙視我！」

沒理會錦雲，葉連暮打著扇子邁步走了，讓她氣呼呼地追問。「是不是你讓牠跑的？」

葉連暮頓住腳步上下打量她。「我怎麼覺得妳好像變高了些？」

錦雲把鞋給他看，還得瑟地晃了晃。「特製的增高鞋，免得被人小瞧了去。」

葉連暮看著錦雲白皙燦爛的臉，尤其那雙眼睛，如湖水般清澈明亮，似一顆剔透澄明的寶石，閃著灼灼光華，讓人挪不開眼。

「還是很矮。」

穿了增高鞋也才勉強到他下巴處。

錦雲嘴角的笑瞬間退去，火氣湧上來。「你離我遠點兒！」

又嫌棄她矮，不打擊她會死啊！

葉連暮悠哉地打著扇子跟在錦雲後頭，不快不慢地跟著，嘴角的笑怎麼憋都憋不住。可是漸漸地他嘴角就開始笑不出來，因為有小賊無視他靠近錦雲，手都伸到錦雲的腰間了，偏她還瀟灑地打著扇子，渾然不知。

青竹就在葉連暮身後，自然也看見了，想扯著嗓子喊，可是一個字也喊不出。少爺一直盯著少奶奶不可能沒看見，只見那扒手用手肘一把將一旁賣傘鋪子的傘打下來，錦雲撇頭望過去，小賊伸手一拽，荷包就在他手裡了，他得意的一笑，但是下一秒，一粒石子砸了過來，正中手腕，荷包就那麼掉了下來。

那邊馬背上一個男子躍身下馬，一腳踹了小賊，把荷包撿起來還給錦雲，錦雲瞧他有三分眼熟，還沒想起來，齊大少爺已經作揖道：「上回在大昭寺，公子救了內子和兩個孩子，這份恩情還未答謝，苦苦找尋公子多日，不意竟在大街上碰到了。」

齊大少爺說完，對著後面的葉連暮道：「葉大公子明明瞧見了小賊，也不出手相助，實非君子所為。」

錦雲氣得直咬牙，直接把手裡的荷包砸了過去，震驚了齊大少爺，錦雲扔荷包順帶送上一句「小人」，葉連暮一把抓過荷包。「她已經被偷兩回了，總不會次次都有人幫她，缺乏警覺又容易招賊，還是少出門為妙。」

青竹捂臉，少奶奶真的容易招賊，錦雲氣得臉都紅了，小賊本爬起來要走，可是錦雲不小心踩他手了，疼得他齜牙咧嘴直叫嚷，錦雲看了小賊一眼，火氣就上湧了。「是你！青竹，踩他！」

錦雲氣瘋了，竟然又是他，上回偷她荷包被她追了半條街的賊啊！

那賊一臉悲摧，他從來都是看準了再下手，從沒失手過，在這條街有小神偷之名，上一回顏面大失，剛剛見到錦雲就想找回面子，沒想到又失手了，他怎麼這麼倒楣，怎麼每回都有人幫他呢？

青竹可沒踩過人，連著搖頭，一旁的小商販遞給她一根棍子，青竹道過謝便開打，只是頭一次幹這樣的事，有些膽怯，下手力道不大，小賊都不叫疼，齊大少爺一臉汗顏，吩咐隨從道：「送他去官府。」

吩咐完，他繼續朝錦雲作揖，錦雲狂汗，這才多久，已經給她作揖好多回了，真怕他一直道謝下去，忙道：「舉手之勞，齊大少爺客氣了，尊夫人還好吧？」

「內子情形還好，只是公子下刀之處有些疼癢難耐，大夫也不知道怎麼辦，公子可有辦法？」他眸底的感激之情不言而喻。

錦雲恍然，上回她忘記叮囑拆線，畢竟這時沒有能讓人體自行吸收的羊腸線可用，忙道：「傷口縫合後五、六日就可以把線拆下來，休養兩日便沒事了。」

齊大少爺朝錦雲道謝，邀請她上醉香樓喝酒，錦雲當然拒絕了，齊大少爺又請她去他府上，甚至提出送她回去，盛情到她險些招架不住了。

錦雲真怕自己一發神經，若答應了，那問題就大了，她氣葉連暮不錯，可是身分擺在那裡呢！

「我還有事要辦，不耽誤你時間了，方才小賊的事謝你了。」

齊大少爺告辭上馬，再次對錦雲拱手並告知他的住處，將來如有需要，只管去找他，他定是驢前馬後，義不容辭。

等齊大少爺離開了，錦雲氣呼呼地走到葉連暮跟前，把自己的荷包搶過來，轉身就要走，結果葉連暮拽了她一下，錦雲轉了半圈，下巴直接撞他胸口了，疼得正要罵他時，才見一旁的老漢推著車子過去，並小心謹慎地看著錦雲，生怕她罵人。
葉連暮瞪著錦雲道：「沒點警覺也就罷了，連眼睛也不長了？」
錦雲揉著下巴。「你也可以當作沒看見的，我被撞不正中你下懷？你別告訴我，你是怕我把人家車給撞壞了！」
「……」青竹無言。
葉連暮聽錦雲那蠻不講理的話，頓時無力，轉了話題道：「醉香樓對面的鋪子成嗎？」談及正事，錦雲也不氣他了，揉著下巴，醉香樓對面是賣綢緞的，地段很好。
「可是它小了不少。」
葉連暮看了看，比醉香樓是小了四分。「兩間一起，不比醉香樓小。」
「要買兩間的話，錢就不夠了。」
「旁邊的鋪子是我的。」
「……」錦雲無言。
錦雲拉著葉連暮就往前面走，周圍的人看著兩人手牽手的樣子，指指點點。「光天化日，朗朗乾坤，兩個大男人手牽手，卿卿我我，真是世風日下，斯文掃地！」
「那不是祁國公府大少爺嗎？前兩日才聽到些流言蜚語，難不成真有其事？」
「難道真是斷袖？可憐了他新娶的媳婦……」
錦雲一臉汗顏，眼皮跳了又跳，忙鬆了手，快步往前走。葉連暮真想去撞牆，這女人，真的要害得他名聲掃地才好嗎？

走了沒兩步，對面跑過來四、五個小孩把錦雲的路給擋住了，他們氣呼呼地瞪著錦雲，原因無他，她把人家的珠子給踩了。

那是一顆淺藍色的圓潤珠子，準確地說是玻璃。

錦雲沒想到會有玻璃，忙問這珠子是從哪裡來的，最後，幾個孩子領著她去了位在清平街上的小院。

在小院內，錦雲看到了一名正在煎藥的青衣少女，屋子裡還躺著個渾身是傷的中年男子。詢問之下才知道這少女名叫寶珠，而中年男子是她爹田喜貴，他本來是李家製窯場雇用的師傅，幾天前要燒製一批瓷器，他負責燒火，不知道怎麼回事，那批瓷器全毀了，他也因此被打成這樣，吃了大夫開的藥，可一直不見起色。

錦雲幫田喜貴把了脈，開了藥方，還給了十兩銀子與他，只有一個要求，等他傷好了，幫她燒製玻璃。

出了小院後，葉連暮盯著錦雲問：「妳要製珠子？」

「珠子只是玩具罷了，用處並不大，相公，我要個專門製作玻璃的窯廠。」錦雲把二萬兩銀票遞到他跟前。

葉連暮看著那一摞銀票，腦子裡浮現春宮圖，眸光微閃，俊眉一挑，眼底立即浮現耀眼奪目的光芒。

「妳見到了？」

錦雲臉唰的一下紅了，把銀票塞他懷裡，罵了一句無恥。

葉連暮耳根微紅，把趙章喊來，銀票給了他後，稍晚，跟著錦雲一起打道回府。

——未完，待續，請看文創風221《花落雲暮間》2

慧黠有情，智謀見趣／木嬴

冤家配對頭，不打不鬧怎成雙？

花落雲暮間

全套四冊

一道聖旨亂點鴛鴦譜，縱然她有千百個不願意，卻也得奉旨成婚！
不過，既來之則安之，且看她左施陽謀、右行陰謀，不時再來個雙謀齊下，
凡是這家宅不寧、朝政不平等疑難雜症，
到她手裡來，略施小計還不得一一收拾擺平……

文創風 220 1

京都右相府二小姐蘇錦雲，性子膽小木訥、無才無德，
親爹不疼，後娘不愛，平日受其他姊妹欺凌苦待，還意外落水險些喪命……
她才剛穿越過來就面對如此形勢，這日子也實在過得太憋屈了！
偏偏一朝身為權傾天下的右相嫡女，便終生難逃朝廷派系鬥爭的風波。
前頭才謠傳她將登皇后之位，後頭聖旨就賜婚下來，
像她這等大門不出、二門不邁，養在深閨人未識的千金小姐，
竟也能與素未謀面的祁國公嫡孫葉連暮「兩情相悅，情投意合」了？
眼看兩人「私相授受」的傳言是洗不清了……

文創風 221 2

明知她是政敵右相之女，一向形同對頭的相公卻轉了性，
從共同謀議朝政到合夥籌辦鋪子，他都以誠相待、慷慨解囊，
本以為各有立場的兩人將成為一對「有名無實、貌合神離」的夫妻，
哪曉得平日鬥鬥嘴、耍耍性子，甚至鬧和離，越拌嘴越是恩愛……
隨著相處日久，才知這相公的處境同她一樣是不受後娘待見，
明著是國公嫡孫、皇上親表哥；暗裡卻受嬸娘和繼母監視，還曾險遭不測。
所幸來自現代的她身懷絕技，不僅以醫術診治他的味覺失常，
還能運用調香製香技藝在皇家壽宴上盡展鋒頭，為朝廷外交搏回面子！
未料，相公前一回才擺平災民之事，她那老謀深算的爹又留了一手……

文創風 222 3

成親不過數月，眼下雲暮閣的生意是經營得有聲有色、財源滾滾來，
連拓展分鋪、另闢錢莊都有些眉目了，偏偏小倆口的進展停滯不前，
好不容易在他生辰當夜，兩人總算圓房坐實了「夫妻」關係，
可這舒心日子還沒過足癮，文、武舉才開科就傳來了邊關急報。
夫君既要忙著監考科舉兼賣燒餅予應試考生，好用來籌創書社，
還得替那皇上表弟分憂，為外患入侵及籌糧一事而勞費心神……
自從有朝廷借糧的前例，錦雲也懂得適時置身事外、當個甩手掌櫃，
孰不知她沒去惹事，事倒來惹她了！……

文創風 223 4 完

「穿上這龍袍，坐上這御轎，看不完的摺子，上不完的朝……」
她在畫舫上唱一曲皇帝的煩惱歌，豈料，一時戲言釀成巧禍，
一句「佳麗三千沒有一個相好」，代價是「戰馬兩萬非要一支鐵騎」！
為了替君分憂、籌組鐵騎，她只好喬裝成雲暮閣二少爺大肆收購馬匹，
不意這朝廷國庫虧空，橫生波折，竟演變成由她將戰馬全數湊齊。
好不容易一波方平，另一波又起，原是追查內院嬤嬤竊取帳冊一事，
卻連帶揭發了婆婆嬸娘為奪繼承權，不惜謀害國公嫡孫的狠毒惡行，
而這突來的驚爆內幕，反倒讓相公提前數十載承襲國公之位，
她也一躍成為大朔京都中最年輕的國公夫人……

看膩了穿越女總是贏的套路嗎？

繼《貴妻》之後，油燈又一新鮮好評代表作

文創風 220

花落雲暮間 1

國家圖書館出版品預行編目資料

花落雲暮間 / 木贏著. --
初版. -- 臺北市 : 狗屋, 民103.09
冊 ; 公分. -- (文創風)
ISBN 978-986-328-347-8 (第1冊 : 平裝). --

857.7　　　　103015424

著作者　木贏
編輯　黃鈺菁
校對　沈毓萍　王冠之
發行所　狗屋出版社有限公司
地址　台北市104中山區龍江路71巷15號1樓
電話　02-2776-5889～0
發行字號　局版台業字845號
法律顧問　蕭雄淋律師
總經銷　知遠文化事業有限公司
電話　02-2664-8800
初版　103年9月
國際書碼　ISBN-13　978-986-328-347-8
原著書名　**《权相嫡女》**，由起點女生網〈http://www.qdmm.com/〉授權出版

定價250元
狗屋劃撥帳號：19001626
網址：love.doghouse.com.tw　E-mail：love@doghouse.com.tw